JOANNA

Passion dans les Caraïbes

Traduction française de
F. JEAN

BLANCHE

HARLEQUIN

Collection : Blanche

Ce roman a déjà été publié en 2020

Titre original :
TEMPTATION IN PARADISE

HARPERCOLLINS FRANCE
83-85, boulevard Vincent-Auriol, 75646 PARIS CEDEX 13
Service Clients — https://www.harlequin.fr/contenu/contactez-nous
ISBN 978-2-2805-2282-3 — ISSN 0223-5056

Édité par HarperCollins France.
Composition et mise en pages Nord Compo.
Imprimé en octobre 2025 par ScandBook UAB en Lituanie
en utilisant 100% d'électricité renouvelable.
Dépôt légal : novembre 2025.

FSC
www.fsc.org
MIXTE
Papier | Pour une gestion forestière responsable
FSC® C021394

Pour limiter l'empreinte environnementale de ses livres, HarperCollins France s'engage à n'utiliser que du papier fabriqué à partir de bois provenant de forêts gérées durablement et de manière responsable.

Passion dans les Caraïbes

*

Des jumeaux pour une pédiatre

1

— Je suis vraiment content que tu aies décidé de venir dans les Caraïbes, Jessie.

Ben parlait fort pour se faire entendre par-dessus le bruit de la fête.

— Je ne pensais pas que tu viendrais, tu sais, reprit-il. Il a vraiment fallu que tu t'organises. Je m'en veux vraiment d'avoir déversé tous mes problèmes sur toi, et de t'avoir mis toute cette pression. Tu avais assez de choses à faire à Londres, et j'aurais dû me taire, mais je ne savais plus où j'en étais. J'avais besoin de te parler. Tu as toujours réussi à me remonter le moral quand j'allais mal.

Jessie lui prit la main.

— Tu es mon frère ! Je serai toujours là si tu as besoin de moi.

— Et la réciproque est vraie, Jessie.

— Je le sais, Ben.

Ils étaient assis sur la terrasse, face à la mer. Dorées et ondoyantes, les lumières des torches de jardin plantées le long des allées et dans les massifs illuminaient la nuit. Les portes-fenêtres ouvertes laissaient l'air doux des tropiques circuler dans la maison, portant la musique rythmée d'un Steel Band qui jouait un calypso.

Dans la maison, des gens dansaient, comme l'avait fait Jessie elle-même, quelques minutes plus tôt, avec un certain nombre de partenaires enthousiastes — mais elle n'avait accepté aucune de leurs demandes de rendez-vous romantique.

Sa cuisante expérience londonienne lui avait servi de leçon, et on ne l'y reprendrait plus... D'autres invités bavardaient ou dégustaient la nourriture délicieuse disposée sur le bar en îlot, dans la cuisine.

Mais, pour l'instant, Jessie ne voulait que respirer l'air de la nuit et passer un peu de temps avec son frère.

Elle émit un soupir de contentement.

— Cette île est incroyable. Quelle beauté ! Et cette maison magnifique... Le propriétaire doit vraiment avoir confiance pour laisser tes amis organiser une fête pendant qu'il n'est pas là !

— C'est probable. Zach et Eric ont dit qu'ils avaient son accord. Nous avons tout rénové pour lui, ces deux dernières semaines — il nous a confié les clés pour que nous puissions aller et venir à notre guise. Il a sûrement compris qu'il pouvait compter sur nous.

— Ça ne fait que deux semaines que vous travaillez pour lui ?

C'était très peu pour décider qu'on pouvait laisser sa maison entre les mains d'étrangers...

— Oui. Quand papa m'a mis dehors, j'ai été obligé de trouver du travail très vite, et on avait besoin d'un ouvrier de plus ici. Le Dr Benitez — le propriétaire — me connaissait déjà parce qu'il étudie le récif, et j'avais plongé plusieurs fois pour donner un coup de main, alors il m'a embauché, ajoutant que je pourrais faire des petits travaux dans ses autres propriétés quand les rénovations seraient terminées ici. Il a une entreprise de construction, et il loue ses propriétés une fois qu'elles sont restaurées.

— C'est bien que tu aies pu trouver quelque chose aussi vite.

Apparemment, le nouvel employeur de Ben était une personne puissante et fortunée — une espèce d'expert en biologie marine qui possédait aussi un portefeuille immobilier ! C'était une chance que Ben ait croisé sa route.

Jessie regarda son frère. A dix-neuf ans à peine, il était musclé et en forme à force de travailler en plein air, mais son apparence masquait le fait qu'il manquait encore de maturité, et qu'il souffrait encore de son enfance perturbée. Bien sûr, ils avaient tous les deux été affectés par la séparation de leurs parents, mais Ben n'avait que onze ans à l'époque, et son univers avait été bouleversé. Un peu plus âgée de quelques années, elle-même avait réussi à mieux gérer la situation.

Leur mère, qui avait très mal supporté le divorce, s'était réfugiée dans un monde à elle, laissant Jessie, qui avait dix-sept ans à ce moment-là, s'occuper de son frère et le soutenir affectivement. Elle l'avait aussi épaulé pendant qu'elle faisait ses études en médecine car elle avait continué d'habiter le logement familial pour s'occuper de lui et de leur mère, mais pendant quelque temps, Ben s'était rebellé. Il avait désespérément tenté de s'accrocher à une image paternelle — en vain. Finalement, tous ses espoirs s'étaient envolés, le laissant malheureux et révolté. Cette dernière tentative pour renouer avec son père en venant dans les Caraïbes avait aussi tourné court.

Jessie savait qu'en ce moment précis, en tout cas, sa présence l'avait rasséréné, et lui avait permis de mettre ses problèmes de côté pendant un moment.

— Tu devrais goûter ce punch, Jessie, dit-il.

Ben sortit quelques cubes translucides d'une bassine remplie de glaçons posée sur la table de jardin qu'il mit dans un grand verre. Puis, prenant un pichet, il fit couler du liquide ambré sur les glaçons et il tendit le verre à sa sœur.

— Je suis sûr que tu vas aimer.

— Merci... Mais je crois que je frôle déjà ma limite après le vin et les mojitos !

Portant quand même le verre à ses lèvres, elle sirota lentement, dégustant les saveurs et essayant de discerner les différents ingrédients. Il y avait du rhum, bien sûr, un soupçon de jus de citron vert, du sirop de canne, et de l'orange... et peut-être un tout petit peu d'angostura. Lentement, une douce chaleur l'envahit, et elle sourit à son frère.

— Mm... tu as raison, murmura-t-elle. C'est exactement ce qu'il me fallait. Je crois que c'est la première fois que je peux vraiment me détendre depuis que je suis descendue de l'avion, hier.

Satisfait, Ben se renversa dans son fauteuil.

— Ça va te plaire ici. Le changement te fera du bien.

— Oui... Je l'espère.

— C'est une superfête, tu ne trouves pas ? C'est incroyable ce qu'on arrive à organiser à la dernière minute en s'y mettant à plusieurs... et la nourriture est super aussi. Tu veux que j'aille te chercher de ces papillotes au poulet que tu as bien aimées tout à l'heure ?

— Ça me tente, mais je peux aller me servir moi-même !

— Non. Tu restes là et tu te détends. Tu n'es sûrement pas remise du décalage horaire. Profite du paysage.

Tandis que Ben se dirigeait vers les portes-fenêtres, Jessie se renversa dans son fauteuil. Sous la lune, les vagues de la mer des Caraïbes se brisaient sur le sable blanc, et les palmiers, qui se découpaient contre le ciel de cette nuit claire, ondulaient sous la brise.

Elle s'étira paresseusement, croisant ses jambes allongées et à peine bronzées. Peut-être aurait-elle dû faire cela plus tôt — mettre sa maison en location et laisser tous ses soucis derrière elle...

— Est-ce que vous voulez un autre verre ?

Tout près d'elle, la voix masculine la fit sursauter. Elle y avait décelé un léger accent — peut-être espagnol. C'était une voix grave et légèrement rauque, qui l'avait enveloppée tout entière et qui avait fait courir le long de son dos un frisson inattendu.

Elle se redressa, tous les sens en alerte, et leva les yeux vers l'homme qui, sorti de nulle part, se tenait près d'elle. Son cœur battit plus vite. Dans la pénombre, l'inconnu, vêtu d'un pantalon à la coupe impeccable et d'une chemise en lin bleu nuit, était sombre et mystérieux.

— Merci, mais... je crois que ce ne serait pas raisonnable. J'ai assez bu, je pense.

Elle avait la tête toute légère et les idées un peu confuses — signe que l'alcool agissait.

Il sourit.

— Un verre de plus ne vous fera pas de mal si vous mangez un peu. Votre ami est allé chercher quelque chose, je crois.

Son ami ! pensa Jessie, perplexe.

L'inconnu dut prendre son silence pour un acquiescement car il entreprit de lui remplir son verre.

— Je... ne vous ai pas vu arriver, murmura-t-elle. Ni entendu, d'ailleurs.

— Ce n'est pas vraiment étonnant avec le volume sonore de la musique, répondit-il avec une légère ironie. Mais en fait, j'ai contourné le bâtiment.

— Je comprends.

Voilà pourquoi elle ne l'avait pas encore vu : il venait d'arriver à la villa.

— Vous êtes un voisin ? Vous venez vous plaindre du bruit ? C'est vraiment ennuyeux que la fête vous ait dérangé.

— Elle a attiré mon attention, c'est sûr.

— Oui... bien sûr. On peut sans doute les convaincre de réduire le volume, mais j'imagine que la fête va se terminer d'ici peu. Il est très tard, et certains d'entre nous travaillent.

— C'est tout à fait exact, bien qu'il y ait des choses qui valent vraiment la peine qu'on reste pour elles, répondit-il pensivement.

Son regard la parcourut, et elle songea aux vêtements, très différents de ses tenues londoniennes, qu'elle portait : un haut sans bretelles moulait ses courbes comme une seconde peau, et une jupe courte de style sarong dévoilait largement ses jambes nues.

Gênée par son regard intense, elle se leva.

— Je devrais peut-être aller m'occuper du volume sonore ?

Il secoua la tête.

— Laissez, je m'en charge. J'ai des gens à voir, mais rien ne presse. Je préfère de loin que vous restiez ici pour que nous bavardions un peu.

Son regard la parcourut de nouveau, s'attardant sur les cheveux châtains qui retombaient en vagues soyeuses plus bas que les épaules, et elle en fut troublée.

— Pourquoi pas ? dit-elle, les joues soudain plus chaudes.

— Avec plaisir, alors.

Il se rapprocha un peu, et Jessie frissonna agréablement, ignorant l'alarme qui résonnait dans sa tête. Après tout, quel mal pouvait-il y avoir à parler ?

— Je n'avais pas l'intention d'être indiscret, mais j'ai entendu que vous souffriez peut-être du décalage horaire. Venez-vous de loin ? Etes-vous en vacances ?

— Pas en vacances, non, mais j'avoue que cela ne me dérangerait pas de passer quelques jours à bronzer et à explorer l'île. D'habitude, je travaille beaucoup, mais dès que je suis arrivée ici, quelque chose m'a dissuadée de m'agiter. Le rythme est si détendu ici… Et d'après le peu que j'ai vu, c'est beau… très différent de Londres, où j'ai vécu jusqu'à maintenant.

— C'est vrai. Mais alors, si vous n'êtes pas ici pour des vacances…

— Je me suis débrouillée pour trouver un emploi temporaire — je vais travailler trois mois comme médecin dans un service d'urgences pédiatriques à l'hôpital. Ce n'est pas un poste à temps plein, alors j'aurai sans doute besoin de trouver autre chose en complément, mais c'était une trop belle occasion pour la laisser passer.

Elle avait compris qu'il y aurait quelques visites à l'extérieur de l'hôpital, et cela lui convenait parfaitement.

— En fait, ça m'allait très bien de quitter le Royaume-Uni maintenant. Je voulais acquérir un peu plus d'expérience avant de décider vers quelle spécialité m'orienter.

L'homme haussa un sourcil brun.

— Vous êtes partie bien loin pour faire ça.

— C'est vrai, mais… il se trouve que… j'ai de la famille ici — mon père a des parts dans une distillerie de rhum de l'île. Nous ne nous sommes pas beaucoup vus, lui et moi, au fil des années, alors j'ai pensé que ce séjour me donnerait une occasion de passer du temps avec lui.

L'homme parut intrigué.

— Et votre mère ? Elle ne vit pas ici ?

— Eh bien... non. Mes parents ne vivaient plus ensemble depuis longtemps — ma mère est morte en Angleterre il y a deux ans.

— Comme c'est triste... Ça a dû être dur pour vous.

Sous son accent espagnol perçait une compassion sincère.

Jessie acquiesça d'un simple hochement de tête et chercha un autre sujet avant que l'émotion ne la submerge car elle demeurait très affectée par la mort de sa mère. Quant à son père, ses relations avec lui étaient difficiles.

— Et vous ? demanda-t-elle. Est-ce que vous habitez à Sainte-Hélène, ou est-ce que vous y passez des vacances ?

Elle prit son verre et commença de siroter le punch, espérant y puiser un peu plus de confiance en elle.

Il eut un sourire.

— Je vis ici. Ma famille est implantée sur l'île depuis plusieurs générations. A l'origine, mes ancêtres étaient espagnols, puis il y a eu une bonne dose de mélanges au fil des siècles, mais nous avons gardé notre héritage hispanique.

— Cela explique votre accent, léger, mais bien présent.

Jessie avait beau se répéter qu'elle était imperméable au charme masculin sous toutes ses formes, la voix de cet homme-là possédait un timbre sexy et vibrant qui la troublait d'une manière embarrassante.

Il hocha brièvement la tête, la fixant toujours dans les yeux. Fascinée par ces yeux sombres et profonds, elle ne put rompre le charme jusqu'à ce qu'un bruit résonne près d'elle : c'était Ben qui revenait, et elle se sentit à la fois contente et déçue par son intrusion.

Il se concentra pour poser sur la table sans le renverser un plateau chargé de nourriture.

— Désolé d'avoir mis aussi longtemps : j'ai été retenu par un ami de la distillerie.

Jessie posa son verre.

— Ce n'est pas grave. J'ai eu de la compagnie.

Se redressant, Ben regarda l'homme debout près d'elle, et ses yeux s'arrondirent.

— Docteur Benitez... Je... Nous ne vous attendions pas si tôt. Je croyais que votre travail vous retiendrait en Floride jusqu'à la fin de la semaine.

— J'ai réussi à tout boucler plus tôt que prévu.

Le beau visage du médecin s'était figé, et Jessie comprit qu'il se passait quelque chose.

Cet homme était le nouvel employeur de son frère !

Son regard effectua un aller-retour entre les deux hommes.

— Vous vous connaissez..., conclut-elle.

— Oui, répondit Ben, comme prisonnier du regard inflexible posé sur lui. Nous nous connaissons. Jessie... Je ferais mieux de te présenter le Dr Benitez. Comme je te l'ai dit, j'ai effectué quelques travaux pour lui au cours de ces deux dernières semaines.

Jessie reporta son regard sur le médecin.

— Ben m'a parlé des travaux de rénovation qu'il fait pour vous. Et... C'est votre maison ici, c'est ça ?

— C'est ça, oui.

— Ah, dit-elle, très embarrassée. Ben m'a dit que lui et ses amis avaient travaillé ici. C'est une maison magnifique — ce que j'en ai vu, en tout cas, c'est-à-dire : pas grand-chose... Juste le séjour, la cuisine et la terrasse.

— Je serais très heureux de vous montrer le reste, dit-il.

Le cœur de Jessie battit un peu plus vite.

— Merci, docteur Benitez. J'en serais ravie.

Le visage du médecin s'adoucit brièvement.

— José... il faut m'appeler José, *chica*.

— José..., répéta Jessie, un peu déconcertée par ses manières pour le moins directes.

— Bien.

Il se tourna vers Ben, et son attitude changea. Il semblait presque hostile, et immédiatement, Jessie fut en alerte.

Il fallait qu'elle sache ce qui n'allait pas.

— Vous avez un problème, vous et Ben ? demanda-t-elle.

— Je le crains, oui.

Le Dr Benitez lui posa un instant la main sur le coude — et un picotement remonta le long de son bras.

— Vous pourriez peut-être retourner à la fête pendant quelques minutes ? ajouta-t-il. Il faut que je parle à Ben en privé.

— Je ne crois pas. Ce que vous avez à lui dire, vous pouvez le dire devant moi.

José se redressa, le dos raide, et le regard glacial.

— Je voudrais savoir ce qui lui a permis de croire qu'il pourrait organiser une fête chez moi en mon absence. Sa seule circonstance atténuante, c'est qu'il a amené avec lui la plus jolie fille de tout Sainte-Hélène.

Jessie était trop consternée pour relever le compliment.

— Vous vous trompez sûrement. Je suis sûre que ce n'est pas Ben qui...

— C'est bon, Jessie, intervint Ben. Je peux m'expliquer tout seul.

Il redressa les épaules.

— Ce n'est pas ce que vous croyez, docteur Benitez. Ce n'est pas moi qui ai organisé tout ça.

— Ah, vraiment ? C'était vous qui aviez les clés de la maison. Je vous ai fait confiance, mais, apparemment, j'avais tort.

— Mais j'ai donné les clés à Zach pour qu'on puisse travailler dans la maison ! Il fallait qu'il apporte des luminaires et des fils électriques, et d'autres fournitures achetées au magasin de gros pendant que je n'étais pas là.

— Et vous n'étiez pas là parce que... ?

Visiblement embarrassé, Ben détourna les yeux.

— Je... enfin... Zach est debout de bonne heure, lui, mais moi, je n'ai jamais été très fort pour me lever aux aurores... Alors j'ai préféré le laisser aller chez le grossiste tout seul. Comme vous lui aviez confié les clés une fois avant de partir, je n'ai pas pensé que ça poserait problème.

— Ce que vous voulez dire, c'est que vous buvez trop et que vous n'arrivez pas à vous lever tôt pour aller travailler. Donc, c'est Zach qui a les clés maintenant ?

— Eh bien, non… il me les a rendues ce soir. Nous avions terminé notre travail ici, alors il n'avait plus besoin des clés.

A chaque mot de son frère, Jessie sentait son moral sombrer davantage. Ben n'avait pas organisé cette fête, elle en était sûre, mais il avait cru son ami Zach quand celui-ci avait assuré que cela ne poserait aucun problème d'utiliser la maison de leur patron. Ben était si naïf… Maintenant, à voir l'air incrédule de l'employeur, elle savait que son frère allait avoir des problèmes.

Le Dr Benitez tendit la main, paume ouverte.

— Je vais reprendre mes clés. Je changerai les serrures, bien sûr, et j'installerai une alarme.

Ben lui remit le trousseau.

— Je vous prie de m'excuser, docteur Benitez. Vraiment… Il faut me croire, ce n'est pas moi qui ai organisé ça. Je croyais vraiment que vous aviez accepté de nous laisser utiliser la maison juste pour ce soir.

— Vous croyez franchement que j'aurais pu faire une chose pareille ? Vous pouvez chercher un autre travail, Ben. Je n'ai plus besoin de vous.

Les épaules de Ben s'affaissèrent comme s'il venait de recevoir un coup dans l'estomac.

— Mais je n'ai pas… je vous assure que je n'aurais jamais fait une chose pareille. J'ai eu tort de donner les clés à Zach, je le sais, mais je vous promets que ça n'arrivera plus. Je vais changer. J'arriverai à l'heure, si vous me donnez une autre chance…

— Non. Vous m'avez déçu, et je n'ai aucune envie qu'on abuse encore de ma confiance.

Désemparée, Jessie décida de faire tout son possible pour plaider la cause de son frère.

— S'il vous plaît, José, ne voulez-vous pas reconsidérer la question ? demanda-t-elle posément. Il a dit qu'il n'avait rien organisé… et moi, je le crois. Donnez-lui une chance de vous prouver qu'on peut lui faire confiance.

Le visage de José demeura impassible.

— C'est votre *novio*, oui ? Vous tenez tellement à lui que

vous plaidez sa cause ? Vous placez mal vos sentiments, *mi chica bella.*

— Non, non... vous vous trompez complètement. Ben n'est pas mon ami — c'est mon frère. Je le connais, et je suis sûre qu'il vous dit la vérité.

José la scruta, et l'espace d'un instant, elle espéra qu'il allait peut-être se radoucir, mais il secoua négativement la tête.

— L'intérêt que vous portez à votre frère vous honore, Jessie, mais il m'a déçu, et je pense que vous laissez vos sentiments obscurcir votre jugement. On ne peut pas lui faire confiance pour venir travailler, et il a donné mes clés à une autre personne. Il ne mérite pas votre sympathie.

Elle leva le menton.

— C'est à moi d'en juger, je pense. Est-ce que vous tourneriez le dos à un frère ou une sœur en difficulté ?

— Je n'ai pas dit ça.

Elle lui décocha un regard noir. Dire que quelques minutes plus tôt il représentait le charme personnifié ! Comment pourrait-elle avoir la moindre considération pour un homme qui traitait son frère de cette manière ? En condamnant Ben sans appel, il avait fait remonter à la surface tous ses instincts protecteurs, et elle bouillait intérieurement.

— Vous n'avez même pas pris la peine de vérifier son histoire !. Comment savez-vous que Zach et son ami n'ont pas organisé ça ?

— La responsabilité est peut-être collective. Il faudra que je tire cela au clair, répondit José.

Excédée, Jessie prit sa pochette sur la table.

— Viens, Ben. Allons-nous-en. Il n'y a plus rien à dire.

— Je n'ai aucun problème avec vous, Jessie, protesta José. J'aimerais beaucoup que vous restiez.

— Et moi, je préfère partir, répliqua-t-elle.

Visiblement inquiet, Ben se pencha vers elle.

— Tu ne crois pas que je devrais rester pour aider à tout ranger ? murmura-t-il. Nous ne pouvons pas laisser la maison dans cet état, quand même.

— Ne te tracasse pas pour ça. Zach et Eric n'ont qu'à s'en occuper.

— Mais ils sont partis, il y a une demi-heure.

Jessie eut un petit rire ironique.

— Ah bon... Ils ont dû apprendre que le Dr Benitez était arrivé, et ils n'ont pas voulu affronter les conséquences de leurs actes.

Comme elle s'éloignait en direction de la porte, Ben se hâta de la rejoindre.

— Tu es vraiment sûre que nous avons raison de partir ?

— Plus que sûre, répondit Jessie.

Elle ne reverrait jamais le Dr José Benitez, alors quelle importance ?

2

— Tu es prête pour ton premier jour à ton nouveau travail ?

Ben remplit pour la deuxième fois sa tasse de café et fit de même pour Jessie qui esquissa un sourire un peu forcé.

— Je crois. En fait, je le serais complètement si je n'avais pas ce mal de tête. Je n'aurais pas dû boire ce dernier verre à la fête, je le savais ! Qu'est-ce qui m'a pris ?

Peut-être s'était-il agi d'une réaction de défense après sa rencontre avec un homme qui avait réussi à anéantir toutes ses résolutions.

Elle n'avait pas envie de repenser aux autres événements de la soirée précédente, mais l'image de l'étranger brun s'insinuait malgré elle dans ses pensées. La veille, elle avait été ulcérée par ce qui arrivait à Ben, mais peut-être n'aurait-elle pas dû réagir aussi vivement. Après tout, les choses auraient sans doute mieux tourné pour son frère si, au lieu de défier José, elle avait tenté encore de le calmer. Elle avait sûrement aggravé la situation et, à présent, il y avait peu de chances qu'il réembauche Ben. A cette pensée, elle sentit la douleur qui lui martelait les tempes augmenter d'un cran.

Ben se prépara une tartine qu'il recouvrit généreusement de confiture d'abricot.

— C'est l'ambiance des Caraïbes qui t'a influencée, je pense. Ça peut arriver à n'importe qui.

Il la regarda mettre un peu de sirop d'érable sur son pancake.

— De toute façon, reprit-il, après ce que tu as vécu à la

maison, ces derniers temps, avec ta rupture avec Lewis et tout ça, tu avais sûrement besoin de te lâcher un peu.

— Oui, sûrement.

Jessie sentit la colère l'envahir en repensant à l'infidélité de son ex-ami. Comment avait-elle pu être aveugle et confiante au point de ne rien soupçonner ? Pendant qu'elle travaillait dur aux urgences, Lewis l'avait joyeusement trompée avec une autre femme. Quand elle avait découvert la vérité, elle avait beaucoup souffert, et encore maintenant, le seul fait d'y repenser la faisait trembler d'indignation.

Ben considéra sa tenue d'un air approbateur.

— Tu es belle !

Elle portait une blouse crème et une jupe à fleurs aux couleurs pastel qui retombait en plis souples autour de ses jambes.

— Contente de te plaire.

Elle fit un effort pour recouvrer son calme, et prit son temps pour terminer son pancake et boire son café.

— Quels sont tes projets pour la journée ? demanda-t-elle.

— Chercher du travail. Il faut que je trouve très vite parce que je ne peux pas vivre à tes crochets. Tu m'as déjà suffisamment aidé.

— Ne t'en fais pas pour ça. La moitié du loyer de notre maison te revient de droit, et ça devrait te permettre de vivre pendant quelque temps.

Ben esquissa un sourire.

— Mm, sûrement... Merci, Jess. Tu me sauves la vie.

Quelques minutes plus tard, au volant de sa voiture de location, Jessie quittait le village côtier pour gagner l'ouest de l'île où se trouvait l'hôpital. Elle éprouvait une pointe d'appréhension en pensant à ce qui l'attendait — prendre un poste dans un hôpital d'un pays étranger —, mais au moins, pour le moment, elle avait le merveilleux paysage de l'île pour la distraire de son inquiétude.

Dans le rétroviseur, elle pouvait voir derrière les superbes pentes du volcan en sommeil qui dominait l'île, et l'épaisse forêt verte qui couvrait les terres jusqu'au bord de la mer. Au loin, une magnifique cascade tombait dans les profondeurs d'un vaste bassin rocheux.

La beauté qui l'entourait l'apaisa, et quand elle se gara devant l'hôpital de Mont Sainte-Hélène, elle se sentait prête à affronter cette nouvelle épreuve.

L'hôpital était un bâtiment de deux étages peint en blanc. Sur un côté, une galerie permettait aux malades et à leurs familles de s'asseoir pour profiter un moment de la douceur de l'air. Des palmiers procuraient un peu d'ombre, et les jardins étaient plantés de yuccas et d'hibiscus aux fleurs colorées.

Jessie ouvrit la large porte d'entrée, et parcourut le hall rafraîchi par l'air conditionné jusqu'au comptoir de la réception.

— Bonjour, je suis le Dr Heywood, dit-elle à la secrétaire. Je viens prendre mon poste aux urgences pédiatriques.

La jeune femme afficha un sourire de bienvenue.

— Bonjour ! Contente de vous voir. Je suis sûre que vous vous plairez ici avec nous. Tout le monde est chaleureux et ne demande qu'à aider, vous verrez.

Elle héla un jeune médecin qui passait près du comptoir.

— Bonjour, docteur Lombard. Est-ce que vous auriez le temps d'expliquer au Dr Heywood comment aller aux urgences pédiatriques ? C'est son premier jour ici.

— Volontiers. J'y vais justement.

Le Dr Lombard était un beau jeune homme, doté d'une peau mate, de cheveux bruns et de magnifiques yeux gris.

Il lui sourit tandis qu'ils échangeaient une cordiale poignée de main.

— Je m'appelle Robert. Si vous avez des problèmes ou des questions, n'hésitez pas à m'en faire part. Je pense que vous trouverez tout un peu bizarre les premiers jours, mais nous nous occuperons bien de vous.

— Merci. Mon nom est Jessie.

Elle espérait qu'elle aurait du temps pour s'habituer à son nouvel établissement, et pour faire connaissance avec une partie du personnel, mais dès qu'ils arrivèrent dans le service, une infirmière entraîna le Dr Lombard vers une des salles de soins.

— Nous avons là un petit garçon de cinq ans qui a probablement mangé une pomme de mancenillier. Il ne va pas bien du tout. Est-ce que vous pouvez venir le voir ? Il s'appelle Tyrell Dacosta.

— Bien sûr, Amanda. Pauvre petit... Jessie, ça vous aidera peut-être à vous habituer si vous restez avec moi pendant l'heure qui vient. Le patron m'a demandé de m'occuper de vous car il est retenu auprès d'un autre malade.

— O.K. C'est une bonne idée.

Inquiète pour le jeune patient, Jessie suivit Robert et l'infirmière qui entraient dans la salle de soins où se trouvait un petit garçon blotti dans les bras de sa mère. L'air épuisé, il geignait, tremblait et pleurait, le visage luisant de sueur.

Le Dr Lombard se présenta et présenta Jessie, puis il examina l'enfant avec soin avant de s'adresser à la mère du patient.

— Alors vous pensez qu'il a mangé un fruit qui l'a mis dans cet état ? Est-ce qu'il l'a mangé en entier ou en partie ?

— Presque en entier, répondit la jeune femme, pâle d'inquiétude. L'arbre poussait près de la plage où nous marchions. J'ai parlé à mon médecin par téléphone, et elle a dit que, d'après ma description, ça devait être un mancenillier. Elle m'a conseillé de lui faire boire deux verres de lait et de l'amener tout de suite ici.

Elle ravalait de son mieux les larmes qui montaient, et Jessie comprit ce qui l'inquiétait. Des cloques s'étaient formées dans la bouche de l'enfant, et probablement aussi dans la gorge et l'estomac.

— Tyrell a vu une espèce de pomme par terre, reprit la maman. Elle sentait bon et il a dit qu'elle avait bon goût. Comme je ne savais pas ce que c'était, je lui ai dit de la recracher, mais c'était trop tard, il en avait déjà avalé.

— D'accord, répondit gentiment Robert. Dis-moi, Tyrell, est-ce que le lait t'a fait du bien ?

L'air circonspect, l'enfant acquiesça avec la tête, les joues marbrées de larmes.

— C'est bien... La première chose que nous ferons, ce sera de te donner un gros cachet blanc à mâcher comme du chewing-gum. Il n'aura pas très bon goût, mais il t'aidera à avoir moins mal. Tu peux faire ça pour me faire plaisir ?

De nouveau, le petit garçon fit oui avec la tête.

— Le cachet à mâcher, c'est un mélange d'antiacide et d'inhibiteurs de pompe à protons ? demanda Jessie.

— Oui, il devrait enduire et protéger les tissus abîmés, et réduire l'acidité gastrique.

Robert poursuivit à voix basse :

— Avec ce type d'ingestion corrosive, il existe toujours un risque que la gorge enfle et, dans ce cas, il faudrait intuber. En attendant, je vais lui injecter un antihistaminique.

— Est-ce que vous allez le surveiller ? demanda Jessie.

— Oui. Nous devons le garder en observation pour agir en cas de complications.

Il s'adressa à l'infirmière.

— Je ne veux pas qu'il boive d'eau pendant quelques heures afin que le médicament fasse effet. Un sédatif léger l'aidera à se détendre. Je vais rédiger une ordonnance.

Quelques minutes plus tard, après s'être assuré qu'il avait fait tout son possible pour soulager Tyrell, Robert s'adressa de nouveau à Jessie.

— Il faut que j'aille rentrer mes notes dans l'ordinateur et que je m'occupe de la paperasse dans mon bureau. Vous pourriez peut-être rester pour rassurer Mme Dacosta et répondre aux questions qu'elle peut avoir ?

— Oui, sans problème.

— Bien. Je vous rejoins dès que j'en ai terminé.

— Entendu.

Jessie parla avec Tyrell et sa mère, et lorsque l'infirmière alla porter les échantillons sanguins au laboratoire, elle fit son possible pour rassurer Mme Dacosta.

Peu à peu, le petit garçon devenait somnolent.

— Je crois que le médicament commence à agir, commenta posément Jessie, tout en pianotant pour noter les doses administrées par voie intraveineuse.

A cet instant, la porte de la salle de soins s'ouvrit.

— Est-ce que tout va bien ici ? demanda calmement une voix masculine.

Jessie se figea. C'était impossible ! Et pourtant... Cette voix au léger accent, qui avait résonné derrière elle, lui semblait familière, et ses pires appréhensions se confirmèrent quand elle se retourna.

Un instant, elle en oublia de respirer sous l'effet du choc. José se tenait sur le seuil. Impressionnant par sa haute taille et sa carrure, il portait un pantalon noir, et une chemise blanche immaculée dont les manches, remontées jusqu'aux coudes, dévoilaient des avant-bras musclés et bronzés.

— Docteur Benitez..., dit-elle, consternée.

Que faisait-il là ?

Le regard sombre et impénétrable, il lui adressa un bref hochement de tête.

— Docteur Heywood... Amanda m'a dit que je vous trouverais ici.

Il parcourut du regard sa soyeuse chevelure coiffée en arrière et retenue par des barrettes en filigrane, puis, rapidement, sa svelte silhouette.

— Comment va notre patient ?

Notre patient. Le Dr Benitez travaillait dans cet hôpital !

— Un peu mieux, je pense, répondit-elle.

Elle espérait que le petit garçon allait s'en sortir, mais il restait un risque de complications d'après ce qu'elle avait compris. Ne connaissant pas ce fruit, elle n'avait aucune idée des dégâts qu'il pouvait provoquer.

— La douleur a énormément diminué et il n'a pas l'air de souffrir.

— Tant mieux.

Le Dr Benitez saisit la fiche du garçon et la consulta avant de la replacer sur son support.

— Apparemment, nous avons pris le problème à temps.

Il adressa quelques mots rassurants à Mme Dacosta.

— Vous voudrez bien nous excuser, madame, conclut-il. Je

dois parler au Dr Heywood, mais l'infirmière va revenir d'une minute à l'autre.

Le cœur de Jessie battait à tout rompre quand elle se leva pour quitter la salle avec lui. Elle ignorait qu'il était docteur en médecine — elle avait cru qu'il était biologiste marin, attaché à la sauvegarde des récifs de corail de la région. Quelle erreur !

Il l'emmena dans son bureau, une vaste pièce bien meublée dont la fenêtre donnait sur un agréable paysage. Dehors, des palmiers s'élevaient parmi des fougères géantes et des massifs de fleurs plantés autour d'une cour pavée de galets.

— Asseyez-vous, je vous en prie, dit-il, désignant un fauteuil en cuir placé à côté du bureau en bois de hêtre clair. Puis-je vous proposer un café ?

Il s'était arrêté à côté de la machine et remplissait le filtre.

Au prix d'un effort, Jessie retrouva sa voix.

— Merci... J'ignorais que vous travailliez ici.

— C'est ce que j'ai cru comprendre. En fait, je dirige les urgences.

Jessie faillit suffoquer. José Benitez était son patron ? La situation empirait de minute en minute !

— Donc, hier soir, vous saviez sûrement déjà que je viendrais travailler ici aujourd'hui, répondit-elle, incapable de dissimuler son indignation.

— Je l'ai deviné, en effet, et j'étais donc sûr que nous nous reverrions très vite. Je ne voulais pas vous perdre si peu de temps après vous avoir rencontrée.

Il mit en marche la machine à café.

— Nous avions besoin d'un médecin pour remplacer une collègue partie sur le continent en congé de longue durée, suite à un problème familial imprévu, et j'ai compris que vous étiez sa remplaçante.

— Et vous n'avez pas pensé à me le dire hier soir ?

— Je l'aurais fait, mais, malheureusement, votre frère est arrivé, et la situation s'est rapidement dégradée.

— Oui, malheureusement.

Perplexe, Jessie se demanda s'il était vraiment trop tard

pour régler le problème. Peut-être devrait-elle mettre les choses au clair entre eux, non seulement dans l'intérêt de Ben, mais aussi parce que, maintenant, elle devait trouver un moyen de travailler avec cet homme.

— Ecoutez, j'ai... eu du temps pour repenser à ma réaction d'hier soir, et... je crois que j'ai agi un peu trop vite. J'aurais dû essayer de comprendre votre point de vue. Après tout, vous avez dû éprouver un terrible choc en découvrant que des étrangers avaient envahi votre maison. Vous aviez toutes les raisons d'être en colère, je le sais bien... mais vraiment, ce n'était pas la faute de Ben. Il faut que vous compreniez que j'adore mon frère et je le connais par cœur. Il est peut-être un peu excessif parfois et il a ses défauts, mais il m'a dit qu'il n'avait pas organisé cette fête, et je le crois.

Le Dr Benitez esquissa un sourire.

— Il a de la chance d'avoir une sœur prête à le défendre. J'espère qu'il en est conscient.

Il appuya sur un bouton, et du café fumant coula dans des mugs en porcelaine.

— Prenez-vous votre café noir, ou avec du lait ?

— Avec du lait, s'il vous plaît.

Il ajouta du lait dans les mugs après l'avoir fait mousser, et en tendit un à Jessie.

— Du sucre ?

— Merci.

Elle mit du sucre en poudre blond dans la tasse et sirota prudemment un peu de café brûlant, incapable de regarder le Dr Benitez dans les yeux : il fallait qu'elle remette de l'ordre dans ses pensées.

Il se montrait poli, mais cela ne signifiait pas qu'il lui pardonnait d'être partie comme elle l'avait fait la veille.

Elle opta pour la franchise.

— Est-ce que je vais perdre mon travail à cause de ce qui s'est passé hier ? J'aimerais être fixée sur mon sort.

José la fixa par-dessus le bord de son mug.

— Nous devrions peut-être prendre un nouveau départ

et essayer d'oublier ce qui s'est passé entre votre frère et moi. Après tout, comme je vous l'ai déjà dit, c'est avec lui, et non avec vous, que je me suis disputé.

Elle enregistra cette concession d'un léger hochement de tête. C'était beaucoup plus qu'elle ne l'aurait espéré, mais, intérieurement, elle demeurait piquée au vif par l'injustice de la situation.

— J'espérais que vous reviendriez sur votre décision de le congédier.

— Il ne faut quand même pas exagérer, répliqua-t-il sèchement. Si vous le voulez bien, nous allons mettre la question de côté pour l'instant.

A regret, Jessie acquiesça. Quel autre choix avait-elle ? Le voir rester inflexible était une vraie déception parce qu'elle avait espéré briser sa carapace et faire appel à sa sensibilité — mais peut-être n'en possédait-il aucune quand il s'agissait de Ben.

De plus, ce travail était important pour elle. Il s'agissait d'un emploi à temps partiel, mais ce salaire devrait lui permettre de régler le loyer de l'appartement qu'elle partageait avec Ben — un endroit qu'il avait dû trouver très vite quand leur père l'avait mis à la porte. Et c'était aussi avec ce salaire qu'elle devrait couvrir aussi tous les frais de Ben en attendant qu'il trouve un autre travail.

— Oui, ce serait mieux, murmura-t-elle.

— Bien... Qu'attendez-vous exactement de votre travail ici ? Hier, vous m'avez seulement dit que vous souhaitiez acquérir de l'expérience avant de choisir une spécialité. Et pourquoi ici ? Espériez-vous juste passer du temps avec votre frère et votre père ?

Un véritable entretien d'embauche ! pensa Jessie.

— Bien sûr, c'était important pour moi d'être près d'eux... mais je voulais aussi acquérir des connaissances en médecine tropicale.

— Pourtant, j'imagine que vous projetez de rentrer en Angleterre à un moment ou un autre ?

Il la regardait d'un air circonspect comme si sa réponse

était importante. Ce n'était qu'un contrat de trois mois, mais peut-être existait-il une chance qu'il soit prolongé, pensa Jessie.

— Oui… mais ce que j'apprends ici me sera quand même utile. Avec toutes ces possibilités de voyager dans le monde entier, il est plus important que jamais de savoir diagnostiquer des maladies inhabituelles. Et qui sait si je ne vais pas décider de rester dans les Caraïbes…

— Pourquoi pas ?

José parut se détendre, et il sourit pour la première fois de la matinée.

— On peut dire que vous vous êtes tout de suite retrouvée dans le grand bain, ce matin ! Aviez-vous une idée du type d'empoisonnement que vous traitiez, vous et le Dr Lombard ?

— Pas du tout. Je n'ai jamais entendu parler du mancenillier — apparemment, c'est quelque chose de très dangereux.

— On peut le dire. Voilà pourquoi la plupart de ces arbres sont équipés de panneaux pour mettre les gens en garde. Un simple contact avec les feuilles peut provoquer des cloques, et si on commet l'imprudence de garer sa voiture sous les branches pendant qu'il pleut très fort, la peinture peut être abîmée.

— Vous plaisantez !

— Pas du tout. Dans le passé, les Indiens caraïbes empoisonnaient l'eau potable de leurs ennemis avec des feuilles de mancenillier, et ils utilisaient la sève de l'arbre pour empoisonner leurs flèches afin que leurs victimes meurent dans des souffrances atroces.

Il vit la moue horrifiée de Jessie.

— A moins qu'elles soient traitées assez rapidement par des gens de leur tribu qui appliquaient un cataplasme d'arrow-root sur les plaies pour absorber le poison.

— Tyrell va s'en sortir, j'espère ?

— Oui. Il se peut qu'il ait quelques sensations désagréables pendant au maximum quarante-huit heures, mais je suis sûr qu'il se remettra.

José posa son mug.

— Si vous avez terminé votre café, je pourrais vous faire visiter le service ? Cela vous facilitera les choses.

Il lui posa une main sur le coude pour l'entraîner vers la porte, éveillant en elle toutes sortes de sensations contradictoires. Elle sentait avec acuité sa présence tout près d'elle, et au contact de ses doigts sur sa peau, un picotement brûlant remontait le long de son bras. Elle ignorait pourquoi cet homme la troublait autant, mais après ce qui s'était passé chez lui, elle devait lui résister. N'avait-il pas renvoyé Ben ?

— Vous connaissez déjà Amanda et Robert, murmura José pendant qu'ils regagnaient la zone de soins. Il y aura toujours l'un des deux si vous avez besoin d'aide. Je suis là d'habitude, moi aussi, sauf si c'est un jour comme aujourd'hui, où je pars tôt pour aller donner un coup de main sur le récif de corail.

— Au début, j'ai mal compris. Quand Ben a mentionné ses contacts avec vous, et le récif, j'ai cru que vous étiez biologiste marin ou quelque chose dans ce genre.

José eut un bref sourire.

— Non, rien de tel. Je veille sur la santé des plongeurs et de toutes les personnes engagées dans le travail de sauvegarde — pas de manière permanente, mais autant que je le peux. En fait, nous manquons de gens pour aider occasionnellement.

— Je vois. Ben me parle parfois de cette protection. Je sais qu'il aime aider sur le récif pendant son temps libre.

— C'est un bon plongeur et il est sérieux dans ses recherches. C'est dommage qu'il soit beaucoup plus négligent dans d'autres domaines.

Jessie se raidit.

— Il pourra continuer de travailler dans le groupe, j'espère ?

— Oui, bien sûr. Ce n'est pas moi qui dirige le projet... Si vous êtes intéressée, je pourrai vous montrer le travail que nous effectuons. Ce serait bien que vous veniez avec moi.

Jessie ne sut comment répondre à l'invitation. Serait-il sage de le voir en dehors de l'hôpital ? Sûrement pas. Mais, d'un autre côté, elle pourrait peut-être ainsi arranger les choses pour Ben.

— On verra, répondit-elle avec un léger haussement d'épaules.

Sa réponse évasive ne parut pas inquiéter José. Sans doute se sentait-il assez sûr de lui pour ne rien brusquer.

Ils étaient arrivés dans le principal service d'urgences, et il lui montra où se trouvaient le matériel et les formulaires nécessaires. Les tenues d'hôpital étaient rangées dans les vestiaires, mais, pour la plupart, les médecins portaient leurs tenues de ville quand ils soignaient les enfants.

— C'est moins impressionnant pour eux, commenta José.

Il était en train d'expliquer la routine du service et la procédure d'admission des malades quand Robert les rejoignit.

— Bonjour, José. Jessie, il faut que j'aille m'occuper en urgence d'un adulte blessé, alors j'ai pensé que vous pourriez vous occuper d'une fillette de trois ans. Je ne sais pas si vous avez déjà entendu parler du chikungunya ?

— Oui. Un virus propagé par le moustique-tigre asiatique. Symptômes graves proches de ceux de la grippe, et beaucoup de douleurs articulaires. Pour l'instant, on ne dispose d'aucun traitement.

— Vous vous êtes renseignée, apparemment, commenta Robert en souriant.

— Eh bien, je me suis dit que je devais faire quelques recherches si je devais venir travailler ici. J'espère que nous pourrons faire quelque chose pour cette petite ?

— Nous allons lui donner ce qu'il faut pour l'aider, répondit José. C'est bien que vous ayez fait l'effort de vous intéresser à la médecine tropicale. Allons voir comment elle va...

— O.K.

Robert se hâta d'aller rejoindre son patient blessé, pendant que Jessie gagnait avec José la salle de soins pédiatriques où une infirmière avait installé l'enfant qui pleurait.

— Vous voulez la prendre en charge ? dit José.

Jessie acquiesça avec circonspection. Ce serait un test pour elle, et peut-être José voyait-il les choses de cette façon.

Elle avait entendu parler de ce virus, mais n'avait jamais traité de patient qui en était atteint.

Après avoir interrogé posément la mère de la fillette, elle

entreprit d'examiner celle-ci, consciente du regard attentif de José. La petite fille n'allait pas bien. Fiévreuse et grognon, elle respirait trop vite, et il fallut un moment pour la convaincre de se laisser ausculter. Jessie put alors lui regarder les yeux et la bouche, lui palper les ganglions, et lui ausculter la poitrine avec un stéthoscope.

— Elle dit qu'elle a mal aux bras et aux jambes, et même aux mains... et elle est brûlante, dit la mère. Son frère souffre du même virus, mais il n'est pas aussi malade que Marisha. Elle se sent épuisée, et elle a du mal à respirer.

— Ce virus peut provoquer divers problèmes, expliqua Jessie, replaçant son stéthoscope dans la poche de sa veste en coton. L'organisme de Marisha a mal réagi. Nous allons lui donner un anti-inflammatoire pour la douleur, ce qui devrait aider à faire tomber la température.

Elle se tourna vers l'infirmière.

— Pourriez-vous lui faire un électrocardiogramme, s'il vous plaît ? J'aimerais avoir son rythme cardiaque.

— Oui, bien sûr.

L'infirmière posa rapidement des capteurs sur la poitrine de Marisha et effectua l'examen pendant que Jessie profitait de cette diversion pour prélever des échantillons sanguins.

José étudia les résultats avec Jessie.

— Quel est votre verdict ? demanda-t-il à voix basse.

Il la testait, elle en était sûre.

— Son rythme cardiaque est trop rapide. Il faut le ralentir, ce qui calmera la respiration. Je soupçonne que le virus a enflammé le muscle cardiaque, provoquant une congestion. Je vais lui prescrire un glucoside cardiaque pour réguler le cœur, plus un diurétique pour contrôler la pression artérielle. Et aussi un régime hyposodé jusqu'à ce qu'elle se soit débarrassée du virus. Il lui faudra du repos pour reprendre des forces, mais, avec un peu de chance, elle n'aura aucune séquelle.

José posa sur elle un regard approbateur.

— *Excelente*. Je vous laisse régler tout ça : elle est en de bonnes mains.

Il s'éloignait quand il se retourna.

— Nous pourrions nous retrouver à la cafétéria de l'hôpital pour déjeuner ? Vous pourrez me dire comment ça s'est passé. Vers 13 heures ?

C'était plus un ordre qu'une suggestion. Mais, apparemment, elle avait réussi le test, pensa Jessie avec un infini soulagement.

— Alors, cette journée ? lui demanda Robert quand, deux heures plus tard, elle entra dans le restaurant situé à l'étage du haut.

Il était presque 13 heures, et il fit la queue avec elle devant le comptoir, garnissant son plateau avec un plat de riz au curry, et un dessert au fruit de la passion.

— Très bien, dans l'ensemble, répondit-elle. Amanda m'a indiqué où se trouvent l'équipement et tout le reste. José m'a montré beaucoup de choses, mais pas tout encore, évidemment.

Ils s'installèrent à une table devant une fenêtre, et Jessie demeura bouche bée devant la vue. Au-delà des collines vertes qui entouraient la ville, elle apercevait le superbe bleu profond de la mer.

A cet instant, José vint les rejoindre, et il posa un regard approbateur sur le ragoût de poulet de Jessie.

— Je suis content de voir que vous prenez un solide repas. Il faut que vous préserviez vos réserves d'énergie dans ce travail.

Tout en mangeant avec appétit un navarin de porc, il écouta Robert et Jessie comparer leurs notes sur le travail du matin, les interrompant parfois pour ajouter un commentaire.

— Comment ça s'est passé avec vos jeunes patients ? demanda Robert. Je sais que vous avez de l'expérience en pédiatrie.

— Les enfants sont adorables, même la petite fille qui s'était enfoncé une perle dans le nez et refusait que je la touche.

Robert pouffa.

— C'est le problème quand on s'occupe de jeunes patients : il faut obtenir leur coopération, ou sinon, on ne peut rien faire.

— J'ai vu la petite qui avait une perle dans le nez, intervint

José. Pendant que sa mère parlait avec l'infirmière, le petit frère de la patiente a tiré une perle du diadème de sa sœur, et il a essayé de copier ce qu'elle avait fait. J'ai réussi à l'arrêter *in extremis*.

Ils rirent tous les trois, puis la conversation s'orienta vers la sublime vue sur le port et la côte.

— Est-ce que vous avez pu explorer des îles ? demanda Robert.

— Non, pas vraiment car ça fait à peine deux jours que je suis là... Mon frère m'a montré une plage proche, mais à part cela et une rapide visite des environs de mon appartement, je n'ai guère eu l'occasion d'en voir davantage. Mais je suis impatiente : tout semble si beau ici... Il me tarde vraiment de visiter un peu les îles.

— Il y a une petite anse pas loin d'ici. Je pourrais vous la montrer après le travail si vous n'avez pas d'autres projets, bien sûr, dit Robert.

Jessie allait répondre, mais José intervint posément.

— En fait, j'espérais que Jessie viendrait au récif avec moi en fin d'après-midi. J'ai pensé que le travail que je fais vous intéresserait peut-être, Jessie, puisque vous avez dit que vous auriez besoin d'un revenu complémentaire. Ce serait idéal pour vous.

— Oui... c'est vrai. Mais je n'avais pas pensé...

Il y avait donc une chance de travailler au récif ? Si elle était inquiète à l'idée de passer du temps avec José en dehors du travail, elle n'avait pas songé qu'il pouvait y avoir un avantage.

— Peut-être... Ça me plairait beaucoup d'aller à l'anse avec vous un jour, Robert, mais... je devrais peut-être saisir cette occasion de savoir si je serais capable de travailler au récif ? Un revenu complémentaire me serait vraiment bien utile.

— Bien sûr. Je comprends. Ne vous inquiétez pas, nous irons une autre fois, répondit Robert, tentant de masquer sa déception sous un sourire chaleureux.

José avait-il voulu l'empêcher de passer du temps avec Robert ? se demanda Jessie, pensive. Sa proposition était peut-être dictée par une raison cachée ?

Au fond, ce n'était peut-être pas une mauvaise chose. Elle aurait une occasion rêvée de plaider une fois encore la cause de Ben. José Benitez n'était pas complètement insensible !

— On se retrouve après le travail, alors, murmura-t-elle.

José sourit.

— *Muy bien.*

3

En fin d'après-midi, ils empruntèrent la sinueuse route côtière dans la décapotable de José pour gagner le port. Ce n'était pas un long trajet, mais Jessie en apprécia chaque minute tant les paysages étaient différents. Après la ville avec ses agréables places de marché ombragées par des tamarins et des palmiers, elle admira les pentes boisées et les douces collines dont les ondulations descendaient jusqu'aux eaux bleu clair de la marina. Le soleil lui caressait le visage, et la douce brise jouait dans ses cheveux.

— Est-ce que le récif se trouve loin d'ici ? demanda-t-elle quand José arrêta la voiture.

— A quelques minutes seulement en bateau.

José prit une mallette dans le coffre, puis ils longèrent les quais où des bateaux de toutes tailles, dont la peinture brillait sous le vif soleil de l'après-midi, étaient amarrés. José s'arrêta près du *Bella Rosa*, un grand yacht blanc au pont bordé d'un bastingage d'acier brillant.

Jessie ouvrit de grands yeux.

— Il est à vous ?

— Oui. Je l'ai acheté il y a environ trois ans pour me promener autour des îles et me rendre au récif quand je le voudrais. Il est magnifiquement équipé. Je pense qu'il vous plaira — je l'espère, en tout cas... Montez à bord, vous me direz ce que vous en pensez.

Il poussa le portillon puis tendit la main pour aider Jessie à gravir la passerelle avec lui. Il était grand, mince, et plein d'énergie, et elle était si près de lui qu'elle sentait sa cuisse la frôler. Quand il la lâcha en haut de la passerelle, elle éprouva une pointe de déception, mais elle s'efforça de chasser ce sentiment. José était son patron et il y avait un problème entre lui et Ben, alors ce ne serait pas très intelligent de se laisser séduire ! Il ne fallait pas s'engager dans une histoire sentimentale : qui pouvait dire que José ne serait pas exactement le même genre que l'homme qui l'avait fait souffrir ?

Mais, pour l'instant, elle demeurait ébahie en détaillant le yacht. Le soleil faisait briller le bois doré et ciré du pont, et des portes vitrées s'ouvraient sur un spacieux salon pourvu de canapés de cuir et d'une table basse. De larges fenêtres offraient une vue panoramique sur le port.

Tout était parfait, et Jessie s'imaginait sans peine assise là, un apéritif à la main.

— Waouh ! Que puis-je dire d'autre que « Waouh » ?

José sembla amusé par son air stupéfait.

— Permettez-moi de vous faire visiter le pont inférieur.

Ils descendirent l'escalier qui donnait accès dans la cuisine où toutes sortes d'équipements étaient dissimulés par un revêtement en chêne clair.

— Il y a une cuisinière, un four à micro-ondes, un réfrigérateur et un congélateur, dit-il. Tout le nécessaire...

Outre la suite du propriétaire, il y avait deux autres cabines habillées de la même boiserie, tout comme le salon principal, où les étoffes luxueuses ajoutaient à l'impression d'opulence. La pièce se prolongeait par une salle à manger, inondée de lumière.

— C'est fantastique ! Je suis impressionnée. Je dois dire que c'est un moyen original de se rendre à son travail !

— La meilleure, je suppose, répondit José, amusé, en prenant une bouteille dans le réfrigérateur.

Ils regagnèrent le pont supérieur où José sortit deux flûtes à champagne d'un placard vitré, et les remplit.

— Malheureusement, ce n'est qu'un pétillant de raisin sans alcool car je dois piloter le bateau et être en forme pour travailler, mais c'est rafraîchissant... Et vous pouvez en boire autant que vous voulez.

Il leva son verre puis le fit tinter doucement contre celui de Jessie.

— *Salud !*

— *Salud !* répondit-elle.

Troublée par le regard intense de José, elle détourna les yeux et sirota lentement sa boisson.

Après avoir vidé son verre, José reporta son attention sur le démarrage du bateau au grand soulagement de Jessie.

Le yacht s'élança sur l'eau en direction d'un affleurement vert et, bientôt, il s'arrêta sur le site de plongée. Plusieurs hommes s'affairaient à bord d'un autre bateau amarré là. En combinaison de plongée ou en short, ils s'affairaient avec l'équipement, les bouteilles d'air comprimé, et les masques.

— *Hola !* Ça va, tout le monde ? dit José.

Les hommes acquiescèrent.

— Parfait, reprit-il. Vous nous autorisez à monter à bord ?

— Oui, venez, répondit le skipper avec un large sourire.

José prit sa mallette et sortit une grosse trousse médicale d'un des placards de son bateau, puis il aida Jessie à passer du yacht au bateau de plongée.

— Espérons que la séance va bien se passer, dit-il.

Debout sur le pont découvert, ils regardèrent les hommes se mettre à l'eau.

— Que cherchent-ils au fond ? demanda Jessie. C'est un projet de sauvegarde...

— Beaucoup de récifs caribéens ont été abîmés au fil des années pour un certain nombre de raisons, expliqua José. Par exemple, le réchauffement de la mer à cause de changements climatiques peut causer la mort du corail.

— Est-ce qu'on peut lutter contre ces problèmes ?

— Oui. Nous réensemençons le récif avec des espèces de corail à croissance rapide. Nous réussissons assez bien ici et, avec un peu de chance, nous parviendrons à inverser le cours des choses.

José désigna de la main une chaise près du bastingage.

— Asseyez-vous, je vous en prie.

S'asseyant à côté d'elle, il ouvrit la mallette qu'il avait apportée, dévoilant un panier en osier pleine d'une nourriture alléchante.

— J'ai pensé que vous auriez peut-être faim à un moment ou un autre, alors je me suis arrêté au restaurant. Servez-vous.

Il lui tendit une assiette, une serviette, et des couverts.

— Quelle gentille attention, dit-elle avec sincérité. Ça a l'air délicieux !

Le panier contenait des mets variés : bouchées de tortilla garnies de poulet, de poivrons, d'oignon rouge, salade de pommes de terre, et pain de maïs aux épices...

— Mm... C'est bon, murmura-t-elle, quelques instants plus tard. J'ignorais que j'avais aussi faim.

Après avoir ouvert une bouteille de vin, José remplit un verre de liquide pétillant qu'il lui tendit.

— Il y a aussi une salade de fruits tropicaux, et des tartes aux fruits.

— Vous avez pensé à tout, répondit-elle en souriant. C'est merveilleux.

Elle lui adressa un regard espiègle.

— C'est comme ça que vous passez *toutes* vos journées de travail sur le récif ?

Il s'esclaffa.

— Pas exactement. Mais, aujourd'hui, c'est un peu différent. Vous êtes là...

Le regard qu'il posait sur elle la fit trembler intérieurement.

— En quoi consiste le travail ? demanda-t-elle pour calmer les ondes étranges qui semblaient vibrer dans l'air.

Il se servit de la salade de haricots rouges et de riz.

— Il faut que je surveille l'état général de santé des plongeurs, et que je règle les difficultés qu'ils peuvent avoir en tenant à jour les comptes rendus de plongée. Pour l'essentiel, il s'agit de problèmes d'oreilles, et parfois, d'éraflures ou d'écorchures. Ces hommes sont des professionnels expérimentés, mais la plongée est une activité dangereuse et nous devons toujours rester en alerte.

Jessie savoura une gorgée de vin tout en contemplant l'eau bleu scintillante.

— Ben me parle parfois de ses plongées, dit-elle. Il dit qu'il y a des montagnes drapées dans des algues qui ressemblent à des arbres et ondulent au gré du courant. Il m'a montré une vidéo sous-marine qu'il a tournée du récif et on voit des palourdes géantes, des anémones de mer, et des gorgones — il y a même une tortue qui essaie de manger une éponge. Apparemment, plonger ici, c'est une expérience merveilleuse.

— C'est vrai. Vous pourriez essayer de plonger vous-même un jour, ou passer un moment sur un bateau à fond vitré pour observer le récif.

— Oui, pourquoi pas ?

Jessie prit une tartelette aux fruits nappée d'abricot, et mordit dedans, savourant le goût délicieux sur sa langue.

— Oh ! j'ai l'impression d'être au paradis ! murmura-t-elle, fermant un instant les yeux.

— Un ange sur la Terre, vraiment, commenta doucement José, la parcourant du regard.

Elle le regarda avec méfiance, même si son cœur s'était soudain mis à battre plus vite. Les attentions de José la flattaient, et ce séducteur éveillait en elle une réaction que son corps, ce traître, ne demandait qu'à exprimer ! Mais dans un coin de sa tête, elle entendait résonner une sorte d'avertissement. Elle n'était pas sûre d'être prête pour n'importe quel genre de flirt. Peut-être devrait-elle se montrer plus prudente avec cet homme-là.

Il dut percevoir son malaise car il reporta son attention sur la nourriture.

— Je me demandais si nous verrions Ben, aujourd'hui, dit-il. Votre frère vient souvent en fin d'après-midi.

— Oui. Avant, il finissait son travail à la distillerie de mon père et, ensuite, il venait ici directement. Ensuite, quand il a commencé de travailler chez vous, il a gardé la même routine... Mais maintenant, c'est différent. Il va chercher du travail aujourd'hui.

Le regard de José s'assombrit.

— Mm... C'est malheureux qu'il perde ainsi ses emplois. Je sais que cela vous affecte, ce qui s'est passé entre lui et moi, mais je ne peux pas prendre le risque d'avoir dans mon équipe quelqu'un de peu fiable. Vous pouvez comprendre ça, je pense ?

— Bien sûr, mais j'espérais que vous lui donneriez une seconde chance. Il traverse une période difficile en ce moment, surtout après ce qui s'est passé avec mon père.

José prit un morceau de pain de maïs et le plongea dans un petit plat de sauce.

— Il ne m'a jamais vraiment raconté ce qui s'est passé — seulement qu'il n'y avait pas de place pour lui à la distillerie de rhum.

Jessie eut une petite moue désabusée.

— Ils se sont disputés. Cela n'avait rien à voir avec le travail de Ben — c'était un problème de relations entre eux qui a commencé quand Ben était petit. Récemment, mon père l'a invité à venir ici, et il a saisi cette chance avec l'espoir qu'en passant du temps ensemble, ils apprendraient à mieux se connaître.

— Mais ça n'a pas marché ?

— Non, malheureusement. Après une énorme dispute, mon père lui a dit de faire sa valise et de partir. Il ne lui a même pas laissé le temps de trouver un autre endroit pour se loger, alors Ben a dû passer la nuit chez Zach, le temps de trouver une solution. D'après ce que m'a raconté mon père, la querelle a commencé pour trois fois rien, comme c'est souvent le cas, et à la fin, Ben a dit à mon père qu'il était nul comme parent, et qu'il n'avait pas le droit de lui dicter sa conduite puisqu'il ne s'était jamais beaucoup occupé de lui depuis ses onze ans.

José esquissa une grimace.

— Aïe ! Ça a dû vexer votre père.

— Oui, il est furieux. Mais je pense que le problème principal maintenant, c'est qu'il s'est remarié, et sa nouvelle jeune femme, Hollie, ne comprend pas pourquoi nous occuperions une grande place dans la vie de mon père. Elle semble assez gentille, mais elle et moi, nous n'avons pas réussi à nous entendre aussi bien que je l'aurais voulu. Elle a sûrement l'impression d'être menacée.

— C'est possible. C'est sûrement une situation difficile pour vous et votre frère... Pour votre père aussi, je suppose... C'est à cause de sa nouvelle épouse que vous n'êtes pas allée habiter chez lui ?

— En partie. Quelque chose me dit qu'elle ne voudrait pas de nous là-bas. Elle nous voit comme des intrus — ce que nous sommes, en un sens. L'autre raison, c'est que je préfère conserver mon indépendance.

— Que comptez-vous faire maintenant, après cette dispute ?

Jessie eut un léger haussement d'épaules.

— Je veux essayer de rétablir la relation pour le bien de tous, à la fois avec mon père et avec Hollie. Il faut que je voie mon père et que j'essaie de lui parler pour arranger les choses, mais c'est difficile. Ni Ben ni moi ne nous entendons très bien avec lui après la manière dont il a traité notre mère avant de nous abandonner tous, mais c'est probablement pour Ben que c'était le plus dur. Il était perturbé et révolté, et, maintenant encore, il a du mal à tourner la page. Je pense que cet épisode récent l'a gravement démoralisé — ça pourrait expliquer pourquoi il s'est mis à boire plus que de raison et à arriver au travail en retard. Ce n'est pas sa manière habituelle de se comporter.

Elle s'essuya les mains sur une serviette et reporta une fois encore son attention vers la mer au moment où quelque chose troublait la surface de l'eau. Une silhouette fendit les vagues près du bateau, s'accrocha au bastingage, et se hissa à bord. Le skipper sortait de la cabine quand José se leva pour aller aider le plongeur.

Celui-ci ôta son masque. Agé d'une vingtaine d'années, il était solide et musclé, mais en cet instant précis, il respirait fort, et une grimace de douleur lui déformait le visage.

Jessie alla rejoindre José et le capitaine pour voir si elle pouvait se rendre utile.

— C'est mon pied, dit l'homme d'une voix rauque. Il y avait beaucoup de courant en bas, et j'ai glissé sur un oursin.

— O.K., Tim, tu vas t'asseoir, dit José.

Avec l'aide du capitaine, il aida le jeune homme à s'installer sur une chaise puis il examina le pied blessé.

— Ce n'est pas joli, dit-il.

Jessie vit que plusieurs piquants s'étaient plantés dans la plante et le côté du pied. Certains s'étaient brisés, laissant leurs extrémités noires sous la peau.

— Il faut que je les extraie au risque qu'ils infectent la blessure, reprit José.

Le pied était déjà rouge et enflé. José ouvrit sa trousse et en sortit le matériel nécessaire : une seringue, une dose d'anesthésique et des pinces fines.

— Est-ce que vous voulez quelque chose pour la douleur ? demanda-t-il.

— Oui, si vous avez, répondit le blessé.

José lui donna deux comprimés avec un jus d'orange pour les avaler.

Tim parvint à sourire.

— Merci, doc. C'est gentil.

— Détendez-vous le plus possible. Il faut que je fasse des injections anesthésiques dans plusieurs endroits du pied, et ensuite, je retirerai les piquants.

Jessie fouilla dans la trousse médicale et trouva un haricot pour y déposer les piquants. Ensuite, elle regarda José les extraire avec soin.

— J'ai retiré tout ce que je pouvais, mais il en reste, dit-il enfin. Comment ça va, Tim ?

— Ça va...

— Bon. Je pense que le mieux, ce serait un bain de pied dans de l'eau chaude additionnée de vinaigre.

Il inspecta une fois encore le contenu de son sac médical pour en sortir triomphalement une bouteille de vinaigre.

— C'est toujours bien d'avoir ça à portée de main.

— Je vais chercher de l'eau chaude et une bassine, dit Jessie.

— Merci.

Le capitaine la conduisit dans la cabine d'où elle revint peu après avec une bassine d'eau.

José versa le vinaigre puis il testa la température du doigt.

— Parfait, dit-il. Il faut laisser votre pied dans le bain pendant une heure environ, Tim.

Celui-ci acquiesça et plongea docilement son pied dans l'eau. Ils s'assirent tous et bavardèrent pendant quelques minutes, et Jessie découvrit avec étonnement que les pointes noires commençaient à se dissoudre.

— C'est incroyable, dit-elle. Je ne m'attendais vraiment pas à voir ça.

— C'est une autre façon de les enlever, répondit José. Ce n'est peut-être pas tout à fait aussi efficace. En enduisant la zone de cire fondue et en la laissant refroidir, on peut ensuite retirer doucement cette couche de cire, et les piquants partent avec. Mais cela vaut la peine d'essayer d'abord le bain de pieds. Tim, je vais faire une ordonnance d'antalgiques et d'antibiotiques.

Il posa un pansement provisoire sur le pied.

— Pour éviter toute infection..., commenta-t-il.

Tim approuva d'un hochement de tête, et il se leva avec effort quand José eut terminé.

— Je pense que je vais aller me changer dans la cabine.

— C'est une bonne idée, dit José. Et ce serait bien d'attendre un moment avec le pied surélevé.

— O.K.

Tim s'éloigna, soutenu par le capitaine.

— Que diriez-vous de travailler ici régulièrement, Jessie ? demanda José tout en rangeant son matériel. Est-ce que vous pensez que ça vous conviendrait ? Je vous aiderai les premières fois, si vous voulez, pour que vous vous habituiez petit à petit.

— Oui, merci, j'adorerais prendre ça en charge, et ce serait bien que vous m'aidiez au début, le temps que je m'habitue aux différents types de traumatismes.

— Bien. C'est réglé, alors... Voulez-vous manger ou boire encore quelque chose ?

— Non, ça ira, merci.

— O.K. Le reste de l'équipe se fera un plaisir de tout finir. Alors ? Votre premier jour de travail dans les Caraïbes s'est-il passé comme vous le pensiez ?

— Oh non. Pas du tout. Cela a été une expérience incroyable — le temps a passé très vite et, en venant ici, je n'aurais jamais pu imaginer quelque chose de pareil. Et quelle agréable fin de journée, d'être assise ici sur le pont, à regarder le soleil scintiller sur l'eau, mais... je ne suis pas sûre que toutes les journées seront aussi agréables ! conclut-elle avec un sourire.

— Je suis persuadé que nous pourrions y travailler, si c'est ce que vous souhaitez vraiment.

José avait parlé d'une voix légèrement rauque et très séduisante et, pendant un instant vertigineux, Jessie hésita. Qui pouvait résister à la tentation, à la promesse délicieuse contenue dans ces mots ?

— Eh bien... c'est une idée, répondit-elle.

4

Tout bien considéré, sa vie dans les Caraïbes prenait un tour agréable, pensa Jessie. Ses journées à l'hôpital se déroulaient à un rythme parfois très soutenu, mais pendant son temps libre, elle pouvait découvrir l'île avec son frère, ou se détendre sur une plage peu fréquentée.

Cela aurait été idyllique s'il n'y avait pas eu ses soucis concernant Ben et leur père, et les sentiments contradictoires que lui inspirait son patron. Comme ce serait facile de succomber aux avances de José ! Cette idée la troublait délicieusement... mais elle ne pouvait pas prendre ce risque. Comment envisager une relation avec un homme qui s'était mis à détester son frère ? Ben ne lui pardonnerait jamais cette trahison, et elle-même, comment pourrait-elle aimer un homme qui restait inflexible alors qu'il savait à quel point la situation la faisait souffrir ? Mieux valait garder avec lui une relation strictement professionnelle.

— Est-ce que ton frère a trouvé du travail ? demanda Robert. Il avait un peu de mal à trouver quelque chose qui lui convenait...

Ils avaient pris un moment pour consulter les dossiers de leurs malades, un jour, en fin de matinée. Après une semaine, Robert était devenu un ami pour Jessie ; il l'aidait à s'adapter au travail, et elle s'était un peu confiée à lui.

— Oui. Il a été engagé par une entreprise qui fabrique du mobilier. Pour l'instant, il effectue du travail basique, mais peu à peu, il va apprendre le métier.

Robert lui adressa un regard empreint de sympathie.

— Ça doit être très différent de ce qu'il faisait avant. Votre père lui apprenait comment distiller, je suppose ? Il devait accéder à un poste d'encadrement ?

— Oui. C'est ce que nous avions compris, en tout cas. Ça a été difficile pour lui d'admettre l'idée qu'il avait perdu ce travail après sa dispute avec notre père, et ensuite, d'être renvoyé par José. J'ai beaucoup de peine pour lui. Il commence à penser qu'il est nul, et j'ai beau lui dire que rien de tout ça n'est sa faute, il continue de se faire des reproches. Peut-être, si José lui avait donné une chance...

— Vous pensez toujours que votre frère est innocent ? demanda une voix grave, résonnant dans la pièce.

José, entré sans bruit. Sur ses gardes, Jessie se retourna.

— Oui, vous le savez bien. Il n'a pas utilisé votre maison pour la fête. C'était une idée de Zach et Eric. Par ailleurs, les problèmes qu'il avait pour arriver à l'heure au travail étaient dus à son désarroi après un nouveau rejet de la part de mon père — cela devient une habitude. Si vous lui aviez témoigné un peu de compassion et de compréhension, il aurait pu vous prouver qu'il était capable de se ressaisir. Au lieu de ça, vous n'avez fait que l'enfoncer davantage.

José ouvrit des yeux incrédules.

— Alors c'est moi, le responsable ? N'avez-vous pas été rejetée par votre père, vous aussi ? Pourtant, vous ne vous apitoyez pas sur votre sort ! Vous avez fait des études de médecine que vous avez menées à bien.

Jessie leva le menton.

— Ben est plus jeune que moi. C'était encore un enfant quand notre père est parti, et il n'a pas compris ce qui se passait. Il avait besoin de son père et abandonné par lui, il a perdu tout espoir.

— Et à cause de ça, vous le maternez et vous lui cherchez des excuses quand il gâche tout. Vous êtes une sœur aimante, *chica*, mais vous faites fausse route, j'en ai bien peur.

— Et vous, vous vous trompez. Vous êtes dur et inflexible, et je regrette beaucoup que vous ne vous en rendiez pas compte.

Le visage de José exprima la stupéfaction. Peut-être personne n'avait-il jamais contesté son jugement auparavant, mais elle n'allait pas reculer maintenant, et elle soutint résolument son regard.

Soudain, Amanda, l'infirmière chargée du triage, entra dans le bureau, l'air inquiet.

— Il faut que vous veniez tout de suite, docteur Benitez. On vient d'amener deux petites filles. Depuis quelques jours, elles souffrent de la dengue, mais l'état de l'une des deux, Raeni, s'est aggravé. Sa sœur aînée, Shona, a été amenée aussi. Je vais suggérer que les parents restent avec cette dernière pendant qu'on s'occupera de Raeni. Ce serait trop déprimant pour eux de la voir dans cet état.

— Quels sont ses symptômes ? demanda José, immédiatement en alerte.

— Les symptômes habituels de la dengue : douleurs articulaires, température élevée, vomissements, et maintenant, une éruption cutanée — des petits points rouges sous la peau — et des hématomes. Elle est agitée. Pouls faible et rapide.

Robert émit un sifflement silencieux.

— C'est hémorragique, commenta-t-il, inquiet. Et sa sœur ?

— Ça a l'air moins grave. Douleurs musculaires et articulaires, forte migraine, et vomissements.

José se dirigeait déjà vers la porte.

— Plaçons-les en observation. Nous allons faire tous les tests nécessaires : gaz du sang, sérum, enzymes du foie, plaquettes, radio du thorax... Comme vous le savez, cette maladie peut être fatale, et il faut la garder sous contrôle. Jessie, vous vous occuperez de Raeni avec moi. Robert et Amanda, vous vous occuperez de Shona. On y va.

Jessie avait entendu parler de la dengue — une maladie très dangereuse si elle devenait hémorragique car les organes finissaient par ne plus fonctionner. Le problème, pour les médecins, c'était que la maladie était virale à l'origine, et il n'y avait pas de véritable médicament. Tout dépendait de l'aptitude du patient à combattre la fièvre et la douleur, ce qui signifiait que les enfants et les personnes âgées étaient bien plus exposés que les adultes — tout cela, provoqué par la piqûre d'un moustique infecté ! Jessie se sentit envahie par une appréhension qui la glaça. Raeni était en danger.

Elle se dirigea en hâte vers la salle de soins. La petite fille s'agitait sur l'oreiller, le corps moite, pendant que José l'examinait.

— Voulez-vous que je la mette sous perfusion ?

— Oui, s'il vous plaît, répondit José. Lactate de Ringer. Elle a besoin de fluides pour lutter contre la fièvre et pour maintenir la pression artérielle... Je n'aime guère cette ecchymose. Si son état se détériore encore, on la transfusera, alors vérifiez son groupe sanguin.

— Entendu, répondit Jessie.

L'enfant avait l'air si fragile, et si mal en point... Jessie installa rapidement la perfusion puis elle effectua un prélèvement sanguin.

— Je l'envoie au labo, dit-elle, glissant les échantillons dans leurs pochettes avec les formulaires destinés au laboratoire.

— Merci.

José était préoccupé par l'état de sa jeune patiente.

— Sa température est bien trop élevée et elle doit souffrir, dit-il. Du paracétamol devrait la soulager, et faire tomber la fièvre. Peut-être un sédatif serait-il utile pour calmer cette agitation qui résulte sûrement d'une déshydratation.

Il administra de l'oxygène par des canules nasales, et non par un masque qu'aurait mal supporté une enfant stressée et fiévreuse.

Jessie se rendit en hâte au laboratoire, et quand elle revint, José avait la situation bien en main. Raeni était reliée à des moniteurs qui enregistraient son activité cardiaque, sa pression artérielle, sa respiration et son taux d'oxygène. Si un de ses signes vitaux se dégradait, une alarme sonnerait.

— Elle semble plus calme, et sa température a un peu diminué, murmura Jessie. C'est encourageant, non ?

— Oui, mais il ne faut pas s'y fier, répondit José, le regard sombre. Les choses peuvent évoluer très vite et, dans ce genre de cas, il y a toujours un point critique. Le patient va mieux ou... Je vois que vous vous inquiétez pour elle, *querida*, mais il faut vous préparer au pire. Je sais que vous avez beaucoup de sollicitude pour tous vos patients... peut-être un peu trop parfois.

— Je pourrais dire la même chose de vous.

José esquissa un bref sourire.

— Vous n'avez pas tort...

Il ajouta quelques notes à la fiche de Raeni avant de poursuivre :

— J'aime bien savoir ce que deviennent mes patients, c'est vrai. Au fait, comment va la fillette de trois ans qui souffrait du chikungunya... Marisha, je crois ? Je me suis occupé d'elle — il y avait des complications et elle a fait une myocardite. Aujourd'hui, je n'ai pas encore pu en parler avec l'équipe qui la suit.

— Elle était si petite et si vulnérable ! C'était terrible de la voir dans cet état, répondit Jessie. J'ai pris de ses nouvelles. L'inflammation du cœur lui a causé beaucoup de problèmes, mais elle a repris des forces et elle quittera l'hôpital demain, sous conditions : repos à la maison et régime sans sel. Le Dr Morrison pense qu'elle se rétablira sans séquelles.

— Bien. Je suis content qu'elle aille mieux. C'est raisonnable de la renvoyer chez elle pourvu qu'elle revienne ici pour des contrôles réguliers.

— Mm... Je demanderai si c'est prévu, mais je suis sûr que c'est le cas.

Jessie regarda la petite fille qui s'était endormie puis les moniteurs. Les données n'étaient pas bonnes.

— Vous devriez aller déjeuner. Je reste avec elle, dit José.

— Oh ! non... ça ira. Je prendrai ma pause plus tard. Je dois rester au cas où son état se dégraderait.

— Non. Vous n'avez pas arrêté depuis ce matin, et l'heure de votre pause-déjeuner est déjà largement passée. Il y a d'autres médecins disponibles. Allez-y.

Cela ne servirait à rien de discuter, pensa Jessie. Elle obéit donc, non sans réticence, et gagna le vestiaire pour prendre son sac à main et ôter sa blouse en coton.

Elle quittait les urgences quand elle rencontra Robert.

— Salut, Jessie ! Tu vas déjeuner ? Est-ce que ça te dérange si je viens avec toi ?

— Non, pas du tout ! Au contraire, répondit-elle avec un sourire. Comment va Shona ?

— Elle est stable. Nous l'avons mise sous perf et nous lui avons donné des analgésiques, alors elle ne souffre pas pour le moment.

— C'est bien.

Tout en longeant le couloir, Jessie jeta un coup d'œil par la fenêtre qui donnait sur les jardins de l'hôpital.

— Je pensais acheter deux sandwichs à la cafétéria et sortir prendre l'air, si ça te convient.

— Très bonne idée.

A la cafétéria, ils achetèrent donc des sandwichs au poulet et au bacon accompagnés de salade, et des boissons fraîches.

— Je pourrais te montrer la plage à côté, si tu ne l'as pas encore vue, suggéra Robert.

— Oui. Ça me plairait bien. D'habitude, je reste dans le jardin pendant l'heure du déjeuner. Est-ce que c'est loin ?

— Non, à cinq minutes à pied. C'est l'anse dont je te parlais… avant que José nous empêche d'y aller ensemble, dit-il avec un sourire désabusé.

— Ah bon ? C'est ce qu'il a voulu faire ? Je me suis posé des questions.

— Il te regarde tout le temps, en tout cas.

A quelques mètres d'une cabane de bois vendant toutes sortes d'articles de plage et abritée du vent par la falaise, ils mangèrent leur repas, en regardant les vagues se briser sur le sable blanc.

La tête renversée en arrière, Robert termina sa cannette de boisson.

— J'ai remarqué que tu étais assez réticente avec José depuis quelques jours. Je pense que tu fais bien d'être prudente. Les femmes tombent amoureuses de lui, mais il n'a jamais de relation sérieuse.

— Ah bon ?

Robert semblait confirmer ce qu'avait suggéré Ben.

— Comprends ce que je veux te dire… C'est un médecin brillant et un homme bien, mais je vois qu'il s'intéresse à toi et tu pourrais facilement te laisser tenter au risque de souffrir. Je te connais depuis peu de temps, mais je t'apprécie beaucoup.

Elle eut un sourire circonspect.

— Merci de me dire ça, Robert… Merci de me mettre en garde, et de veiller sur moi. En fait, je ne cherche pas du tout à entamer une relation. Là d'où je viens, j'ai eu une mauvaise expérience avec mon ex… et je pense que mes blessures ne sont pas encore cicatrisées.

Si elle nouait une relation avec José, ce serait pire encore : pourquoi la traiterait-il autrement que les autres femmes ?

Robert lui pressa doucement la main pour lui témoigner sa sympathie.

— Cet ex doit être un imbécile pour t'avoir fait du mal. Mais regarde cette mer et ce ciel bleu. Ici, tu es à l'endroit idéal pour essayer de l'oublier. Tôt ou tard, si tu le veux bien, les Caraïbes vont guérir tes blessures.

— Je l'espère, murmura-t-elle.

Une boule douloureuse se formait au creux de son estomac chaque fois qu'elle pensait à Lewis et à sa trahison. Mais, au fond, n'était-il pas comme son père à elle ? Il avait rejeté l'amour de sa mère, et avait préféré sortir en cachette avec d'autres femmes. Est-ce que tous les hommes étaient les mêmes ? se demanda Jessie, gagnée par la nausée.

A leur retour à l'hôpital, quelques minutes plus tard, elle

retourna tout de suite dans la salle où Raeni était soignée et Robert l'accompagna.

— Je veux savoir comment elle va, dit-il.

Quand ils entrèrent, José parcourut Jessie de la tête aux pieds, depuis ses cheveux châtains qui retombaient en vagues brillantes et sa robe moulante de couleur claire, jusqu'à ses sandales de cuir. Etrangement, il regarda aussi les pieds de Robert, et se rembrunit.

Etonnée, Jessie suivit son regard et comprit. Des grains de sable brillaient sur ses sandales ainsi que sur les chaussures de Robert. José avait deviné qu'ils étaient allés à la plage ensemble, et cela semblait le contrarier beaucoup.

Cependant, il ne fit aucun commentaire, et Robert disparut pour s'occuper d'une de ses patientes.

Peu après, toutes les interrogations de Jessie furent balayées quand plusieurs alarmes résonnèrent. En regardant Raeni, Jessie sentit l'angoisse l'envahir : du sang perlait aux narines de la petite fille.

José inspecta doucement la bouche de la fillette puis il lui palpa les mains.

— Ses gencives saignent aussi, dit-il d'une voix tendue. Et elle a la peau froide et moite. Etat de choc… Elle a besoin d'une transfusion sanguine, et très vite.

Ils mirent aussitôt la transfusion en place.

— *Pobrecita. Espero que te mejores pronto,* dit José quand ils eurent terminé.

« Pauvre petite. J'espère que tu vas vite aller mieux. » Jessie connaissait assez d'espagnol pour comprendre ce qu'il disait, et elle fut émue par l'inquiétude que trahissait son regard.

— Nous ne pouvons plus rien faire d'autre qu'attendre, ajouta-t-il.

Elle acquiesça. Lui qui était toujours sous contrôle était affecté par l'état de cette enfant.

— Je reste avec elle, dit-elle en lui posant une main sur l'épaule. Peut-être pourriez-vous prendre un café ou grignoter quelque chose pour vous changer les idées pendant un moment ?

Il prit doucement la main posée sur son épaule.

— Non, mais merci pour la proposition. Il faut que je reste là pour l'aider, le cas échéant.

— Alors, je vais vous chercher un café. Je ne serai pas longue.

Jessie gagna la salle du personnel pour utiliser la machine à café de la kitchenette. Amanda était là, en train de prendre sa pause-déjeuner.

— Je viens de faire du café, dit-elle. Il est excellent ici. José l'apporte de la plantation de son grand-père. Il ne veut pas en boire un autre.

— Je ne savais pas — pour la plantation, je veux dire, répondit Jessie, étonnée. Mais je trouvais quand même le café extraordinaire. Décidément, j'en apprends tous les jours !

Elle remplit une tasse de liquide brûlant.

— C'est pour José, ajouta-t-elle. Il ne veut pas quitter le chevet de Raeni.

— J'ai vu qu'il s'inquiétait énormément... Est-ce qu'elle va si mal ? demanda Amanda, inquiète elle aussi.

— J'en ai bien peur. Il fait tout ce qu'il peut, mais il est très préoccupé.

— C'est un merveilleux médecin. Il a toujours été dévoué et il ferait n'importe quoi pour ses malades. Il mérite d'en être récompensé. Je sais que sa vie privée et son goût pour les aventures sans lendemain choquent certaines personnes, mais parfois, j'ai de la peine pour lui. Ce n'est peut-être pas étonnant qu'il se conduise comme ça après ce qu'il a vécu avec son amie.

— Son amie ? Que s'est-il passé ? Etait-ce quelque chose d'horrible ? Elle était malade ?

— Oh non, non. Ce n'est pas ça du tout. Simplement... mais je crois que j'en ai déjà trop dit. Je ne fais que répéter la rumeur qui a couru à l'hôpital.

— J'aimerais vraiment savoir.

— Il vous racontera peut-être ça lui-même, dit Amanda. Vous

pourriez lui poser la question. Il n'en parle pas très souvent, mais ici, tout le monde sait que Rosa, c'était tout pour lui.

Rosa. Ce nom disait quelque chose à Jessie... Soudain, avec un frisson froid dans le dos, elle se rappela... le *Bella Rosa*. C'était le nom du yacht de José. Inexplicablement, elle sentit la tristesse l'envahir. Il aimait tellement cette femme qu'il avait donné son nom à son bateau !

Se ressaisissant, elle retourna dans la chambre de Raeni et posa la tasse sur la table de chevet.

José rafraîchissait doucement le front et la gorge de la fillette avec un linge humide.

— Comment va-t-elle ? Y a-t-il du nouveau ? demanda Jessie.

— Non, malheureusement.

— Quelle tristesse... Est-ce que ses parents sont au courant ?

— Pas encore. Je n'ai pas jugé utile de les inquiéter plus que nécessaire pour l'instant. Si la situation change, je les en informerai.

— La vie peut être si injuste parfois..., murmura Jessie. J'ai pensé que vous aviez peut-être faim.

Elle posa un paquet de sandwichs à côté du café.

— Merci. J'apprécie cette attention.

Il lui sourit, et elle sentit son cœur battre presque douloureusement. Elle ignorait presque tout de cet homme et, pourtant, malgré la prudence qui s'imposait, elle sentait qu'il était comme elle : sous ses dehors professionnels se cachaient d'autres émotions profondément enfouies.

Comme elle, il avait été trahi. Lui aussi portait des cicatrices. Mais ce n'était pas le moment de le questionner à ce sujet...

5

— Vous avez passé la nuit ici ?

En entrant dans la salle où se trouvait Raeni, le lendemain matin, Jessie s'arrêta net, stupéfaite de trouver, assis près du lit de la petite patiente, un José visiblement épuisé. Ses cheveux bruns étaient ébouriffés comme s'il y avait passé les mains, sa chemise blanche, toujours impeccable d'habitude, était froissée, et ses joues, ombrées par une barbe naissante. Etrangement, Jessie éprouva une envie de le recoiffer avec ses doigts puis de le prendre entre ses bras pour le bercer contre elle.

Il consulta rapidement la montre en or à son poignet.

— Est-ce que c'est vraiment l'heure ?

Il étira ses bras, l'air perplexe.

— Que faites-vous là si tôt ?

Jessie chassa très vite ses pensées et se reprocha de les laisser vagabonder ainsi. Il fallait qu'elle se ressaisisse ou, sinon, elle risquait d'avoir des problèmes.

— Vous n'avez pas voulu que je reste cette nuit, alors je suis venue dès que j'ai pu ce matin. Comment va-t-elle ?

— Elle s'est endormie tranquillement, il y a environ une heure.

José sourit et s'étira encore, faisant rouler ses biceps sous les manches de sa chemise.

— Le saignement semble s'être arrêté. Je crois que le pire est passé.

— Oh ! Dieu merci. Ses parents doivent être ravis, dit Jessie, heureuse pour eux.

— Ils ne sont pas encore au courant. Amanda les a installés dans la chambre des visiteurs et elle les a persuadés de dormir un peu.

— Ils vont être tellement soulagés !

José la regarda avec intérêt.

— C'est bon de vous voir sourire... Avez-vous des nouvelles de sa sœur ?

— Oui. J'ai croisé Robert en arrivant. Il m'a dit qu'elle allait bien.

— *Excelente.*

Après s'être levé, José appuya sur le bouton d'appel pour qu'une infirmière vienne le remplacer. Quand elle arriva, peu après, il la mit rapidement au courant de l'état de la petite fille.

— Restez avec elle et appelez-moi si son état se détériore, ajouta-t-il.

— Bien sûr.

Il se tourna vers Jessie.

— Je voudrais aller me rafraîchir, dit-il, la prenant doucement par le bras. Venez avec moi dans mon bureau, et nous regarderons le planning de la journée.

Ils quittèrent la salle et longèrent le couloir. Jessie avait du mal à réfléchir car le contact de la main de José faisait courir de petits picotements le long de son bras, et lui faisait palpiter le cœur. C'était déconcertant, et elle dut faire un effort pour se concentrer sur ce qu'il avait dit.

— Le planning ? Je croyais que j'allais travailler avec Robert, aux urgences pédiatriques, comme d'habitude.

— Pendant un moment, mais je dois sortir en visite aujourd'hui, et je me suis dit que ce serait peut-être une bonne idée que vous m'accompagniez. J'ai tout organisé pour qu'un médecin vous remplace aux urgences. De cette façon, vous pourrez voir d'autres parties de l'île. De plus, nous aurons ainsi l'occasion de mieux faire connaissance, et, qui sait, de faire la paix ?

— Faire la paix ? répéta Jessie, stupéfaite. J'ignorais que c'était la guerre entre nous ! Je trouvais que nous nous entendions bien.

— Certes, mais il y a un vague malaise entre nous, ou peut-être une trêve fragile. Evidemment, je suis bien conscient que vos sentiments envers moi sont influencés par mes relations avec votre frère, mais j'espère que nous pourrons classer l'affaire.

Jessie eut une moue sceptique.

— Vous croyez vraiment que ce sera si facile ?

Il lui lâcha le bras pour ouvrir la porte de son bureau et, immédiatement, ce contact chaleureux et intime lui manqua. Agacée de se sentir si faible, elle adopta un ton dégagé.

— De toute façon, en ce qui me concerne, je suis tout à fait satisfaite de la situation telle qu'elle est.

Affichant un sourire oblique, José la fit entrer dans son bureau.

— Je me doutais que vous ressentiriez les choses de cette façon. En ce qui me concerne, je pense que nous ne sommes pas vraiment *simpatico*, et j'aimerais beaucoup changer cet état de fait.

— Je comprends votre point de vue, mais je ne peux m'empêcher de penser que vous avez en tête des idées pas très professionnelles. Vous êtes mon patron, et c'est peut-être une bonne chose que nous ne soyons pas « *simpatico* ». Je pense même que c'est mieux que nous gardions une certaine distance entre nous.

A la grande surprise de Jessie, il opina.

— Au travail, oui, vous avez tout à fait raison. Mais à l'extérieur, nous pourrions apprendre à mieux nous connaître, qu'en pensez-vous ?

L'idée était séduisante, mais sans doute en découlerait-il d'innombrables complications, pensa Jessie.

— Je préférerais que nous nous en tenions à nos relations actuelles.

José eut un regard mi-attristé, mi-amusé.

— *Eso no es bueno*. Pourquoi faites-vous tous ces efforts pour me résister, *querida* ?

— Eh bien… sans doute parce que j'ai entendu parler de vous et du genre d'homme que vous êtes. Les commérages disent que vous n'avez jamais de longues relations avec les femmes, et que vous préférez partir avant que cela devienne sérieux. Peut-être que je ne veux pas risquer de souffrir.

Les épaules de José s'affaissèrent.

— Les gens parleront toujours. C'est inévitable quand on occupe un poste comme le mien. Mais vous ne devez pas vous inquiéter, Jessie. Je pourrais m'engager très sérieusement avec vous si vous acceptiez de me laisser une chance.

Son regard bleu s'était fait chaleureux, l'invitant à accepter sa proposition.

— Vos intentions semblent bonnes, mais combien de temps cela durerait-il ? Etes-vous déjà resté avec une femme longtemps… Assez, en tout cas, pour vraiment vous attacher à elle ?

Un muscle se crispa brièvement dans la joue de José.

— Oui.

De toute évidence, il ne voulait pas en parler, mais elle insista.

— Que s'est-il passé ?

— Ça n'a pas marché.

— Pourquoi ? Qu'est-ce qui a mal tourné ?

Après une hésitation, José se décida enfin.

— Les choses… se sont défaites. J'étais avec cette jeune femme depuis deux ans — nous étions très proches… Nous avions même parlé de nous fiancer.

— Mais vous ne l'avez pas fait ?

— Non… Elle a changé d'avis. Je croyais avoir trouvé la femme qu'il me fallait, celle qui pouvait me rendre heureux, et elle m'a quitté pour partir avec un autre homme.

Jessie le considéra, interloquée.

— Ça a dû être terrible pour vous.

— Ce fut un rude coup, je le reconnais… Y compris pour ma fierté, et quand j'ai découvert qu'elle avait épousé cet homme, cela a été encore pire. Jusqu'alors, j'ignorais tout de la souffrance d'un cœur brisé.

C'était facile d'imaginer ce qu'il avait vécu, pensa Jessie. Elle avait vécu la même douleur profonde.

— C'est pour cette raison que vous ne voulez plus vous engager sérieusement avec une autre femme ?

— Cela fait peut-être partie de l'explication, en effet. « Chat échaudé »... comme on dit. Je n'étais plus un adolescent quand c'est arrivé et, pourtant, je n'arrivais pas à comprendre pourquoi les choses avaient mal tourné. Pourquoi ses sentiments avaient-ils changé si brusquement, lui donnant l'envie de me quitter pour un autre ? Quand je le lui demandais, elle n'arrivait pas à me le dire.

— Ce n'était pas nécessairement dû à quelque chose que vous aviez fait ! commenta Jessie. Les gens volages, ça existe !

Son propre père s'était conduit de cette façon : il était parti quand une proposition plus séduisante s'était présentée.

— Oui. Je m'en suis aperçu.

Il ne voulait s'engager avec aucune femme pour ne plus souffrir, ce qui était compréhensible...

— Vous n'avez plus aucun contact avec elle ?

— Elle est allée vivre sur le continent avec son nouveau mari et, de temps en temps, elle me donne de ses nouvelles.

— Ça doit rendre les choses encore plus pénibles pour vous.

José eut une petite moue évasive.

— Je n'y pense pas. C'est du passé, tout ça.

Il désigna du doigt la machine à café.

— Nous allons boire un café. Avez-vous pris votre petit déjeuner ?

Clairement, il voulait changer de sujet...

— Non, pas encore. Je suis partie très vite de mon appartement.

— Moi, je meurs de faim. Il y a des croissants et de la confiture de fraise dans le placard là-bas. Si vous voulez vous servir... Et vous trouverez un grille-pain sur l'étagère. Il faut que j'aille prendre une douche et me changer, mais cela ne me prendra que deux minutes. Faites comme chez vous !

Il disparut dans une pièce voisine et, peu après, Jessie entendit un bruit d'eau.

Pensive, elle fit réchauffer les croissants et prépara du café.

Elle avait fini de déguster un délicieux croissant au beurre quand José reparut, paraissant détendu. Il se servit un café et alla s'asseoir près du bureau. Ses cheveux noirs encore humides brillaient, et il émanait de lui une vitalité presque palpable. Troublée, Jessie se sentit déçue par sa propre réaction. Ce n'était pas très encourageant si on considérait les efforts qu'elle faisait pour dresser autour d'elle un rempart invisible !

Optant pour une conversation banale, elle lui demanda quel était son programme pour la journée.

— Vous avez dit que vous aviez une visite à domicile, mais ça n'a pas l'air d'être une véritable urgence, si nous avons le temps de prendre un petit déjeuner. Ces croissants sont très bons.

— Oui. C'est Amanda qui est allée les chercher pour moi. D'habitude, je les apporte tout chauds de la boulangerie. Ou parfois, ma gouvernante confectionne de merveilleuses tartes aux fruits pour me faire plaisir.

— Apparemment, vous êtes très content de l'avoir.

— C'est le cas, effectivement. Elle vient chez moi trois ou quatre jours par semaine. En ce qui concerne la visite, on m'a demandé de voir l'un des jeunes ouvriers de la plantation de café de mon grand-père. Depuis quelque temps, il ne se sent pas bien, mais il n'en a pas tenu compte, disant que c'était un rhume ou un autre virus. Il affirme n'avoir aucun besoin d'un arrêt de travail, mais sa mère commence à s'inquiéter, et mon grand-père a finalement persuadé le garçon de me laisser l'examiner.

— N'aurait-il pas été plus logique qu'il consulte son propre généraliste ?

— Si, peut-être. Je ne sais pas pourquoi le garçon a refusé si longtemps. Mais mon grand-père voulait les aider, lui et sa famille, alors il s'est adressé à moi... et je me fais un devoir de lui rendre service chaque fois qu'il me le demande. J'ai beaucoup de respect pour lui.

— Est-ce que je vais faire sa connaissance ?

— Pas aujourd'hui, malheureusement. Il doit partir voir un de ses distributeurs en ville.

— Je vois. J'ai été étonnée d'apprendre que votre famille possède une plantation de café, mais j'ai hâte de voir ça. Ce sera nouveau pour moi. Je ne connais pas grand-chose sur la production de café.

— Je pense que cela va vous plaire. L'exploitation n'est pas immense, mais nous produisons un arabica de la meilleure qualité, et il est vendu dans tous les cafés de la région, et au-delà. Il est très recherché.

Ses croissants dégustés, José s'essuya les doigts sur une serviette puis il but son café.

— La nuit a été longue, mais maintenant, je me sens beaucoup mieux, dit-il avec un sourire. Mettons-nous en route pour essayer de trouver ce qu'a ce jeune garçon.

— O.K.

Une fois de plus, José conduisit avec la voiture décapotée. Quittant la ville, ils gagnèrent l'intérieur montagneux de l'île. La route leur fit traverser des forêts d'acajous, de gommiers, et de hauts bambous. A travers les arbres, Jessie entrevoyait de magnifiques cascades tombant dans des rivières sinueuses, et il y avait des fleurs partout — de belles orchidées et des héliconias écarlates. C'était sublime.

Il leur fallut moins d'une demi-heure pour atteindre la plantation où la verdure évoquait une oasis.

Un homme — un quadragénaire à la peau cuivrée par le soleil — vint les accueillir et proposa immédiatement à Jessie de lui montrer les lieux.

— Ce ne sera pas nécessaire, Simon, dit José. Je vais le faire. Mais avant, j'aimerais voir Gabriel. Où est-il ?

— Je vous emmène le voir. Il travaille sur les séchoirs.

Ils traversèrent le bâtiment de réception pour gagner la plantation. Sur le sol volcanique riche et sombre, les caféiers poussaient à l'ombre des bananiers. Plus loin, les cerises de café étaient étalées au soleil sur des claies.

— Les baies de café mûres ont été ramassées il y a quelque temps déjà, expliqua José. Les cerises passent dans une machine qui ôte la coque extérieure. Ensuite, elles sont lavées et mises dans des cuves de fermentation pendant deux jours pour ôter le reste de l'enveloppe puis elles ont besoin d'être séchées.

Jessie regardait avec intérêt ce qui l'entourait. Des ouvriers, vêtus de vestes légères et de pantalons, portaient des chapeaux pour les protéger des rayons ardents. Ils ratissaient le café pour le retourner et l'exposer au soleil brûlant. Quand José s'avança, ils le saluèrent en souriant.

José continua d'expliquer les différentes opérations que subissait le café vert, le stockage, et les secrets d'une bonne torréfaction.

Observant la rangée d'ouvriers, il fronça les sourcils.

— Je ne vois pas Gabriel.

Un adolescent de seize ans environ s'arrêta de ratisser le café.

— Il s'est senti mal il y a quelques minutes. Il a dit qu'il avait très mal à la tête et puis il s'est mis à saigner du nez. Ça lui arrive souvent, mais là, il saignait vraiment beaucoup. On l'a emmené dans la maison pour qu'il se repose un moment. La *señora* Benitez s'occupe de lui. Vous allez vous occuper de lui, hein, docteur ? Cette fois, il avait l'air vraiment très mal... et il a dit qu'il avait un problème avec ses yeux.

Visiblement inquiet, José fronça les sourcils.

— Ne t'inquiète pas, Marco. Je vais le voir tout de suite.

Le garçon acquiesça, soulagé. De toute évidence, il faisait confiance à José, et Jessie fut touchée par le rapport qui semblait exister entre lui et les employés de son grand-père. D'autres ouvriers, plus âgés, avaient suivi la conversation, visiblement inquiets eux aussi pour Gabriel.

Elle entra avec José dans la maison — un bâtiment de bois peint en blanc qui possédait une galerie pourvue de sièges confortables, et où l'on pouvait se détendre et profiter de l'air frais et doux.

Quand elle entendit José l'appeler dans le hall, sa grand-mère sortit d'une pièce. C'était une belle femme avec des cheveux argentés qui ondulaient joliment, et qui affichait un large sourire à la vue de son petit-fils.

— Comme je suis contente de te voir.

— Moi aussi, *abuela*.

Il lui donna une accolade et un baiser, puis il se retourna pour présenter Jessie.

— Bienvenue, dit la *señora* Benitez. Ce n'est pas de chance que nous nous rencontrions quand un des garçons est malade, mais je suis contente de penser que deux bons docteurs vont s'occuper de lui. Il avait l'air vraiment très mal et il saignait beaucoup, mais c'est sa mauvaise vue qui m'inquiète le plus.

Elle les emmena à l'étage où Gabriel avait été mis au lit pour se reposer, et elle les présenta au jeune homme.

— José va s'occuper de toi, conclut-elle.

Ensuite, elle se dirigea vers la porte.

— Je m'en vais maintenant, ajouta-t-elle. Si vous avez besoin de quoi que ce soit, appelez-moi.

Gabriel ne devait guère avoir plus de seize ans, pensa Jessie. C'était un beau garçon musclé par le travail, mais, en cet instant précis, il n'allait pas bien du tout : adossé à des oreillers immaculés, il pressait sur son nez un mouchoir en papier taché de sang, et une de ses pommettes était enflée.

José s'approcha de lui.

— Alors ? Comment vas-tu, Gabriel ? Pas très bien, on dirait.

— J'ai très mal à la tête et, depuis quelque temps, il faut toujours que je me mouche, comme s'il y avait quelque chose coincé dans mon nez. Maintenant, en plus, je vois double de l'œil droit et je deviens un peu sourd ! Ma mère pense que je fais exprès de ne pas l'entendre, mais c'est pas vrai.

La dernière phrase, véhémente, fit sourire José.

— Les mères sont comme ça parfois.

Il commença l'examen de l'adolescent — les yeux, le nez, la bouche et les ganglions lymphatiques.

— Tu as eu des problèmes il y a quelque temps, n'est-ce pas... il y a quelques mois ?

— Ouais. Je crois que c'était un virus ou quelque chose comme ça. Ce que j'ai, là, c'est une migraine, docteur ? C'est pour ça que j'ai mal à la tête et que je ne vois pas bien ? Ma mère en a, des migraines comme ça.

— Je ne pense pas que ce soit une migraine. Je peux te donner un médicament pour la douleur, et pour arrêter le saignement, je vais mettre quelque chose dans ton nez.

Il scruta le visage de Gabriel.

— Cette joue enflée, cela fait combien de temps que tu l'as ?

— En fait... il y a quelques jours que je l'ai remarquée. Ça fait un moment qu'elle est là, je suppose, mais ces derniers jours, elle a grossi.

— Mm...

José se tourna vers Jessie.

— Vous pourriez examiner Gabriel et me dire si, à votre avis, il s'agit d'une migraine ou d'un virus ?

Gabriel accepta que Jessie l'examine, et quand elle glissa une petite lampe à l'intérieur de la cavité nasale, elle crut distinguer une masse d'un bleu rougeâtre.

— Merci, Gabriel, dit-elle, rendant la petite lampe torche à José. Je ne crois pas que la cause soit une des deux que vous venez de mentionner. Je pense qu'il faut un scanner pour voir précisément de quoi il s'agit.

— *Bueno. Mis pensamientos exactamente,* dit José.

C'était exactement ce qu'il pensait...

Si elle voyait juste, conclut mentalement Jessie, Gabriel souffrait d'une maladie qui affectait essentiellement les garçons adolescents et pouvait leur causer un inconfort considérable.

José donna au jeune ouvrier deux comprimés d'analgésique avec un jus de fruits pour qu'il les avale. Ensuite, il lui pansa la narine avec de la gaze pour exercer une pression sur les vaisseaux sanguins depuis l'intérieur afin de stopper l'hémorragie.

— Nous pourrions te ramener avec nous à l'hôpital pour faire les scanners cet après-midi, Gabriel, si ça te convient.

— Déjà ?

— C'est aussi bien. Ça nous évitera un autre aller-retour, répondit José d'un ton dégagé.

— Il faudra que je reste à l'hôpital ?

— Non, pas aujourd'hui. Nous déciderons ce qu'il faut faire dès que nous aurons les résultats du scanner. Qu'est-ce que tu en penses ? On fait ça ?

— O.K. Vous parlerez à ma mère ?

— Je m'en occupe. Je pense qu'elle voudra venir avec toi. Pour l'instant, tu devrais t'allonger et te reposer un moment pour laisser les comprimés agir, tu veux bien ?

— Oui. Merci.

José fit à sa grand-mère le compte rendu de l'examen.

— Je suis vraiment soulagée que tu sois venu le voir, dit-elle.

Il lui tapota l'épaule.

— C'est bien que vous ayez tous été attentifs, *abuela*.

Après avoir parlé à la mère de Gabriel, Jessie et José sortirent de la maison pour l'attendre ainsi que son fils, et ils flânèrent dans les superbes jardins.

— Votre grand-mère vous admire énormément, dit Jessie. Cela se voit à sa manière de vous parler et de vous regarder.

— J'ai toujours été proche de mes grands-parents. Mais parfois, j'ai du mal à répondre à leurs attentes.

— Comment ça ? Vous êtes un bon médecin, vous avez aussi du succès en affaires, et vous faites votre possible pour les aider quand ils vous le demandent. Comment pourriez-vous ne pas correspondre à leurs attentes ?

José esquissa une moue désabusée.

— Je n'ai pas toujours été un bon petit-fils. Dans ma jeunesse, j'étais imprudent, et je suppose que j'ai dû leur causer beaucoup de soucis. La médecine est une carrière solide et bien considérée, mais ce n'est pas ce qu'ils souhaitaient pour moi... Regardez autour de vous. Cette plantation, c'est leur vie, et ils placent leurs espoirs en moi pour la reprendre, mais ce n'est pas ce à quoi j'aspire. Très tôt, j'ai su ce que je voulais faire. Après avoir vu mon cousin blessé dans un accident de la route, j'ai décidé d'être médecin plus tard.

— Ah... C'est un problème. Vous avez dû vous sentir déchiré, et eux, qu'ils aient envie de garder la plantation dans la famille est compréhensible aussi. Mais... vos parents ? Votre père ne voudrait-il pas prendre la suite ?

— Non. Mon père n'a jamais été intéressé par les affaires familiales. Il a toujours été un esprit libre, et il va où sa fantaisie l'entraîne.

— Et votre mère ?

— C'était une femme merveilleuse... Elle est morte, il y a plusieurs années, répondit tristement José.

— Cela a dû être une perte terrible pour vous.

— Oui. Elle me manque. Elle était douce et aimante. Je l'adorais. Je venais juste d'obtenir mon diplôme quand elle est morte d'un virus qui lui a attaqué le cœur. Je me suis senti désarmé, incapable de faire quoi que ce soit pour empêcher la maladie de l'emporter... Mais vous avez perdu votre mère très récemment aussi, n'est-ce pas ?

— Oui. Prise dans un accident, elle a fait une crise cardiaque qui lui a été fatale. Ce fut un choc énorme. Ben, qui n'avait que dix-sept ans, a vraiment beaucoup souffert... On aime toujours se tourner vers sa mère, surtout dans les moments difficiles, ou même quand on a simplement besoin de parler avec quelqu'un, ce que je pouvais faire avec ma mère avant que mon père nous abandonne. Mais, ensuite, elle est devenue renfermée... Est-ce que vos parents étaient proches l'un de l'autre ?

— Oh oui. Très proches. J'ai eu la chance d'être élevé dans une famille pleine d'amour... Mais après sa mort, mon père a décidé de partir d'ici car trop de souvenirs le hantaient. Maintenant, il voyage tout le temps.

— Et donc, vous ne le voyez pas beaucoup ?

— Si, quand même. Il revient régulièrement, et nous restons en contact par le téléphone ou le visiophone.

— C'est pour cette raison que votre grand-père a reporté ses espoirs sur vous. Ce doit être difficile à vivre.

— Oui, parce qu'au final, je détesterais voir tout son travail tomber entre les mains d'étrangers, et je n'aime pas décevoir mon grand-père. Malheureusement, il n'apprécie guère mon mode de vie — le fait que je sois toujours célibataire et pas encore installé avec une nichée à moi le tracasse, mais il y a des compromis que je ne peux pas faire, même pour lui. Je ne sais même plus ce qu'est l'amour. Je pensais le savoir, mais les faits ont prouvé que j'avais tort.

— J'éprouve le même sentiment. Et non, vous ne pouvez pas aller contre vos instincts pour faire plaisir à votre grand-père. A la fin, il faudra que vous fassiez ce qui est bien pour vous.

La grand-mère de José sortit de la maison, accompagnée de Gabriel et de la mère de celui-ci.

— Ils sont prêts à partir, dit-elle. Je sais que vous prendrez soin d'eux.

— Bien sûr, *abuela*.

José gratifia sa grand-mère d'une nouvelle accolade puis il installa ses deux nouveaux passagers dans la voiture.

— Est-ce que tu te sens un peu mieux, Gabriel ? demanda Jessie, quand l'adolescent fut installé sur la banquette arrière.

— Oui, merci. Le mal de tête a presque disparu, et je ne saigne plus du nez.

— Bien, je suis contente.

Quand José démarra, elle agita la main pour dire au revoir à la *señora* Benitez et, bientôt, ils s'enfonçaient une fois encore dans la forêt.

Le trajet pour regagner l'hôpital fut court, et José fit entrer l'adolescent et sa mère dans la salle d'attente. Peu après, le père de Gabriel vint les rejoindre, l'air désemparé.

Bouleversée, Jessie le regarda serrer son fils dans ses bras. Il y avait beaucoup d'amour entre eux, et elle ne put s'empêcher de comparer leur cas au sien. Quand son père l'avait-il prise dans ses bras pour la dernière fois ?

— Je vais demander un scanner pour toi, Gabriel, dit José. Il risque d'y avoir un peu d'attente, mais tu passeras dès que possible.

— Merci. Je pense que ça ira.

Comme l'adolescent adressait à ses parents un regard sceptique, ceux-ci répondirent par un hochement de tête rassurant.

— Bien. Je viendrai te chercher quand nous serons prêts pour ton scanner, ajouta José.

Jessie quitta la pièce avec lui, et ils se dirigèrent vers le bureau.

— J'espère qu'il va s'en sortir, murmura-t-elle. Ses symptômes ne me disent rien qui vaille.

— A moi non plus.

José utilisa le téléphone du comptoir pour prendre rendez-vous avec la radiologie puis raccrocha.

— Ils m'appelleront dès que le scanner sera libre.

— Tant mieux. Mais je crains qu'on trouve quelque chose de grave.

— Je suis triste de voir cet adolescent plein de vie dans cet état. Je l'ai connu bébé.

— C'est merveilleux, cette sollicitude de tout le monde envers lui — sa famille, ses amis, vous, et vos grands-parents. Je regrette seulement...

Elle s'interrompit.

— Ça va ?

José la regardait, et elle tenta de refouler ses larmes.

— Oui, ça va bien. Simplement, je me disais... Ce serait génial si Ben et moi pouvions avoir les mêmes relations avec notre père que Gabriel avec le sien. Il y a tellement d'amour entre eux.

— Mm... Avez-vous beaucoup vu votre père depuis votre arrivée ici ? C'était une des raisons de votre venue, n'est-ce pas ?

— Oui, c'est vrai. Je suis allée le voir plusieurs fois. Je voulais lui parler de Ben pour voir si je pourrais les aider tous les deux à se réconcilier, et j'espérais aussi que nous pourrions nouer une relation père-fille... Il était toujours trop occupé quand j'étais en Angleterre. Notre dernière rencontre date de deux jours.

Jessie baissa la tête pour cacher son émotion.

— Qu'est-ce qui est arrivé ? Ça s'est mal passé ?

Comme José lui soulevait doucement le menton, elle fut obligée de le regarder.

— Ça a été terrible. Alors que je lui parlais de l'appartement trop petit et des choses qui continuent d'aller mal, par exemple les fuites dans le toit et l'installation électrique qui a besoin d'être refaite, la nouvelle femme de mon père, Hollie, a cru que je voulais qu'il nous paye un nouveau logement. Elle imagine que notre but, c'est de soutirer de l'argent à mon père, et saper son influence à elle. Mais c'est faux ! Tout ce que nous souhaitons, c'est... que notre père nous reconnaisse, et qu'il fasse partie de nos vies. Ce n'est pas trop demander, quand même.

— Bien sûr que non.

José referma ses bras autour d'elle et il lui caressa doucement les cheveux alors qu'elle avait la tête posée sur son large torse.

— Rien de tout cela n'est votre faute. Vous essayez simplement d'arranger les choses et de nouer une relation avec votre père. Je suis sûr qu'il s'en rend compte.

— Non, je ne crois pas, répondit Jessie, refoulant les larmes qui montaient encore. Il dit que Hollie est sa femme, et qu'il ne veut pas la voir contrariée. Alors il m'a demandé de ne plus leur rendre visite. Je ne sais plus quoi faire. J'ai essayé d'arranger les choses, et résultat : elles ne sont jamais allées aussi mal.

— Essayez de ne pas vous en faire, *querida*. Laissez-lui le temps de comprendre qu'il a besoin de vous autant que vous de lui.

Elle se redressa.

— Vous croyez ? Il avait l'air tellement fâché...

— Il vit peut-être un conflit intérieur, et il ne sait pas comment gérer la situation.

— Vous avez sans doute raison. J'espère que nous arriverons à résoudre ça.

Jessie s'essuya le visage avec les mains puis s'écarta de José — à regret.

— Je n'aurais pas dû vous ennuyer avec mes histoires. Excusez-moi, José.

— Ne vous excusez pas. Je serai toujours là pour vous...

Vous savez, si vous avez besoin d'un endroit convenable pour vivre, je pourrais vous aider à trouver quelque chose... J'allais vous proposer de jeter un coup d'œil à un de mes logements rénovés... Mais encore mieux, il y aura toujours de la place pour vous dans ma propre maison.

Jessie sentit qu'elle s'empourprait. Qu'attendait-il en retour, au juste ?

— J'y réfléchirai, mais cette invitation n'englobe sûrement pas mon frère, j'imagine ?

José émit un petit rire accompagné d'un léger haussement d'épaules, et il allait répondre quand son téléphone sonna.

Il décrocha et écouta.

— Entendu. Merci de m'avoir appelé, dit-il.

Puis il se tourna vers Jessie.

— L'équipe de radiologie attend Gabriel.

6

— Alors, vous dites que j'ai une tumeur ?

Une heure plus tard, assis dans le bureau avec ses parents visiblement choqués, Gabriel posait sur José un regard incrédule.

— Mais ce n'est pas possible ! Vous avez dû vous tromper ! C'est... une migraine, ou... un virus.

Jessie s'assit à côté du bureau, près de José.

— Je suis désolé, Gabriel, reprit ce dernier. Les scanners sont très clairs, malheureusement.

— Mais je suis trop jeune pour avoir un truc pareil, non ? Comment c'est possible ?

— Ce que tu as est un type particulier de tumeur qui affecte les garçons adolescents. C'est très rare, mais nous pensons qu'il y a un lien avec certaines hormones que le corps produit à cette période de la vie. Il faut bien garder en tête que c'est bénin — cela signifie que le mal ne va pas gagner d'autres parties du corps, et que ce genre de tumeur grossit lentement.

— Et c'est une bonne chose ? demanda Gabriel.

Jessie éprouva un grand élan de compassion. L'adolescent tentait de bien comprendre la situation, et malgré la présence de ses parents, prêts à le soutenir, il devait se sentir très seul.

— Oui, c'est un point positif. Ça implique aussi que le temps joue en notre faveur, alors nous pouvons réfléchir tranquillement à un traitement.

— O.K... Je vais avoir besoin d'une opération ?

— Oui. Mais je vais te donner des comprimés à prendre

pendant quelque temps pour empêcher la tumeur de grossir et, avec un peu de chance, pour la réduire. C'est un médicament qui combat l'androgène responsable, et donc, ce n'est malheureusement pas une chose qu'on peut prendre longtemps. Cela devrait quand même aider ta vision à se rétablir quand la pression de la tumeur diminuera... Nous pourrons examiner les options de traitement une autre fois si tu veux. Pour l'instant, tu aimerais peut-être rentrer chez toi pour parler de tout ça avec tes parents ?

L'adolescent parut soulagé.

— Oui... oui, je voudrais bien.

— D'accord. Bien sûr, si tu as des problèmes ou des interrogations, tu peux m'appeler à n'importe quelle heure. Je vais te donner mon numéro.

José reporta son regard sur les parents de Gabriel.

— Est-ce que vous avez des questions à me poser ?

Mme Torres semblait abasourdie, incapable de parler, et au bord des larmes.

Son mari hésita un instant, comme s'il avait du mal à trouver les mots.

— Est-ce que... l'assurance va tout couvrir ? Nous voulons qu'il ait le meilleur traitement, mais... Est-ce que nous devons avertir la compagnie d'assurances ?

— Je ne veux pas que vous vous inquiétiez pour ça, répliqua doucement José. Mon grand-père et moi allons contacter la compagnie pour vous afin que tout se passe bien. Gabriel recevra le traitement dont il a besoin.

— Merci, dit M. Torres, visiblement soulagé. Merci du fond du cœur.

— De rien.

Quelques instants plus tard, les Torres s'en allaient, très abattus. Après les avoir raccompagnés, Jessie et José regagnèrent le bureau.

— Cela fait beaucoup de choses à assimiler, dit Jessie.

— C'est vrai... Gabriel aura sûrement besoin d'une embolisation, la veille de l'opération, afin de cautériser les vaisseaux sanguins dans la zone concernée, et d'éviter tout risque d'hémorragie. Mais ce n'est pas couvert par toutes les compagnies d'assurances. Comme je l'ai dit, nous ferons en sorte qu'il reçoive le traitement dont il a besoin... et cela inclut l'embolisation.

Donc lui, ou son grand-père, paierait les frais supplémentaires si nécessaire. Les liens qui existaient entre sa famille et les gens qui travaillaient pour eux étaient réels. Jessie le regarda avec un intérêt nouveau.

— Ses parents travaillent pour nous depuis des années. Ce sont des gens bien et Gabriel, qui démarre dans la vie, mérite ce qu'il y a de mieux.

Le téléphone posé sur son bureau sonna, et il se retourna pour répondre.

— Excusez-moi, Jessie. *Hola*, Kiera, *que pasa* ? *Que puedo hacer por ti ?*

A l'intention de Jessie, il articula silencieusement qu'il s'agissait de sa gouvernante.

Par gestes, Jessie lui demanda s'il souhaitait qu'elle sorte, mais il secoua la tête puis il écouta attentivement la réponse.

— Comment est-ce possible ? reprit-il. Vous êtes sûre que vous avez cherché partout ? O.K., je m'en occuperai. Merci de m'avoir mis au courant. *Hasta luego.*

Il reposa le téléphone puis demeura silencieux, pensif et sombre.

— Un problème ? demanda Jessie. Est-ce que je peux faire quelque chose ?

— Non, rien, malheureusement.

— C'est une mauvaise nouvelle, on dirait.

Elle était gênée d'insister, mais elle était ennuyée de le voir si troublé.

— Oui... Quelques objets ont disparu de chez moi... Des objets de valeur.

— C'est grave, en effet. Qu'est-ce qu'on a pris ?

— Deux gravures — une carte marine et une maison de planteur —, avec leurs plaques en cuivre. Elles sont dans la famille depuis des générations. Ce sont des originaux du XVIIe siècle et des pièces uniques qui ont été évaluées à plusieurs centaines de dollars.

— Est-ce que quelqu'un est entré ? Il y a eu effraction ?

— Non, pas du tout. En fait, personne n'a eu accès à la maison depuis le soir de la fête parce qu'ensuite, j'ai fait changer les verrous. Les objets ont disparu le soir de la fête, ou pendant les travaux de rénovation. Vous vous rendez bien compte que votre frère se trouve concerné, je pense ?

Jessie ouvrit des yeux incrédules.

— Ben ? Pourquoi mon frère aurait-il quelque chose à voir dans cette histoire ? Pourquoi est-il le premier visé ?

Un muscle se crispa dans la mâchoire de José.

— Je pense que vous connaissez déjà la réponse, Jessie. C'est parce qu'il était là. Il détenait les clés, alors il était responsable. Il avait accès à la maison plus facilement que n'importe qui d'autre.

— Ça ne fait pas de lui un coupable ! Zach et Eric aussi avaient accès à la maison, aussi bien que d'autres qui s'occupaient de la maçonnerie, et il y avait beaucoup de gens dans la maison le soir de la fête. N'importe qui aurait pu prendre les gravures… Mais pourquoi leur disparition n'est révélée que maintenant ? Vous les avez peut-être simplement rangées dans un endroit inhabituel !

— Non. Elles ont été volées.

— C'est ce que vous dites, mais je ne peux pas le croire. Elles doivent se trouver dans un placard, quelque part, rangées pour la durée des travaux.

— Je ne pense pas, mais je vérifierai en rentrant chez moi.

— De toute façon, comment quelqu'un aurait-il pu les sortir de la maison sans que personne s'en aperçoive ?

— C'est une bonne remarque, mais elles sont toutes petites et elles seraient entrées facilement dans un sac à dos. En fait, elles étaient exposées dans les chambres d'amis, alors il était facile de les prendre. Kiera s'est aperçue de leur disparition en allant faire le ménage dans les chambres aujourd'hui. Comme ces pièces n'avaient pas été utilisées depuis un certain temps, elle ne s'en était pas occupée.

— Je ne comprends quand même pas comment vous pouvez accuser mon frère d'avoir fait une chose pareille.

— Je ne l'accuse pas... Je vous préviens seulement que la police va forcément l'interroger.

Jessie pâlit. Elle eut envie de lui demander de ne pas appeler la police, mais il avait subi un préjudice... Pourtant, s'il le faisait, Ben serait arrêté, interrogé, peut-être même gardé en cellule une nuit, ou plus longtemps, en tant que principal suspect. Comment Ben ferait-il pour prouver son innocence ? Même si on ne retrouvait pas les objets en sa possession, on pourrait dire qu'il les avait vendus. Cela s'annonçait mal pour lui, très mal même, mais que faire pour l'aider ?

José la scrutait avec intensité.

— Cela vous inquiète ? Vous n'êtes pas si sûre de son innocence, après tout...

Elle leva le menton.

— Je pense qu'on fera de lui un bouc émissaire, il sera arrêté et il ne pourra plus travailler, il perdra un autre travail — et cela donnera à mon père une raison de plus pour le critiquer.

— C'est malheureux. Mais n'avez-vous jamais imaginé que votre père peut avoir de bonnes raisons de douter de lui ? Vous n'entendez qu'un son de cloche. Il y en a peut-être un autre.

Jessie sentit sa colère monter d'un cran, et son regard vert braqué sur José étincela. Pourquoi prenait-il le parti de son père ?

— Je connais mon frère, ce qui n'est pas votre cas ! Quant à mon père, je me moque de ce qu'il peut penser. La dernière fois que je lui ai parlé, il semblait persuadé que j'étais venue ici pour lézarder au soleil et faire de la plongée avec Ben, avec, à l'occasion, quelques minutes consacrées à poser des sparadraps sur quelques plaies et bosses !

— Non, Jessie, ce n'est pas ce que je veux dire. Mais restez objective. Je sais que cela vous affecte, mais je me retrouve dans une situation difficile, comprenez-le. Comment devrais-je réagir, à votre avis ?

Que lui répondre ? José avait parfaitement raison et il agissait avec logique. Mais ce qu'elle voulait, c'était qu'il la prenne dans ses bras et qu'il lui dise que tout allait s'arranger, et qu'elle ne devait pas s'inquiéter. Mais cela n'arriverait jamais...

Soudain, c'en fut trop. Elle ne pouvait pas rester, elle ne pouvait pas en entendre davantage.

— Il faut que je remette de l'ordre dans tout ça, dit-elle.

Submergée par l'horreur de la situation, elle se tourna vers la porte et sortit en hâte, se dirigeant vers le vestiaire où José ne la suivrait pas.

Quand elle fut un peu calmée, elle prit son téléphone et appela Ben. C'était la fin de l'après-midi et il devait avoir presque terminé son travail. Peut-être, en parlant avec ses amis, apprendrait-il quelque chose sur les gravures disparues ?

A sa voix, elle comprit qu'il était consterné d'apprendre ce qui s'était passé.

— Je me souviens de les avoir vues, dit-il. Il a fallu que je les déplace quand nous faisions les travaux. J'avais peur qu'elles tombent, ou qu'on les abîme, ou qu'elles se couvrent de poussière de plâtre, mais je les ai remises en place une fois les chambres rénovées... Est-ce qu'il croit vraiment que je les ai prises ?

— Il pense que quelqu'un les a volées le soir de la fête, ou juste avant.

— Et j'avais les clés... J'habite plus près de la maison que les autres, c'est pour ça qu'il m'a donné les clés, et c'est pour ça que je suis le coupable tout désigné, conclut Ben, la voix tendue. Je vais me renseigner auprès de mes amis. J'arriverai peut-être à en savoir plus.

— O.K., Ben. Si tu entends parler de quelque chose, dis-le-moi.

— Promis.

Il raccrocha, et Jessie demeura pensive. Comment arranger tout cela ? C'était un cauchemar...

Sa garde étant terminée pour la journée, elle prit son sac et sa veste, et se dirigea vers la sortie.

— Hé, Jessie ! appela Robert alors qu'elle venait de franchir les portes. Ça va ?

— Oui, ça va.

Il eut une petite moue sceptique.

— Veux-tu que je t'accompagne ? Je comptais aller au marché — ce n'est qu'à cinq minutes d'ici à pied. Veux-tu y jeter un coup d'œil avant de rentrer chez toi ? A moins que tu sois pressée...

Jessie accepta. Cela la distrairait de ses tracas, et lui permettrait peut-être, ensuite, de mettre de l'ordre dans ses pensées. Elle reviendrait chercher sa voiture plus tard.

Alors qu'ils se dirigeaient vers la rue, elle jeta un petit regard en arrière en direction de l'hôpital, et elle aperçut José debout près de l'entrée. Les sourcils froncés, il les regardait partir. Sans doute l'avait-il suivie pour lui parler, mais il était arrivé trop tard. Elle n'avait aucune envie d'entendre ce qu'il voulait lui dire.

Elle flâna dans le marché avec Robert, regardant les nombreux étalages colorés garnis de souvenirs pour les touristes, de colliers, d'articles en cuir et de vêtements. Mais la chaleur du soleil sur ses bras nus ne parvint pas à la réconforter.

Ils achetèrent des fruits et dégustèrent des raisins en écoutant un Steel Band qui jouait dans une cour pavée, mais malgré la décontraction qu'elle affichait, Jessie sentait l'appréhension la tarauder.

Robert bavarda agréablement avec un vendeur de ceintures en cuir, et elle acheta un petit porte-monnaie en perles.

Une demi-heure plus tard, décidant qu'ils en avaient vu assez, ils regagnèrent le parking de l'hôpital.

Alors que Jessie allait s'installer dans sa voiture, Robert prit congé en lui déposant un baiser léger sur la joue.

— Tu es un peu moins pâle maintenant, dit-il. Comme je commence à te connaître, je sais qu'il y a quelque chose qui te tracasse. Tu n'es pas obligée de m'en parler si tu ne le souhaites pas, mais est-ce que ça va aller ?

— Oui, merci. Ça va aller. Je veux seulement rentrer chez moi.

Elle lui adressa un bref sourire et, après quelques secondes d'hésitation, il s'en alla.

Jessie prenait place au volant quand son téléphone sonna.

— Bonsoir, Ben. As-tu réussi à trouver quelque chose ?

— Non... pas grand-chose, seulement qu'Eric est allé chez José aujourd'hui pour prendre un chèque en paiement d'un travail qu'il avait fait, et la gouvernante lui a demandé s'il savait quelque chose au sujet d'objets qui avaient disparu. Mon ami Sam, qui était avec lui, m'a raconté qu'Eric a répondu qu'il n'était au courant de rien... Mais quand ils sont retournés à leur travail, il a dit à Sam qu'il m'avait vu mettre quelque chose dans mon sac à dos ce soir-là. C'étaient juste les plans de construction, mais personne ne me croit, Jessie. On va tout me mettre sur le dos parce qu'on m'avait confié les clés.

— Mais tu n'as rien volé, Ben. Personne ne peut prouver le contraire !

— Ouais, va dire ça à papa. Il m'a déjà appelé, et il m'a demandé ce que c'était, cette histoire de vol à la maison où je travaillais. La nouvelle a dû se répandre comme une traînée de poudre.

— Mais comment l'aurait-il appris ? José lui-même n'a été mis au courant que cet après-midi.

— Papa m'a dit que Hollie avait rencontré la gouvernante à l'épicerie cet après-midi. Il m'a posé des questions comme s'il pensait que j'étais coupable — parce que j'avais perdu un emploi et que j'avais besoin d'argent. Il est mon père, et il pense le pire de moi. Alors la police, tu imagines...

— Tu ne peux pas être accusé sur la base de ragots ! Essaie de garder le moral. Nous savons tous les deux que tu es innocent, et papa finira par le comprendre aussi, et bientôt.

— Je ne crois pas. Selon lui, il n'y a pas de fumée sans feu. Je ne me suis pas laissé faire, et je lui ai répondu que s'il ne m'avait pas fait perdre mon travail et mis à la porte, je ne me serais pas retrouvé dans cette galère. J'étais fou de colère. Il n'en a vraiment rien à faire de moi.

— Ce n'est pas sûr. A mon avis, vous vous êtes laissé emporter par la colère, mais quand il se sera calmé, je suis certaine qu'il regrettera ce qu'il a dit.

— J'en doute. Il n'a pas regretté de m'avoir mis dehors !

— Peut-être que si, peut-être qu'il commençait à regretter, mais, ensuite, le vol a tout remis en question. Laisse-lui du temps.

— C'est impossible ! répondit Ben, la voix vibrante de désarroi. La police va venir frapper à ma porte en premier ! Ensuite, ils me laisseront croupir dans une cellule pendant qu'ils essaieront de trouver des indices.

— Ecoute, je vais parler à José pour voir si on peut faire quelque chose, dit Jessie.

Quoi exactement ? Elle n'en avait aucune idée, mais il fallait qu'elle essaie, pour l'amour de Ben.

— Souviens-toi d'une chose : tu n'as rien fait de mal, ajouta-t-elle. Garde confiance en toi.

Son frère émit un profond soupir.

— Je vais essayer.

— Bon. Je te vois tout à l'heure et nous en reparlerons. Essaie de ne pas t'inquiéter.

— Oui, ce sera tard : je vais faire des heures supplémentaires ce soir.

Jessie raccrocha, pensive, songeant à ce qu'elle devrait faire. Son cœur battait douloureusement. José voudrait-il seulement l'écouter ?

Elle rentra chez elle, prit une douche rapide et se changea. Si elle devait parler à José, mieux valait que ce soit tout de suite, et en personne. Mais peut-être était-il déjà trop tard. Peut-être avait-il déjà appelé la police...

Elle enfila une jupe moulante et un joli haut. Ensuite, elle appliqua une légère touche de maquillage sur ses joues et se brossa les cheveux jusqu'à ce qu'ils retombent en vagues soyeuses sur ses épaules. Un dernier regard à son miroir la réconforta un peu.

Tout en roulant sur la route côtière en direction de la maison de José, elle essaya de préparer quelques phrases. Comment plaider la cause de Ben ? Et que dire pour faire changer José d'avis ? A sa place, est-ce qu'elle ne ferait pas appel à la police ?

Une fois garée devant la maison, elle quitta à regret l'air conditionné de sa voiture, et remonta l'allée pavée de la belle maison dans la chaleur du soir. Le jardin débordait de fleurs, et des arbustes colorés entouraient des pelouses vertes à l'aspect velouté.

Elle gravit les marches du perron, et elle sonnait à la porte d'entrée quand une bouffée de panique l'envahit. Et si José était en train d'appeler la police, ou s'il ne voulait pas la voir ?

Le battant s'ouvrit.

— Jessie ? Je ne m'attendais pas... Je vous en prie.

— Merci.

José la fit entrer dans le salon, une vaste pièce éclairée par des grandes fenêtres et des portes vitrées qui donnaient sur la terrasse où elle l'avait vu pour la première fois. A l'intérieur, le mobilier était simple, avec des canapés à l'aspect confortable et une table basse. Les poutres au plafond étaient blanches comme l'extérieur de la maison, les tissus d'ameublement et un carrelage de sol sable constituant les seules touches de couleurs douces. Des fougères vertes apportaient à la pièce une impression de fraîcheur.

— C'est très joli, commenta Jessie. Je n'ai pas vraiment pu voir tout cela la dernière fois.

José eut un sourire désabusé.

— Vous auriez eu du mal, avec le monde qu'il y avait partout.

— Oui... c'est vrai.

Jessie se sentit rougir. Elle avait déjà fait une bêtise en lui rappelant cette satanée soirée.

— Je me rappelle que, ce soir-là, je vous ai promis une grande visite. Nous la ferons dans une minute, si vous voulez.

Il la regardait entre ses cils bruns. Comme il était beau, pensa-t-elle. Il avait le pouvoir de faire palpiter le cœur des femmes, et elle ne faisait pas exception. Il l'émouvait plus que de raison.

— Oui, ce serait bien.

— Avant ça, je pourrais vous offrir un verre. Qu'est-ce qui vous ferait plaisir ?

— N'importe quelle boisson, fraîche et sans alcool car je dois conduire.

— J'ai exactement ce qu'il vous faut. Que diriez-vous d'un thé glacé à l'orange et à la mangue ?

— Ce doit être délicieux.

Il se montrait gentil, poli et accueillant. Une trêve qui cesserait lorsqu'il entendrait ce qu'elle avait à lui dire…

Elle le suivit dans la cuisine, une grande pièce bien aménagée avec un îlot central, des éléments en chêne clair et des plans de travail en granit noir poli. Ayant sorti une carafe du réfrigérateur, il mit des glaçons dans un verre puis le remplit de thé glacé avant de le lui tendre.

— Cela devrait vous rafraîchir. Vous avez les joues bien roses. Est-ce que ça va ?

Elle but une grande gorgée.

— Je… oui. Ecoutez… je pense que peut-être je devrais vous dire pourquoi je suis venue.

— Mm… Je me posais la question… Mais je suis content de vous voir sans que vous ayez de raison précise. Est-ce que vous auriez réfléchi à ma suggestion de loger ici ?

Les yeux bleus de José souriaient par-dessus le bord de son verre.

— Eh bien… Non, en fait, ce n'est pas tout à fait ça.

Il la taquinait, et elle ne savait pas comment réagir. La seule idée de passer la nuit sous le même toit que lui la troublait terriblement. Ce n'était pas qu'elle ne soit pas tentée, loin de là. José possédait largement assez de charme pour l'attirer dans son lit, et elle n'était pas loin de rêver d'une nuit avec lui… Mais elle avait déjà gravement souffert. La trahison de Lewis l'avait rendue très méfiante.

Elle termina son verre et le reposa sur le comptoir.

— C'est difficile pour moi, mais... je voulais vous demander d'attendre pour appeler la police. Mon frère ne va pas bien, et je ne sais pas comment il supporterait un séjour en cellule, mais il n'a rien fait de mal, j'en suis sûre. Il existe sans doute un autre moyen de savoir ce qui est arrivé à vos objets de valeur pour essayer de les récupérer... Vous n'avez pas encore appelé la police, n'est-ce pas ?

— Non, pas encore.

— Dans ce cas, accepteriez-vous d'attendre un peu ?

Comme José restait silencieux, Jessie sentit ses espoirs s'envoler.

— Peut-être, répondit-il enfin. Cela vaut la peine d'y réfléchir.

Son regard la parcourut lentement, du corsage en étoffe légère à ses hanches moulées par la jupe. Puis leurs regards se croisèrent et elle sentit qu'elle s'empourprait.

Il posa son verre sur la table, souriant, puis tendit la main.

— Je suis sûr que nous trouverons une solution, dit-il. Puisque vous avez terminé votre verre, montons, voulez-vous ?

Elle ouvrit de grands yeux.

— P-pardon ?

Que suggérait-il ? Elle sentit son cœur s'affoler dans sa poitrine.

Le regard de José pétillait de malice.

— Allons visiter la maison ! Je vous ai proposé une visite et vous avez accepté. J'ai pensé que nous pourrions poursuivre notre conversation pendant ce temps... Vous avez cru que je vous faisais une proposition malhonnête ? Vous croyez vraiment que je serais le genre d'homme à tenter ce genre de chose ?

— Je... n'en sais rien.

Il pouffa.

— Je l'aurais peut-être fait si j'avais imaginé avoir la moindre chance que vous acceptiez.

Le rythme cardiaque de Jessie s'était encore accéléré. Quoi que dise José, elle savait, et lui aussi, que son invitation à monter recelait toutes sortes de sous-entendus. Mais elle avait décliné la proposition...

Que se serait-il passé si elle avait accepté ? Pourquoi ne pouvait-elle pas céder à ses instincts primitifs et goûter au fruit défendu rien qu'une fois ?

Cette pensée fit courir un frisson brûlant dans tout son corps.

— Venez.

Il lui tendit de nouveau la main et, cette fois, elle accepta.

Quittant la cuisine, ils gravirent le grand escalier.

A l'étage, José ouvrit une porte puis une autre.

— Ce sont deux chambres d'amis... Dans chacune de ces pièces, les gravures encadrées et protégées par un verre pour conserver les couleurs se trouvaient accrochées au mur à côté de l'armoire.

Les chambres étaient superbes, et toutes deux pourvues d'une salle de bains attenante.

— La chambre du maître de maison est un peu plus loin, reprit José, l'entraînant dans le couloir. Et il y a encore deux autres chambres. J'ai choisi celle-là pour moi parce que c'est celle qui a la plus belle vue sur la mer. Elle a été rénovée tout de suite après la cuisine. Venez jeter un coup d'œil.

La vaste pièce lumineuse était un véritable rêve avec de hautes portes-fenêtres et un mobilier somptueux — un immense lit, des fauteuils luxueusement capitonnés, placés près d'une coiffeuse et d'un secrétaire.

José désigna une arcade qui s'ouvrait dans le mur entre ces deux meubles.

— Là-bas, il y a un dressing, et à côté, une salle de bains.

— Je n'ai jamais rien vu d'aussi parfait, commenta Jessie, impressionnée.

Apparemment satisfait, il sourit et, la prenant par la taille, il l'entraîna.

— Venez admirer cette vue magnifique, murmura-t-il. Je viens ici chaque matin et je me dis que j'ai beaucoup de chance de profiter de tout cela.

— Ce n'est pas une question de chance, mais plutôt le résultat d'un travail acharné, vous ne croyez pas ? Vous n'avez pas dû obtenir tout ça en un jour, j'imagine.

— Non, c'est vrai. J'ai étudié pendant des années pour devenir spécialiste et, ensuite, quand j'ai gagné de l'argent, je l'ai investi le plus possible dans l'immobilier. Les choses ont bien tourné pour moi.

Depuis le balcon, la vue, à couper le souffle, donnait sur la courbe de la baie où les eaux bleues des Caraïbes se brisaient sur le rivage rocheux. Plus près de la maison, la plage se déployait en une large bande de sable doré où des palmiers ondulaient doucement sous un ciel d'azur.

José laissa son bras autour de la taille de Jessie qui ne fit rien pour le décourager. Elle aimait sentir sa large main sur sa hanche.

— J'étais sérieux quand je vous ai proposé de loger ici, murmura-t-il. Vous pourriez occuper une des autres chambres et regarder cette vue tous les jours, si vous vouliez.

Elle sourit.

— C'est très tentant, et j'aimerais vraiment accepter, mais vous savez que je ne le peux pas. Les gens jaseraient...

— Quelle importance ?

— Pour moi, ça en a. Je ne veux pas alimenter les commérages. De plus, Ben a besoin de moi en ce moment.

— Il est adulte. Il peut se débrouiller... Il faut seulement que vous le laissiez le faire.

— Vous ne comprenez pas. Quand il m'a envoyé un e-mail en Angleterre, c'était un appel au secours. Je ne pourrais pas le laisser se défendre tout seul. Il a dû accepter de perdre son père et, ensuite, il a perdu notre mère aussi. Il fait de son mieux, mais il aura besoin de soutien pendant quelque temps encore, ce qui implique que je reste près de lui.

— Il a beaucoup de chance d'avoir une sœur comme vous pour veiller sur lui.

Lentement, il l'obligea à se tourner vers lui, laissant ses bras autour d'elle.

— J'espère seulement qu'il mérite la confiance que vous lui accordez.

Elle le regarda droit dans les yeux.

— Bien sûr. Je n'ai jamais eu de doutes sur ce point.

Il la scruta en silence avant de répondre.

— Je crois que je suis jaloux.

— Jaloux ? Comment ça ?

Le regard de José s'arrêta sur ses lèvres.

— Je me demande comment ce serait d'avoir quelqu'un qui veille sur moi de cette façon, qui ait une totale confiance en moi, et qui me donne ce sentiment sécurisant de me savoir aimé et désiré... Je ne crois pas que cela m'arrive un jour.

Il avait aimé, pensa Jessie, émue, et son univers s'était écroulé, comme le sien. On ne se remettait pas complètement de ce genre de trahison, elle le savait d'expérience, et elle resta étonnée par la force d'un homme qui n'hésitait pas à dévoiler devant elle sa vulnérabilité. Sans savoir pourquoi, elle éprouva une envie de le prendre dans ses bras pour lui apporter le réconfort dont il avait besoin.

Mais elle n'eut même pas le temps de l'envisager car il inclina la tête et prit doucement ses lèvres.

Son baiser fut une tendre exploration, et quand elle laissa échapper un soupir entrecoupé, il la rapprocha de lui, la pressant légèrement contre son corps dur et musclé.

Envahie par des vagues successives de sensations, Jessie perdit toute notion du temps et de l'espace. Tout ce qu'elle savait, c'était qu'elle aimait sentir les mains de José sur elle, sur son dos qu'il caressait, et sur les courbes de son corps.

— Je rêvais de faire ça depuis le soir de notre rencontre, murmura-t-il contre sa joue. Vous embrasser et vous tenir dans mes bras. Vous ne pouvez pas savoir combien je vous désire. Quand vous êtes sortie avec Robert, tout à l'heure, j'ai eu l'impression de recevoir un coup de poignard.

— Mais nous travaillons ensemble, Robert et moi. Nous sommes amis ! Je ne vois pas pourquoi nous ne pourrions pas passer quelques moments ensemble, lui et moi.

— Je sais que ça peut paraître fou, mais c'est ce que je ressens. Je vous veux toute à moi.

Il l'embrassa de nouveau sur les lèvres, sur la joue, puis il enfouit le visage dans son cou, traçant un chemin de baisers du lobe de son oreille à la naissance de son épaule.

Elle plongea dans un délicieux vertige sensuel. Son corps frissonnait d'un plaisir dont elle aurait aimé qu'il ne prenne jamais fin… Mais la réalité refit peu à peu surface, et elle commença à s'alarmer des conséquences de ses actes.

— José… Je me suis peut-être laissé emporter… mais c'est impossible. Vous vous inquiétez de me voir en compagnie de Robert ? Eh bien, moi, c'est avoir une relation avec quelqu'un, qui me fait peur, et encore plus avec un collègue de travail.

— Vous ne croyez pas que c'est un peu trop tard pour ça, maintenant, *querida* ? Il y a quelque chose entre nous. Vous n'avez pas pu me le cacher… Je sais que vous me désirez autant que je vous désire.

— Mais je n'aurais pas dû laisser cela arriver, et nous ne pouvons pas aller plus loin. J'ai déjà souffert, José, et je ne veux pas affronter ça encore une fois. Je ne suis pas prête.

— Vous pensez que je vous ferais du mal ? demanda-t-il, le regard sombre.

— Pas volontairement, mais cela arriverait… J'ai besoin de temps pour y voir plus clair dans mes sentiments.

Il s'écarta légèrement.

— Si cet homme vous a fait du mal, il ne vaut pas la peine que vous pensiez à lui.

— J'ai besoin d'apprendre à vivre sans lui.

— Quel meilleur moyen pour cela qu'un autre homme ? Je saurais vous le faire oublier, je vous le promets.

— C'est sûrement vrai, mais je ne veux pas prendre le risque d'un nouvel échec.

— Même pour aider votre frère ? Même s'il ne s'agit que d'un rôle que vous joueriez ?

— Un… rôle ? Que voulez-vous dire ?

— Cela m'aiderait beaucoup si vous acceptiez de jouer pendant quelque temps le rôle de mon amie. Mon grand-père se plaint de n'avoir aucun descendant et s'inquiète de ne pas me voir casé. Nous nous disputons pour cette raison, c'est fatigant pour lui, et je ne veux pas le contrarier davantage. Je le désespère déjà parce que je ne veux pas diriger la plantation, et j'aimerais faire quelque chose pour améliorer nos relations. S'il pensait que j'ai une amie, il s'inquiéterait peut-être un peu moins.

— Comment savez-vous que je lui conviendrais ?

Le regard bleu se remit à pétiller.

— Comment pourriez-vous ne pas lui plaire ? De plus, ma grand-mère pense déjà le plus grand bien de vous.

— Ah bon ? Mais nous ne nous sommes vues que quelques minutes…

— Cela a suffi. Elle a été touchée par l'aide que vous avez apportée à Gabriel, en lui parlant et en le rassurant, et elle a aimé faire connaissance avec vous. De plus, elle trouve que nous allons bien ensemble : elle me l'a dit. C'est une incurable romantique, et je parierais qu'elle pense déjà mariage.

Il caressa doucement les bras de Jessie.

— Que pensez-vous de ma proposition ? En retour, je promets de ne pas appeler la police au sujet du vol.

— Et mon frère n'aura pas d'ennuis, pour le moment du moins ? Je ne pense pas que vous abandonniez l'idée de découvrir l'auteur du vol puisque vous tenez beaucoup à ces gravures…

— Bien sûr, je vais faire tout mon possible pour les retrouver. Déjà, je demanderai aux commissaires-priseurs de la région d'ouvrir l'œil. Il y a une chance que je les récupère de cette façon si elles n'ont pas déjà été vendues.

Le regard de José se fit scrutateur.

— Si, par hasard, votre frère est mêlé à cette affaire, il est possible qu'il soit sur la sellette quand les gravures réapparaîtront… Vous en êtes bien consciente, j'espère ?

— Oui, mais il n'a rien à voir avec ça, alors je n'ai aucune inquiétude.

Pourtant, si les gravures réapparaissaient, elles porteraient les empreintes digitales de Ben puisqu'il les avait manipulées, ce qui suffirait à l'incriminer, pensa Jessie.

La voix grave de José interrompit sa réflexion.

— Tant que vous êtes consciente de la possibilité…

— Vous ne voulez même pas envisager la possibilité qu'il soit innocent !

— J'espère qu'il l'est, pour vous, *querida*. Mais tout ce qui compte pour moi, c'est que vous et moi, nous sommes *simpatico*. Ce que je peux vous dire, c'est que s'il est confirmé qu'il a quelque chose à voir avec ça, je ne le poursuivrai pas. Marché conclu ?

Quel choix avait-elle ?

— Marché conclu…, murmura-t-elle.

7

Ben arpentait nerveusement le salon de l'appartement.

— Je regrette que tu aies dû accepter ça, Jessie. Pourquoi faudrait-il que tu fasses semblant d'être son amie ? Je n'ai rien fait de mal, alors je ne vois pas pourquoi tu dois accepter cette supercherie. Ce n'est pas juste.

— La justice n'a rien à voir avec ça. C'était ça, ou un coup de fil de José à la police — je te l'ai expliqué. Je gère très bien, Ben. N'aie aucun souci pour moi.

Jessie vérifia rapidement son reflet dans le miroir puis se tourna pour prendre son sac à main.

— C'est plus fort que moi, Jess. Je te dois déjà tellement.

Elle posa une main rassurante sur le bras de son frère.

— Ce ne sera pas un problème…

Pourtant, elle éprouvait une vague angoisse étrangement mêlée à une pointe d'excitation. Elle repensait encore au baiser de José — à ses bras autour d'elle, à son grand corps musclé, et à la douceur de ses lèvres sur les siennes, son cou, et ses épaules nues…

Ces souvenirs la firent frissonner, et elle se hâta de les chasser.

— De toute façon, je ne fais qu'aller avec lui à la plantation aujourd'hui, et nous ne serons pas seuls. Son grand-père s'inquiète parce qu'il y a un problème avec la récolte, et José profitera de son passage là-bas pour voir deux ouvriers.

Elle jeta un coup d'œil par la fenêtre et aperçut la voiture de José qui s'arrêtait dans la rue devant la résidence.

— Il est là. Il faut que j'y aille.

— Sois prudente, et ne le laisse pas t'obliger à faire ce que tu ne veux pas.

— Promis. Tout ira bien.

Assise sur le siège du passager, Jessie coula un regard rapide en direction de José quand il fit démarrer la voiture. Il était très élégant — un pantalon sable et une chemise d'un blanc immaculé dont il avait laissé le col ouvert. Ses mains légèrement bronzées reposaient sur le volant et une superbe montre en or brillait à son poignet. Le simple fait de le regarder fit battre plus fort le cœur de Jessie.

— Ainsi, votre grand-père vous a rappelé ce matin, dit-elle, essayant d'oublier son trouble. Il doit être très inquiet.

Il acquiesça de la tête, et son regard bleu la parcourut, approbateur, avant de se reporter sur la route devant eux. Jessie se sentit rougir. Elle savait que son jean et son haut sans manches mettaient ses courbes en valeur, et ses longs cheveux retombaient sur ses épaules en un rideau soyeux.

— La rouille a attaqué une partie de la récolte. Si on n'arrête pas sa progression, cela pourrait devenir un désastre pour la plantation et pour les emplois des ouvriers.

— Je comprends... La situation est préoccupante.

— Oui, c'est un mauvais coup du sort. Il faut que nous trouvions rapidement une solution, répondit José.

Dès qu'ils empruntèrent l'allée de la maison, son grand-père sortit pour les accueillir. Grand, avec des yeux bleus au regard vif, et des cheveux blancs coiffés avec soin, il portait un pantalon bien coupé associé à une chemise et à une veste légère qui lui donnaient un air digne. C'était visiblement un homme ayant l'habitude de commander.

Il posa les mains sur les épaules de José et lui donna une brève accolade.

— Je suis content que tu aies pu venir aussi vite, dit-il. Je ne savais pas si tu serais de garde.

— Pas ce week-end. Je suis content de te voir, *abuelo*, répondit José en souriant.

Le vieil homme se retourna et, comme il posait sur Jessie un regard intéressé, José se hâta de faire les présentations.

— Voici notre nouveau médecin : Jessie Heywood. Elle nous apporte une aide considérable, et nous l'apprécions beaucoup à l'hôpital.

En entendant le dernier commentaire, le *señor* Benitez haussa un sourcil, l'air pensif, puis il prit la main de Jessie.

— Très content de faire votre connaissance. *Mi esposa* m'a déjà un peu parlé de vous. Soyez la bienvenue chez moi.

— Merci. Je suis contente aussi de faire votre connaissance.

— *Abuelo*, nous devrions peut-être aller voir les plants qui posent problème, intervint José.

Le regard du vieil homme trahit son inquiétude.

— Oui. Venez avec moi. Je vais vous montrer. Ils se trouvent dans la parcelle nord.

Ils empruntèrent des sentiers entre les caféiers, et au bout d'un moment, José entreprit d'examiner les feuilles avec soin. Des taches de rouille constellaient le vert, et les nouvelles cerises de café qui devaient former la seconde récolte de la saison, devenaient grises, et non rouges.

— Est-ce qu'on peut faire quelque chose ? demanda Jessie avec inquiétude.

— Il va falloir enlever les parties abîmées de la récolte et asperger le reste de fongicide à une distance de trente mètres environ. Grand-père, je sais que tu n'aimes pas faire ça, mais je ne pense pas que tu aies vraiment le choix. Si tu sacrifies quelques plants pour favoriser l'ensoleillement des autres, la parcelle sera peut-être moins sujette à ce genre de désastre. Ensuite, bien sûr, nous devrons replanter avec des espèces plus résistantes.

Jessie considéra José avec un respect nouveau. Il affirmait

ne pas vouloir trop s'impliquer dans la gestion de la plantation, mais il semblait s'y connaître en matière de culture.

— Je redoutais ça, répondit son grand-père. Pendant toutes ces années, j'ai été contre l'usage des pesticides et tout ce qui n'est pas bio dans la culture.

— Je comprends, mais au final, tu obtiendras de meilleures productions si tu fertilises avec de l'azote et du phosphore. Les plants seront plus sains et moins sensibles aux maladies. Les dégâts sont restreints pour le moment, et tu peux étouffer la maladie dans l'œuf. Pourquoi est-ce que tu n'essaies pas, *abuelo* ?

Les épaules du vieil homme s'affaissèrent un peu.

— Tu as sûrement raison. Il est sans doute temps que j'évolue... Tu devrais peut-être envisager de prendre le relais, José. Tu es jeune et tu as des idées nouvelles. C'est ce qu'il nous faut ici.

José eut un sourire.

— Tu ne renonces jamais, hein ?

— Et pourquoi est-ce que je renoncerais ? rétorqua son grand-père. Tu es mon petit-fils et je place de grands espoirs en toi — plus que dans ton père, en tout cas... Rentrons. Ta grand-mère a préparé des cookies pour toi.

— O.K.

José plaça un bras autour des épaules de Jessie et tous les trois longèrent l'allée qui menait vers la maison. Elle sentait le regard du vieil homme posé sur eux. José voulait que son grand-père les croie plus liés que de simples collègues de travail, et elle devait bien admettre que, dans son cœur, elle aurait voulu que ce soit vrai. Comment était-ce arrivé ? Elle l'ignorait, mais elle aimait José chaque jour davantage...

Le *señor* Benitez s'arrêta quand un des ouvriers agricoles l'appela pour lui parler.

— Salut, Ramirez, dit-il. Qu'est-ce qui vous arrive ? Rentre avec Jessie, José. Je vous rejoins.

José salua Ramirez puis il acquiesça.

— Entendu, mais je pense que nous devrions aller voir nos patients avant de nous relaxer. Je suis sûr que grand-mère comprendra. Nous ne serons pas longs.

Le *señor* Benitez hocha brièvement la tête.

— Je le lui dirai.

— Merci. Est-ce que Gabriel a repris le travail ?

— Oui. Mais si tu veux voir Marco avant, je l'ai envoyé s'allonger dans la salle de repos. Il s'est fait mal au dos en soulevant un gros sac de café. Je lui ai dit qu'il devait plier les genoux quand il soulève du poids, mais tu connais ces jeunes — ils n'écoutent pas toujours.

Tout en s'éloignant, José murmura à l'oreille de Jessie :

— Je soupçonne que tout ça n'était qu'un stratagème pour me faire venir ici de façon à tenter de me convaincre encore une fois. Je suis certain qu'il sait très bien comment gérer le problème d'attaque de rouille. Il a peut-être l'air innocent, mais c'est un vieux renard.

Quand il lui posa doucement une main sur la hanche, Jessie se sentit profondément troublée par la pression de sa paume qui la rapprochait de lui à chaque pas.

— Je m'en doutais, répondit-elle. Mais il adore ce domaine, ça se voit. Ce n'est pas difficile de comprendre qu'il détesterait le laisser tomber entre les mains d'étrangers.

La main de José lui caressa doucement la hanche.

— Je le sais.

Son grand-père les regardait s'éloigner, et elle ne put s'empêcher de se demander si cette caresse était une nouvelle tentative de José pour montrer qu'elle était la nouvelle femme de sa vie. Cette pensée l'attrista... Elle s'habituerait facilement à sentir les bras de José autour d'elle. Cela lui donnait le sentiment d'être en sécurité et d'être aimée, comme si sa place était tout naturellement là, près de lui...

Il la regarda.

— Est-ce que ça va ?

— Oui, bien sûr, répondit-elle, chassant ces pensées mélancoliques. J'aime bien votre grand-père, et je compatis, c'est tout.

— Croyez-moi, je ne ferais rien qui puisse lui faire du mal. Je veux lui procurer une totale tranquillité d'esprit, mais je ne peux pas mettre ma carrière de côté pour m'occuper de la plantation. Vous comprenez cela, je pense ?

— Oui, bien sûr, mais je suis triste pour lui, c'est tout.

José sourit.

— Vous vous apercevrez qu'il est beaucoup plus fort que vous ne le croyez. Maintenant, voulez-vous que nous allions voir Marco ?

— Bonne idée.

José lui prit la main pour l'entraîner vers des dépendances en briques.

— C'est notre dispensaire pour les premiers secours. Il y a toujours une infirmière de garde.

A l'intérieur, l'ouvrier était allongé sur un lit et adossé à des oreillers. Quand il essaya de bouger, il grimaça de douleur.

José salua chaleureusement l'infirmière puis il s'approcha du lit.

— Bonjour, Marco. Tu t'es blessé, il paraît. Peux-tu te lever et me montrer où tu as mal exactement ?

L'adolescent acquiesça, et avec l'aide de l'infirmière et de José, il parvint à se mettre debout et à se redresser.

— C'est au niveau des reins.

— O.K., voyons ce qui ne va pas.

José palpa doucement la colonne vertébrale jusqu'à ce qu'il trouve le point douloureux quand Marco se raidit.

— Ah... C'est exactement là.

— Mmm. La zone autour de ton articulation sacro-iliaque. Tu as besoin d'un anti-inflammatoire. Sarah, je crois que nous avons du Diclofenac ici ?

— Oui, répondit l'infirmière.

— Bien. Marco, tu vas prendre un cachet tout de suite avec du lait — il vaut mieux ne pas le prendre l'estomac vide et du lait fera l'affaire. Quand le médicament agira, ce serait bien que tu fasses quelques étirements en douceur. L'infirmière t'indiquera les mouvements, et je te donnerai une brochure que tu emporteras chez toi.

— Merci, docteur.

— De rien. Prends deux semaines pour te reposer et pour que ton dos se remette... Et n'oublie pas de faire attention dorénavant quand tu soulèveras une charge. Si elle est trop lourde, demande à quelqu'un de t'aider.

— Promis.

— A la bonne heure... Assieds-toi et repose-toi, le temps que nous trouvions quelqu'un pour te ramener chez toi, répondit José avec un sourire.

Il n'était pas étonnant que le *señor* Benitez soit tellement attaché à cette entreprise, se dit Jessie. C'était une affaire de famille — tout le monde se connaissait et se souciait des autres. José, lui, ne vivait pas sur place, mais il devait venir régulièrement car il connaissait bien tout le monde.

Il parla pendant quelques minutes avec Marco et l'infirmière avant de se retourner vers Jessie.

— Je pense que tout est réglé ici. Si nous allions rendre visite à Gabriel ?

— Oui. J'aimerais voir comment il va.

— Vous le trouverez près des séchoirs, dit Marco. Il a l'air d'aller beaucoup mieux.

— C'est bien. Je suis content d'entendre ça. Merci.

Comme l'avait dit Marco, Gabriel ratissait les cerises de café de façon à ce qu'elles sèchent bien au soleil.

José emmena le garçon dans un coin tranquille où ils s'assirent pour parler.

— Comment te sens-tu ?

— Pas trop mal, répondit le garçon. Mais ça fait drôle de se dire qu'on a un mauvais truc, à l'intérieur, qui veut continuer de grossir. Ça fait un peu peur.

Il regarda Jessie qui approuva d'un signe de tête.

— Je sais. C'est très angoissant pour toi.

— Mais les comprimés te soulagent ? demanda José. L'enflure semble avoir un peu diminué.

— Ouais. Et je vois un peu mieux.

— C'est bien. Nous allons programmer ton opération.

— Oh ! oui... Je serai content d'en finir.

— Bien sûr. Cela se comprend.

Ils prirent congé, et Gabriel alla rejoindre ses amis tandis que José entraînait Jessie hors de la zone de séchage.

— Prenons un moment pour nous, suggéra José. Vous n'avez pas encore vu les jardins, je crois ? Je voudrais vous montrer la tonnelle... Je pense que vous allez aimer.

Il prit Jessie par la main pour l'emmener de l'autre côté de la maison. Un portail en fer s'ouvrait sur un jardin clos où poussait un superbe assortiment de buissons, d'arbres et des fleurs aux couleurs vives : belles-de-jour bleues, gardénias d'un blanc de neige et bougainvilliers rouge vif. Un parfum délicat flottait dans l'air, et Jessie le respira avec délectation.

— Ce doit être votre endroit préféré.

— C'est exact. Je viens souvent ici pour m'isoler un moment. C'est apaisant. Je m'assieds sur le banc là-bas, pour réfléchir.

— Comme chez vous, sur votre balcon. Vous avez beaucoup de chance... Vous le savez ?

Ils se dirigèrent vers un canapé en rotin installé sous une tonnelle recouverte de jasmin.

— Oui, j'en suis bien conscient.

Ils s'assirent, et José prit Jessie dans ses bras.

— Je suis content que vous soyez venue. C'est bon de vous voir sourire.

— Comment ne pas apprécier tout cela ? Dans les Caraïbes, tout est une révélation pour moi. J'aime chaque minute de ma vie ici.

Et chaque seconde qu'elle passait dans ses bras. Pourquoi avait-elle perdu tellement de temps à tenter de fuir l'inévitable ?

— Je veux que vous soyez heureuse. Si vous refusez d'emménager chez moi, laissez-moi au moins tenter de régler vos problèmes de logement. Je pourrais parler à votre propriétaire, le persuader de suivre la réglementation en matière de construction, et mon équipe pourrait réparer la fuite dans le toit ainsi que tout ce qui a besoin d'être réparé.

— Vous feriez ça pour moi ? demanda Jessie, sceptique.

— Bien sûr. Il n'y a rien que je ne ferais pas pour vous.

— Vous êtes très attentionné... Je vous ai observé, j'ai vu comment vous vous comportez avec les gens. Vous êtes bon et gentil avec tout le monde, pas seulement avec moi.

José lui sourit.

— Mais tout particulièrement avec vous, je pense. Vous réveillez ce qu'il y a de meilleur en moi. Quand j'ai dit à mon grand-père que vous êtes une personne à part, je le pensais...

Il hésita, et quand il reprit, sa voix n'était qu'un murmure :

— *Pienso que me estoy enamorado.*

Jessie le fixa, stupéfaite, mais il soutint son regard, et elle se sentit bouleversée. Etait-il sérieux ?

— Comment pourrais-je ne pas tomber amoureux de toi, Jessie ? Tu es belle, attentionnée, chaleureuse — tout ce que je peux désirer chez une femme.

Il se pencha pour déposer sur ses lèvres un baiser léger.

— Mmm... Tes baisers aussi sont divins. Tu es mon ange à moi.

Il l'embrassa de nouveau, l'étreignant avec passion, éveillant en elle une fièvre délicieuse. Des frissons naissaient sous la large main possessive qui lui caressait lentement le dos.

— J'adore ça, dit-elle d'une voix entrecoupée. Comment fais-tu ? Je n'ai jamais ressenti ça avant.

Elle se blottit contre lui, gagnée par un désir puissant. Passant les bras autour de son cou, elle caressa la ligne de ses larges épaules et ses biceps tendus.

— Ça faisait si longtemps que j'en rêvais, murmura José en déposant une pluie de baisers sur sa gorge. J'ai tellement envie de te tenir dans mes bras, de t'embrasser... Que tu sois à moi. Je ne comprends pas ce qui m'arrive et je ne sais pas comment je vais supporter d'être loin de toi.

Les doigts de Jessie s'immobilisèrent sur le torse musclé.

— Que veux-tu dire ? Tu as l'intention de partir ?

Il déposa un dernier baiser sur ses lèvres puis il s'écarta un peu d'elle, le regard sombre et encore voilé par le désir.

— Oui, malheureusement. Il faut que j'aille en Floride.

— En Floride ? Quand ?

— Dans deux jours.

Il appuya sa joue contre la tempe de Jessie.

— Je sais, j'aurais dû te le dire plus tôt. Je me suis engagé dans la construction d'un nouvel hôpital là-bas. On en est aux dernières étapes et il faut que j'aille régler les derniers détails.

Jessie se rembrunit. Quel choc... Elle avait pris l'habitude de le voir. Comme il allait lui manquer...

— Pour combien de temps pars-tu ?

— Deux semaines... Une éternité loin de toi. Je serai de retour pour le soixante-quinzième anniversaire de mon grand-père. Tu le fêteras avec nous.

Pour toute réponse, elle l'embrassa avec passion. C'était si nouveau, si inattendu...

8

— Je croyais que tu sortais avec tes amis, Ben, dit Jessie. Tu ne te prépares pas ?

— J'ai encore tout le temps.

Elle comprit qu'il s'inquiétait encore pour les gravures volées chez José ; depuis une heure, il semblait ressasser de sombres pensées.

— D'accord...

Après avoir mis la dernière touche à son maquillage, elle vérifia son image dans le grand miroir de l'entrée.

— Qu'en dis-tu ?

Il la parcourut rapidement du regard.

— Tu es bien. Tu es toujours bien.

— Pas sûr. C'est la première fois que je mets cette robe. Elle est peut-être trop décontractée pour cette fête. Les grands-parents de José sont toujours si élégants...

C'était une robe fluide dont le bas volanté dansait autour de ses jambes — une jolie tenue sans prétention à laquelle quelques broderies argent ajoutaient une touche de glamour.

Elle jeta un autre regard en direction du miroir et décida que sa tenue irait.

— Effectivement, mais sans doute est-ce par respect envers le personnel, répondit Ben. Tu sais, depuis la disparition, rien n'est réapparu en salle des ventes. Celui qui les a volées a dû abandonner l'idée de les écouler, ou alors, il s'en est débarrassé tout de suite après le vol.

Jessie enfila des sandales à hauts talons et consulta sa montre. Il était presque 19 heures et José serait là d'une minute à l'autre, pensa-t-elle, envahie par un agréable sentiment d'anticipation.

— Tu as peut-être raison, mais José pense qu'ils attendent que les choses se calment.

— A propos de José, je n'aime guère ce marché qu'il t'a imposé. Faire semblant d'être sa fiancée… Combien de temps est-ce que ça va durer ?

— Je n'en sais rien. Jusqu'à ce qu'on trouve le coupable.

Un muscle se crispa dans la mâchoire de Ben.

— Tu veux dire, jusqu'à ce que j'aie prouvé mon innocence ?

Il poussa un soupir.

— Je suis vraiment désolé de t'avoir entraînée dans cette histoire, Jess.

— Ne sois pas désolé. Tout va bien. Beaucoup mieux que je ne l'espérais.

Ben fronça les sourcils.

— Tu es tombée amoureuse de lui ? Méfiance… Il plaît aux femmes, mais il paraît qu'il ne reste avec aucune.

— Je l'aime bien… Bon, j'avoue qu'il m'a beaucoup manqué pendant son séjour en Floride, ajouta-t-elle. Mais, de toute façon, dans quelques semaines, quand mon contrat à l'hôpital prendra fin, je n'aurai plus à jouer ce rôle. Il faudra que je trouve un autre travail ou que je rentre au Royaume-Uni, je ne sais pas encore.

— Je devrais peut-être envisager de rentrer, moi aussi. Avec papa, la situation est bloquée. Il n'a pas très envie de me voir, apparemment… J'en sais sûrement davantage sur José que sur notre père.

— Tu le penses vraiment ? demanda Jessie, interloquée.

— Oui. José, je le vois chaque fois que je vais au récif. Avec moi, il est toujours poli et assez amical, malgré le vol… Mais, tu le sais, puisque tu étais avec lui la dernière fois. Je suppose que c'est un homme bien, en définitive. En tout cas, il a persuadé notre propriétaire de réparer la fuite d'eau et de régler tout le reste.

— C'est vrai. Je ne sais pas comment il s'y est pris.

— Il lui a peut-être rappelé qu'il avait des devoirs. Beaucoup d'étudiants résident dans ces appartements, et les propriétaires ont des normes à respecter... Quelle que soit la raison, c'est pour toi qu'il a fait tout ça.

— Je n'en sais rien.

Elle se montrait évasive, mais Ben avait déjà senti qu'il se passait quelque chose entre elle et José. Avait-il deviné qu'elle l'aimait ?

— Comment ça se passe avec ses grands-parents ? Est-ce qu'ils croient vraiment que tu es son amie ?

— Je le pense. Je suis allée deux fois à la plantation, et ils semblent m'avoir acceptée. Ils n'ont pas dit grand-chose sur le fait que nous soyons ensemble — si l'on peut dire — et José n'a pas beaucoup insisté. Il sait que l'idée de les décevoir me met mal à l'aise, et je ne veux pas que ce soit le cas quand arrivera finalement notre fausse rupture. Je les aime bien.

Quelques instants plus tard, José frappait à la porte. Elle ouvrit, et il lui sourit, l'air approbateur.

— *Eres bella, querida*, murmura-t-il.

— Merci.

L'idée qu'il la trouvait belle fit naître en elle une douce chaleur. Il lui avait manqué et, à présent, elle avait le cœur qui palpitait. Pourquoi avait-il cet effet sur elle ?

Ben et José se regardèrent avec circonspection.

— Prenez soin de ma sœur, dit Ben d'un ton d'avertissement. Traitez-la bien.

— Bien sûr. Tu peux me faire confiance.

Etre le sujet de conversation entre les deux hommes agaça Jessie, et ceux-ci s'en aperçurent peut-être, car ils n'ajoutèrent rien, échangeant un regard qui semblait sceller une sorte d'accord.

Jessie quitta l'appartement avec José et monta dans le taxi qui les attendait. Le chauffeur emprunta la rue principale pour sortir de la ville et se diriger vers la côte.

— L’autre jour, j’ai entendu dire que Gabriel venait passer un scan, dit-elle. Est-ce que tu as vu les résultats ?

— Oui. Les comprimés font de l’effet. La tumeur a légèrement régressé et la vision est plus claire. Tout ça est positif.

— C’est certain… Est-ce que tu as fixé une date pour l’opération ?

— On l’opère demain. J’ai exposé le cas au chirurgien et il a effectué l’embolisation avant-hier. L’intervention sera délicate, comme tu le sais, mais le médecin est excellent. C’est l’homme qu’il faut pour cette opération.

— Espérons-le.

Ils arrivèrent au port quelques minutes plus tard, et le taxi les déposa près du quai.

José entraîna Jessie le long de la jetée.

— Où allons-nous ? demanda-t-elle. Je croyais que la fête aurait lieu dans un hôtel ou dans un bar.

— Ce sera un peu plus luxueux que ça — c’est quand même le soixante-quinzième anniversaire de mon grand-père ! Ma grand-mère a décidé de donner du style à la fête.

Jessie ouvrit de grands yeux en apercevant plus loin un yacht illuminé. Elle pouvait déjà entendre de la musique salsa et des rires.

— A qui appartient ce bateau ? demanda-t-elle.

— A mon père. Il n’était pas sûr d’être là aujourd’hui, mais il a tout organisé… Je regrette que ma mère nous ait quittés. Elle aurait adoré ce luxe et ce glamour.

Quand ils furent montés à bord, un serveur portant un plateau de verres remplis de vin blanc les accueillit. José prit deux verres et en tendit un à Jessie.

— *Salud*, dit-il.

Ils burent une gorgée.

— *Salud*, répondit Jessie. Mm, c’est bon… Et la soirée ne fait que commencer.

José sourit.

— Ce vin vient de la cave de mon père — il a voulu ce qu’il y a de mieux pour mon grand-père. Il adore mon *abuelo*, mais il n'a jamais supporté les contraintes. C'est un pigeon voyageur… certains disent : un franc-tireur. On ne peut pas compter sur lui pour s'occuper de la plantation. Il préfère dessiner des bateaux.

— Donc ce bateau est une de ses créations, je suppose ?

— Oui.

Ils terminèrent leurs boissons et gagnèrent le salon principal où se tenaient les invités et le groupe de musiciens.

— Ah, vous voilà…

La grand-mère de José ouvrit les bras et donna à son petit-fils une chaleureuse accolade.

— Ça faisait longtemps ! Quinze jours ? Il faut venir nous voir plus souvent.

José afficha un air contrit.

— Je sais, *abuela*, mais j'ai dû aller en Floride pour mon travail. Cela dit, la clinique est presque terminée, alors je n'aurai plus besoin de m'y rendre aussi souvent.

— Ah… tu devrais dire ça à ton grand-père. Tu lui manques beaucoup.

— Je le lui dirai.

— Il sera content. Il s'inquiète pour le torréfacteur. Des problèmes, toujours des problèmes ! C'est son anniversaire, et il s'inquiète quand même.

Elle se tourna vers Jessie et lui prit la main pour la serrer avec effusion.

— Je suis contente de vous voir, Jessie. Vous êtes très belle. Je vous conduis auprès de mon mari. Pendant ce temps, moi, je vais m'occuper du gâteau. Tu veux bien venir m'aider, José ? J'ai prévu que nous l'apportions sur le chariot, toi et moi, au lieu des serveurs. Ton grand-père soufflera les bougies.

— O.K.

José mit un bras autour de la taille de Jessie.

— Allons féliciter le roi de la soirée.

Celui-ci était confortablement assis sur un canapé au bout du salon. Il parlait avec des amis qui s'écartèrent, quand Jessie et José s'arrêtèrent devant lui.

— Il était temps que tu arrives ! grommela-t-il. Tu me laisses dans les ennuis quand mes machines font des leurs. Je prends de l'âge, tu sais. Je ne pourrai pas continuer éternellement, garde bien ça en tête !

José afficha un large sourire.

— Joyeux anniversaire, *abuelo*. Je vois que tu es en pleine forme et tu sais très bien que tu as au moins vingt ans devant toi encore. Pourquoi n'appelles-tu pas Nick pour qu'il contrôle le torréfacteur ? Tu le paies pour ça.

Ce fut sa grand-mère qui répondit, levant les yeux au ciel.

— Parce que ton grand-père a décidé qu'il réparerait lui-même ! Allez, viens. Je t'emmène pour un moment. Je vous promets de ne pas le retenir trop longtemps, Jessie.

Comme José s'éloignait avec la vieille dame, le *señor* Benitez tapota le siège à côté de lui pour inviter Jessie à s'asseoir.

— Mon petit-fils a besoin de stabilité, dit-il. Il a trop fait la fête avec des femmes qui ne convenaient pas du tout, mais il fallait s'y attendre, sûrement.

Jessie éprouva un pincement d'inquiétude. Est-ce qu'il l'incluait dans sa condamnation ?

— Qui ne convenaient pas du tout ? Dans quel sens ? murmura-t-elle.

— Elles veulent son argent, ou sa position sociale… ou bien juste prendre du bon temps. Quand il était jeune, José a fait beaucoup de bêtises, ce qui n'était pas étonnant : il n'avait pas de père pour le guider. C'est un vrai miracle qu'il ait si bien tourné !

Se détendant un peu, Jessie parvint à sourire.

— Vous estimez qu'il a réussi, alors ?

Le *señor* Benitez la scruta pensivement.

— Je le crois. Et je pense que vous l'aiderez à se stabiliser.

Embarrassée, Jessie remua sur son siège, mais le vieil homme ne parut pas le remarquer.

— Il faut qu'il se prépare à reprendre la plantation, ajouta-t-il.

— Est-ce qu'elle ne devrait pas appartenir à son père ? demanda Jessie.

— Bah ! Son père se moque bien de tout ça… Mais José, c'est

quelqu'un de bien. Il fera ce qu'il faut, j'en suis sûr. Il a juste besoin qu'on le pousse un peu.

Un brouhaha les interrompit et, levant les yeux, Jessie aperçut José et sa grand-mère qui poussaient un chariot portant une énorme pièce montée à trois étages, décorée de bougies allumées, dans leur direction.

Quand tout le monde entonna « Joyeux anniversaire », le regard du *señor* Benitez s'embua. Une fois les invités rassemblés autour de lui, il souffla les bougies.

— Il est heureux, dit José qui l'observait. Ne fais pas trop attention à son côté grognon, Jessie. Sous sa carapace, c'est un tendre.

— Je m'en suis aperçue.

Il lui sourit, et la prenant au dépourvu, déposa un baiser sur ses lèvres entrouvertes.

— Je savais que vous vous entendriez bien, toi et lui, ajouta-t-il. Je vous ai vus parler tous les deux. Il souriait, c'est bon signe...

Il l'embrassa de nouveau, en prenant son temps cette fois, puis il l'entraîna vers le canapé où il s'assit avec elle dans les bras.

— Ma beauté..., murmura-t-il entre deux baisers. Tu m'as manqué, toi, ton sourire adorable, et tes lèvres — j'ai besoin d'y goûter tous les jours, de sentir leur douceur de miel.

— Les gens vont nous voir, José.

Son regard pétilla d'amusement.

— C'est bien le but recherché, non ? Il faut que mes grands-parents voient que nous formons un couple. C'est probablement le plus beau des cadeaux pour mon grand-père. Embrasse-moi, ma chérie. Montre-moi combien tu m'aimes.

Cette fois, les sens l'emportèrent sur la raison. Toute frissonnante, elle se pressa contre José, et répondit avec ferveur à ses baisers.

— Sortons d'ici, dit-il quand il s'écarta de nouveau. Allons prendre l'air sur le pont. Nous pourrons danser là-bas, si tu veux.

— D'accord, répondit-elle, ravie.

C'était une belle nuit caribéenne pleine d'étoiles, avec les rayons d'argent de la lune miroitant sur l'eau. Le ciel était d'un bleu sombre, et sur le yacht, le parfum des fleurs embaumait l'air. C'était magique. Alors, à quoi bon tenter de résister ? pensa Jessie. Pourquoi ne pas céder à son instinct ?

L'orchestre jouait une mélodie romantique, et quand José l'attira contre lui, l'emprisonnant entre ses bras, ils ne formèrent qu'un seul être et se laissèrent bercer par la musique, ne pensant plus qu'à eux deux. La tête appuyée contre le large torse, elle se laissa emporter par la musique. De nouveau, José l'embrassa, et ce baiser très doux la fit rêver à un avenir possible…

Elle était tombée amoureuse de lui et c'était pure folie. Comment était-ce arrivé ? En tout cas, elle avait l'impression d'être emportée par un courant rapide et irrésistible.

Ils dansèrent, s'interrompant de temps en temps pour goûter un des nombreux mets servis sur le pont arrière.

La fête fut un grand succès, et le *señor* Benitez et son épouse passèrent un merveilleux moment à en juger par leurs visages souriants. Mais la soirée s'étirant, ils prétextèrent la fatigue pour se retirer dans une des chambres. Quelques-uns de leurs amis passeraient la nuit à bord et, le matin, la fête continuerait.

— Si nous sortions d'ici ? dit José un moment plus tard. Il y a trop de gens. Je veux être seul avec toi.

— Excellente idée. Où allons-nous ?

— Chez moi. A ton appartement, il y a Ben…

— Mm… Tu ne devrais pas prendre mal ce qu'il dit, tu sais. Il ne fait que veiller sur moi.

— Je sais. En fait, je pense que c'est un garçon bien. Plus je le connais, et plus je pense qu'il n'a rien fait de mal — ce n'est guère possible puisqu'il a hérité des mêmes gènes familiaux que toi.

Interloquée, elle ouvrit de grands yeux.

— Tu es sérieux ?

— Oui.

Il profita de ses lèvres entrouvertes pour l'embrasser avec une telle expertise qu'elle sentit ses genoux flageoler et tout son corps s'enflammer…

— Laisse-moi te regarder, dit José dès qu'il eut refermé la porte. Je n'arrive pas à croire que je t'ai toute à moi. Tu es superbe...

Jessie ne put réprimer un doux sourire plein de désir, et José dut comprendre le message car il la prit entre ses bras, faisant tomber sur le parquet la pochette qu'elle tenait.

— Tu es tout ce dont j'ai toujours rêvé, dit-il doucement.

— Vraiment ? murmura-t-elle, taquine.

Elle prit José par la nuque, et passa les doigts dans la soie de ses cheveux. Elle aimait son cou solide, ses épaules et ses bras musclés...

Tandis qu'elle caressait son torse, il défit adroitement les boutons du corsage de la robe, dévoilant la dentelle blanche du soutien-gorge qui mettait en valeur le galbe des seins.

— Comme tu es belle... Exquise...

Puis il l'embrassa de nouveau, ses pouces lui taquinant les seins, et elle émit un soupir tremblant. Savait-elle vraiment ce qu'elle faisait ? Etait-elle prête pour lui ? Mais si elle devait en croire son corps tremblant de désir, n'était-il pas déjà trop tard pour hésiter ?

— Montons à l'étage, murmura José. Nous pourrons nous allonger plus près des étoiles et faire l'amour, bercés par le bruit de la mer.

Il lui prit la main pour l'entraîner dans l'escalier, mais à peine avaient-ils gravi quelques marches qu'ils entendirent le bruit d'une voiture dans l'allée.

Ils s'arrêtèrent.

— Qui ça peut être à cette heure de la nuit ? demanda Jessie. Est-ce que tu en as une idée ? Une urgence peut-être ? Mais on t'aurait téléphoné...

— Je n'en sais rien.

La sonnette de l'entrée résonna avec insistance, et une voix féminine leur parvint.

— José ! Il faut que je te parle. S'il te plaît. C'est important.

D'une main tremblante, Jessie reboutonna sa robe.

— Tu devrais répondre, José. C'est sûrement quelqu'un que tu connais et ça a l'air urgent.

— C'est probable, pour être là en pleine nuit...

Jessie redescendait déjà l'escalier.

— De toute manière, ce que nous faisions... ce n'était peut-être pas une bonne idée, murmura-t-elle.

Combien de femmes pouvaient venir sonner ainsi à la porte de José ? Un certain nombre, à en croire le *señor* Benitez. Comment avait-elle pu imaginer qu'elle pourrait tenir une place spéciale dans son cœur ?

Il la rejoignit.

— Veux-tu te faire du café pendant que je règle ça ?

— Non... Vas-y, elle s'impatiente.

A présent, la visiteuse frappait au battant d'un poing décidé. José alla ouvrir, et parut stupéfait en découvrant la femme devant lui, et celle-ci sembla soulagée de le voir. Malgré son désarroi évident, c'était une très jolie femme, avec des yeux bleus, et de longs cheveux blonds.

— José, il faut que je te parle, dit-elle d'une voix tremblante. Ça fait deux jours que j'essaie de te joindre. Je suis vraiment désolée d'arriver comme ça, sans prévenir, mais je ne savais plus quoi faire. Il fallait que je te voie.

— Rosanne, dit enfin José. Rosa... Qu'est-ce que tu fais là ?

Un instant, Jessie crut que son cœur cessait de battre. Rosa ? N'était-ce pas cette femme que José avait adorée — la femme qui lui avait brisé le cœur, et l'avait quitté pour un autre ?

Il jeta un coup d'œil en direction de la rue où était garée la voiture de Rosanne.

— Est-ce que ton... mari est avec toi ?

— Non. Je suis seule. Je l'ai quitté... Je regrette. Je regrette tellement tout ce qui s'est passé... Est-ce que je peux entrer ?

Sans répondre, paraissant sous le choc, José s'effaça et Jessie se sentit incapable de supporter ce qui allait suivre. Comment pourrait-elle rester là pendant que José retrouvait l'amour de sa vie ?

Elle ramassa son sac et le fouilla pour trouver son téléphone.

Rosa lui adressa un regard nerveux.

— Excusez-moi. Je vous dérange…

— Non… Non, tout va bien, mais il vaut mieux que je m'en aille. Vous avez beaucoup de choses à vous dire.

Trouvant son téléphone, Jessie se détourna pour composer le numéro afin de dissimuler le tremblement de ses doigts.

— Tu n'es pas obligée de partir ! intervint José.

Mais il semblait complètement dépassé par les événements, alors elle n'avait plus qu'une seule envie : s'en aller.

— Je pense que si. Ne t'inquiète pas. Je vais aller attendre mon taxi dehors car j'ai besoin d'air. Je te verrai lundi à l'hôpital.

9

— Tu n’as pas dit un mot pendant tout le déjeuner, Jessie. Qu’est-ce qui ne va pas ? demanda Ben. Tu ne t’es pas amusée à la fête, hier soir ?

Jessie reposa sa tartine grillée. Elle n’avait pas faim.

— La soirée était très bien. Il y avait beaucoup d’invités, de la bonne musique, et le buffet était délicieux — il y avait un choix incroyable.

Ben fronça les sourcils.

— Alors c’est à cause de José... Qu’est-ce qu’il a fait ? Il t’a fait du mal ?

Elle se leva pour empiler la vaisselle dans l’évier.

— Non. Tout va bien. Et moi aussi je vais bien.

— Bien ? Tu étais de bonne humeur hier et, aujourd’hui, on dirait que le monde s’est écroulé autour de toi. Tu devais jouer le rôle de petite amie, mais je crois que tu es tombée raide dingue de lui. De toute évidence, il y a un problème entre vous. Tu vas continuer de le voir en dehors du travail ?

— Eh bien... je n’en sais rien.

Ben émit un juron indistinct.

— Tu sais qu’il a une réputation de séducteur ? Il ne s’est jamais engagé avec une femme. Tu es mieux sans lui, Jess.

— Tu as sûrement raison..., répondit-elle sans conviction. Il faut que j’aille travailler maintenant. A plus tard, Ben.

Le travail lui permettrait de penser à autre chose. Se concentrer sur le bien-être de ses patients serait la seule façon de lutter contre le choc dévastateur qu'elle avait subi.

Gabriel représentait sa priorité numéro un. L'adolescent devait être opéré dans la journée, et elle voulait savoir comment il se portait. Les quelques semaines précédentes avaient dû être difficiles pour lui et ses parents.

Quand elle passa le voir pendant sa pause du matin, il était adossé à ses oreillers, dans le service de chirurgie. Pour l'instant, elle n'avait pas revu José, retenu par une urgence, et d'une certaine façon, elle était soulagée d'avoir évité ce face-à-face.

— Comment te sens-tu, Gabriel ? demanda-t-elle.

— Pas trop mal. On m'a fait une piqûre, alors j'ai un peu envie de dormir. Le médecin a dit que la tumeur était beaucoup trop grosse pour m'opérer en mettant un... tube... dans mon nez. Je ne sais plus comment ça s'appelle.

— Un endoscope. Parfois, les médecins opèrent avec des instruments minuscules, mais dans ton cas, ils vont faire une incision sur le côté de ton nez.

— Je vais être horrible après !

Gabriel avait peur, et Jessie se hâta de le rassurer.

— Non, pas du tout, je te le promets. Il pourra rester une toute petite cicatrice, mais rien qui puisse gâcher ton beau visage. Le chirurgien saura très bien comment s'y prendre. Le seul problème peut-être, ce seront les premières semaines après l'intervention. Tu auras probablement des hématomes, il faut t'y attendre, et ne pas t'inquiéter.

L'adolescent se rasséréna.

— Trois ou quatre semaines, ça ne me dérange pas. J'avais peur de me retrouver défiguré.

— Je sais. N'aie aucune inquiétude.

— Merci. Merci d'être venue me voir.

— Je reviendrai après l'opération, si tu n'y vois pas d'inconvénient.

— Pas du tout, au contraire.

En sortant, Jessie croisa les parents de Gabriel.

— Bonjour, docteur, dit sa mère. Je suis contente que vous

soyez venue le voir. Le Dr Benitez est passé tout à l'heure pour réconforter Gabriel... Vous avez été tellement gentils tous les deux.

Jessie se hâta de regagner les urgences pour reprendre son travail de la journée, et elle consulta sa liste de patients.

Robert feuilletait des dossiers.

— Salut, dit-il. Comment vas-tu ?

— Bien. Et toi ?

— Bien aussi. Mais José, lui, n'a pas du tout l'air en forme.

Avant de poursuivre, il désigna du regard José debout derrière le comptoir de l'accueil.

— Ce matin, il avait l'air distrait. J'ai entendu dire que son ex était revenue. C'est incroyable, les rumeurs et les commérages qui peuvent se répandre ici. Mais, quand même, il a dû subir un choc : dans le vestiaire, ce matin, il paraissait complètement sens dessus dessous.

Jessie jeta un nouveau regard en direction de José. Il parlait avec une femme qui venait d'arriver. Celle-ci portait un petit garçon qui, visiblement malade, avait du mal à respirer.

Soudain, le petit garçon s'affaissa dans les bras de sa mère. Ses lèvres avaient bleui. Aussitôt, José le prit pour l'emporter dans la salle de soins.

— Je vais voir s'il a besoin d'aide, dit Jessie, inquiète. Amanda est descendue au labo et les autres infirmières sont occupées.

— D'accord, répondit Robert. J'emmène la mère en salle d'attente, et j'essaierai de trouver quelqu'un pour rester avec elle.

Jessie se hâta de gagner la salle de soins, et s'adressa à José.

— Qu'est-ce que je peux faire ?

Il avait déjà placé l'enfant sous oxygène et sous monitoring. Le taux d'oxygène dans le sang était dangereusement bas. Le garçon était en pleine crise d'asthme.

— Donne-lui du salbutamol en nébulisation et du bromure d'ipratopium toutes les vingt minutes. Je vais lui injecter de l'hydrocortisone par intraveineuse.

— O.K.

— Comment tu te sens, Jack ?

L'enfant avait repris conscience, mais il ne répondit pas.

— On administre le salbutamol par intraveineuse et on le met sous perfusion, ajouta José. Même chose pour l'aminophylline. Nous verrons si cela améliore les voies respiratoires. On va faire aussi une radio des poumons et un test sanguin pour voir s'il n'y aurait pas une infection quelque part. On ajoute un antibiotique par précaution. Si tout ça ne suffit pas, nous le transporterons en soins intensifs.

Mais une réaction se produisit enfin. Les signes vitaux s'améliorèrent, le taux d'oxygène dans le sang remonta un peu, et la respiration se ralentit sensiblement.

— Dieu merci..., murmura Jessie, soulagée.

— Oui. C'était inquiétant, dit José.

Jessie le revit avec l'enfant dans les bras. C'était un homme attentionné, cela ne faisait aucun doute. Quel père ferait-il ? A cette pensée, elle éprouva un pincement douloureux au cœur.

A cet instant, Amanda entra dans la salle.

— Comment ça va ici ? demanda-t-elle. Je m'occuperai de lui si vous voulez aller parler à ses parents qui sont dans la salle d'attente. Ah, José, il y a aussi quelqu'un qui vous attend dans l'autre salle d'attente.

José parut l'air préoccupé.

— Merci. Veux-tu venir avec moi, Jessie ?

C'était plus un ordre qu'une question, et Jessie éprouva un sentiment de malaise. Et s'il s'agissait de Rosanne ?

— Tu veux vraiment que je vienne ? Je veux dire... Si c'est Rosanne qui t'attend, je ne suis pas sûre de vouloir rester. Tu ne peux pas me demander d'assister à tes retrouvailles avec ton ex, quand même ?

— Bien sûr que non ! Je regrette vraiment ce qui est arrivé, hier, mais je ne pouvais pas la renvoyer alors qu'elle était en plein désarroi, et avait besoin de mon aide. Tu n'aurais pas voulu que j'agisse autrement, je pense ?

— Non... sans doute... mais il faut que je sache si elle va faire partie de ta vie dorénavant. Je veux savoir où je me situe exactement.

— Je comprends... Mais elle a beaucoup de problèmes en ce moment et elle a besoin de moi. Son mariage ayant sombré, elle se retrouve seule, et elle n'arrive pas à gérer la situation. Il faut que je sois là pour elle.

— Mais pourquoi toi ?

— A cause de nos liens passés.

— Et qu'est-ce que je deviens, moi, dans tout ça ?

— Tu connais mes sentiments pour toi. Ils n'ont pas changé.

— Vraiment ? murmura Jessie, sceptique.

Elle ne se sentait pas du tout rassurée. Il faudrait combien de temps à Rosa pour regagner l'affection de José ?

Ils se dirigeaient vers la salle d'attente où se trouvaient les parents de Jack quand Jessie vit une silhouette familière sortir de la deuxième salle d'attente.

— Ben ? dit-elle, stupéfaite. Que fais-tu là ? Tu es malade ? Quelque chose ne va pas ?

— Tout va bien, à part le fait que tu es ici avec lui, Jessie. Je regrette que tu doives travailler avec lui.

— Ben, tu n'es pas obligé de...

— Si, Jess.

Les sourcils froncés, José intervint.

— Retournons dans la salle d'attente, voulez-vous ? Ensuite, tu pourras nous dire ce qui se passe, Ben.

— Comme si vous ne le saviez pas.

Il y avait longtemps que Jessie n'avait pas vu son frère aussi furieux. Le visage tendu, il posait sur José son regard vert brillant de mépris. Il regagna quand même la salle — un lieu plus discret —, mais dès que la porte se referma derrière eux, il considéra de nouveau José d'un air furibond.

— Est-ce qu'il s'agit des gravures ? demanda ce dernier. Tu es en colère parce que j'ai douté de toi ?

— Ça n'a rien à voir avec le vol, mais puisque vous en parlez... Dès le début, vous m'avez mis tout ça sur le dos, vous ne m'avez laissé aucune chance. Eh bien, je vais vous dire... En fait, j'ai décroché ces gravures pour les mettre en sécurité pour le temps des travaux, donc si vous les récupérez, il y aura mes empreintes dessus. Ça ne prouve rien...

— Il y a eu de bonnes nouvelles à ce propos. La police m'a appelé en début de matinée... Les gravures sont réapparues hier dans une vente aux enchères. Par chance, on avait demandé au commissaire-priseur de rester vigilant et il a donc pris la précaution de brancher les caméras de surveillance, ce qui nous a permis d'avoir des images de l'homme qui les lui a apportées.

Le regard de Ben s'assombrit.

— Qui était-ce ? Sûrement pas moi.

— Un ouvrier indépendant qui a rejoint l'équipe de maçons. Il travaille dans la région depuis six mois, et au cours de cette période, plusieurs propriétaires ont remarqué qu'il manquait des choses chez eux. Le commissaire-priseur a donc appelé la police, et l'homme a été arrêté. On a retrouvé chez lui un certain nombre d'objets volés... Je regrette vraiment d'avoir douté de toi, Ben. J'avais tort. Je te présente mes excuses.

— Je n'en ai rien à faire, répliqua Ben d'un ton tranchant. Je n'avais rien fait de mal et j'avais la conscience nette. Mais vous... vous avez fait bien pire. Vous avez fait du mal à ma sœur. Je ne sais pas exactement ce qui s'est passé entre vous, mais vous l'avez fait souffrir et elle ne mérite pas ça.

José dirigea vers Jessie un regard indéchiffrable.

— Jamais je ne ferais délibérément une chose pareille.

Elle se sentait très mal à l'aise. Il valait mieux que José ne sache pas à quel point il l'avait fait souffrir. C'était embarrassant et humiliant.

— S'il te plaît, Ben. Il ne faut pas dire ça.

— Si. Je ne veux pas le laisser te faire du mal.

Ben se retourna vers José et ajouta :

— Je vous préviens que si vous posez un seul doigt sur elle, vous le regretterez.

— Si je lui ai fait de la peine, je le regrette.

— En tout cas, gardez bien en tête que si ça arrive encore, vous aurez affaire à moi. Et toi, Jess, s'il t'ennuie, tu n'auras qu'à me le dire.

Ben consulta sa montre.

— Il faut que je m'en aille. Jessie, je te vois tout à l'heure au récif, je crois ?

— Oui. Je suis de garde aujourd'hui.

Son frère quitta la pièce, la laissant mortifiée. Il avait voulu bien faire, mais quelle idée il avait eue de venir là !

— Il n'aurait pas dû dire tout ça...

— Il voulait te protéger, ce qui est une bonne chose, répondit José. Je suis content que tu l'aies pour veiller sur toi.

— Oui, je lui en suis reconnaissante... Et pour les gravures, c'est une bonne nouvelle, ajouta-t-elle, préférant changer de sujet. Finalement, ta patience a payé.

José posa sur elle un regard scrutateur.

— C'est vrai. Jessie... Pour hier soir... Je regrette que les choses aient tourné de cette façon.

— On ne pouvait pas faire grand-chose pour empêcher ça, je suppose... Est-ce que Rosanne est revenue pour de bon ?

— C'est possible. Comme son mariage est rompu, elle a décidé de vivre chez ses parents. Elle est sur l'île depuis quelques jours, semble-t-il.

Et la première personne vers laquelle Rosanne s'était tournée avait été José. Voilà qui en disait long ! pensa Jessie.

Le pager de José vibra. Son visage s'assombrissait à mesure qu'il lisait le texto.

— Qu'est-ce qui se passe ? C'est Jack ? Un problème ?

— C'est Gabriel. Il a fait une hémorragie pendant l'intervention. Il faut le transfuser.

Jessie sentit l'inquiétude l'envahir.

— Oh non... Je pensais qu'avec l'embolisation, ça n'arriverait pas...

— Si, apparemment. Dans les cas graves, rien ne garantit qu'une embolisation empêche l'hémorragie.

Ce fut au tour du pager de Jessie de sonner, et elle consulta le message.

— Il faut que je me sauve : on amène une urgence.

— O.K... Nous parlerons plus tard ?

Elle acquiesça d'un hochement de tête, mais il n'y avait plus rien à dire ! José avait retrouvé son grand amour — et une chance de tout recommencer se présentait, alors il n'allait pas laisser Rosanne partir une seconde fois !

Jessie alla s'occuper de ses patients et traita des fractures, des poussées de fièvre et d'autres types d'urgences jusqu'à la fin de sa garde. Pendant tout ce temps, elle évita José, dont la présence l'empêchait de penser clairement et l'emplissait d'une tristesse insupportable.

Son travail terminé, en fin d'après-midi, elle gagna directement le récif en utilisant la vedette mise à la disposition des visiteurs. Elle s'y était déjà rendue deux fois sans José, et elle commençait à avoir l'habitude des incidents qui se produisaient. Il s'agissait rarement de choses graves, mais elle avait emporté sa trousse complète au cas où surviendrait un problème sérieux.

Quand elle arriva et monta à bord du bateau de plongée, Ben se préparait déjà à plonger. Il l'accueillit en levant les pouces, et elle répondit par un sourire.

— Bonjour ! lança le capitaine. Content de vous avoir à bord, docteur.

— Et moi, je suis heureuse d'être là. Des problèmes à signaler ?

— Aucun pour l'instant.

Elle se dirigea vers le groupe de plongeurs pour effectuer quelques contrôles de base avant qu'ils enfilent leurs combinaisons.

— O.K. Vous pouvez y aller, leur dit-elle.

Ils finirent de se préparer, vérifièrent leurs équipements, et ensuite, l'un après l'autre, ils se mirent à l'eau.

— Ils ne plongeront pas très profond aujourd'hui, dit le skipper. Je pense qu'ils resteront en bas pendant une demi-heure environ. En attendant, vous pouvez vous asseoir pour admirer le paysage. Je vais vous chercher quelque chose à boire.

— Merci.

Alors qu'elle sirotait sa boisson fraîche tout en contemplant le récif qui affleurait, non loin de là, dans l'eau bleue, elle tenta de ne pas penser à José — en vain. Son esprit vagabondait, et elle se rappelait tous les bons moments qu'elle avait passés à bord du yacht avec José qui lui montrait les magnifiques paysages et les oiseaux audacieux qui se posaient sur le bastingage.

Soudain, comme si elle l'avait fait surgir par magie, il apparut, voguant vers elle, debout à la proue de son yacht, les cheveux au vent. Quand elle comprit qu'elle ne rêvait pas, elle sentit son cœur s'emballer. Que faisait-il là ?

Deux minutes plus tard, il était à bord de la vedette et saluait le skipper.

— Vous faites une garde supplémentaire, docteur ? demanda le skipper sur le ton de la plaisanterie.

— Non, je suis juste venu pour donner un coup de main, répondit-il en s'asseyant à côté de Jessie. Je me suis dit que nous devrions parler. Cela m'ennuie vraiment que la soirée d'hier se soit terminée de cette manière.

— Rosa était désemparée, cela se voyait, murmura Jessie. Tu as fait ce que tu devais faire.

— Je suis content que tu comprennes.

Elle eut un haussement d'épaules embarrassé.

— En fait, je ne suis pas sûre que ce soit le cas. Elle a dit qu'elle t'aimait, mais elle t'a quitté, et malgré ça, tu as l'air prêt à l'accueillir chez toi comme si rien ne s'était passé !

— Je n'avais pas le choix.

— As-tu l'intention de la revoir ?

Un muscle se crispa dans la joue de José.

— C'est inévitable... Comme elle est revenue vivre chez ses parents, je...

Elle n'entendit pas la suite parce qu'il y eut des remous dans l'eau, et un plongeur émergea, soutenant un autre plongeur. Il appela le skipper à la rescousse.

— Ça ne va pas du tout ! dit-il. Il a dû remonter trop vite et il a du mal à respirer.

José et le capitaine se précipitèrent pour hisser le jeune homme à bord, et Jessie ouvrit des yeux horrifiés en reconnaissant le plongeur : son frère.

Lorsque José lui ôta son masque avec précaution, Ben se mit à tousser, les mains crispées sur la poitrine. Il souffrait et respirait mal, et un filet de sang s'échappait de ses lèvres.

Très inquiète, Jessie saisit sa trousse d'urgence et se plaça à genoux près de lui.

— Je vais te mettre sous oxygène, dit-elle.

José était déjà allé chercher la bouteille d'oxygène à bord du yacht, et Jessie la relia au masque qu'elle posa sur le visage de Ben. Toussant toujours, il fit de son mieux pour inhaler.

Après l'avoir examiné rapidement, Jessie constata avec inquiétude que la trachée était déformée et que les veines du cou saillaient. Il n'était pas difficile de deviner ce qui s'était passé… Les alvéoles des poumons devaient s'être dilatées à cause d'une remontée trop rapide ou d'un manque d'oxygène — jauge à oxygène défectueuse, ou mauvaise vérification des bouteilles. De l'air s'était alors infiltré dans la cavité pleurale qui entourait le poumon et le comprimait.

— C'est un pneumothorax, dit-elle. Il faut que je fasse une thoracotomie.

Sans soins immédiats, Ben manquerait gravement d'oxygène, et ce serait l'état de choc puis l'arrêt cardiaque.

— Je vais désinfecter la zone, dit José.

— Merci.

Tandis qu'ils travaillaient de concert, Jessie essayait de rassurer Ben, au bord de la syncope.

— Je vais t'injecter un anesthésique pour que tu ne sentes rien puis j'introduirai un tube pour diminuer la pression sur le poumon et lui permettre de se gonfler de nouveau.

L'injection faite, elle palpa doucement la poitrine pour trouver l'espace intercostal où insérer le tube. Une fois celui-ci en place, de l'air en sortit.

— Comment ça va ? demanda-t-elle.

— Beaucoup mieux. J'ai moins mal, et j'arrive à respirer.

— C'est bien. Je vais fixer le tube pour qu'il reste bien en place et poser un pansement sur l'incision, puis nous t'emmènerons à l'hôpital.

L'inquiétude de Jessie monta d'un cran quand Ben toussa et que la douleur le fit grimacer. Il n'y avait pas une minute à perdre.

— On le transporte sur mon yacht, dit José. Ma voiture étant garée sur le quai, nous devrions être à l'hôpital dans moins d'une demi-heure. Je vais les prévenir.

— Merci, répondit Jessie avant de se retourner vers le skipper. Il nous faut un brancard.

Une fois Ben transporté à bord du yacht, José et le skipper l'installèrent confortablement dans la cabine puis ce dernier retourna sur la vedette d'où il salua leur départ d'un geste de la main.

Jessie s'assit à côté de son frère, et José lança le moteur du yacht à pleine vitesse.

Robert et son équipe les accueillirent dans le sas des ambulances.

— Nous allons le prendre en charge, pour un examen complet et une radio, Jessie, dit Robert. Attends dans le bureau de José, et je te tiendrai au courant. Pour l'instant, tu ne peux rien faire de plus.

— Mais il faut que je reste avec lui !

José l'entraîna dans le couloir, en direction de son bureau.

— Robert a raison. Tu dois leur faire confiance. Toi, tu as fait ta part — tu as sauvé la vie de Ben.

— Je l'espère. Pourvu qu'il s'en sorte...

Ils entrèrent dans le bureau qu'elle se mit à arpenter nerveusement.

— Tu vas t'épuiser ! protesta José. Ton frère est en de bonnes mains avec Robert et son équipe. Ils n'ont pas perdu de patients — enfin, pas aujourd'hui, du moins.

Elle émit un petit rire sans joie.

— Comment peux-tu plaisanter dans un moment pareil ? Il s'agit de mon frère.

— Je sais... mais on dit que le rire est la meilleure des thérapies, non ? Et je pense vraiment que Ben va s'en sortir.

Jessie se réfugia entre ses bras. Là, elle se sentait comme miraculeusement protégée du monde extérieur...

Mais quelqu'un frappa à la porte, et elle se dégagea. A regret, José la lâcha pour aller ouvrir. Amanda se tenait sur le seuil.

— Il y a une jeune femme qui veut vous voir, José, dit-elle. Est-ce que je peux la faire entrer ?

En voyant Rosanne qui attendait dans le couloir, Jessie sentit chaque parcelle de son corps se révolter. Ce n'était pas possible ! Pas maintenant ! Comment cette femme se débrouillait-elle pour faire irruption à chaque moment d'intimité ? Et pourquoi José permettait-il cela ?

— Oui. Entre, Rosa, dit-il.

Les genoux flageolants, Jessie s'assit sur une chaise. Cette fois, elle ne s'enfuirait pas. José allait devoir décider qui il voulait — elle-même, ou Rosa !

Mais un autre choc l'attendait. Rosa n'entra pas seule dans la pièce : un beau petit garçon de trois ou quatre ans l'accompagnait, intimidé, jetant autour de lui des regards curieux. Il était pâle et un peu trop mince, mais c'étaient ses cheveux noirs et ses grands yeux bleus qui attiraient l'attention.

Etait-il possible qu'il soit le fils de José ? Celui-ci avait dit qu'il avait acheté son bateau, le *Bella Rosa*, trois ans auparavant alors il était possible que Rosa ait déjà été enceinte de lui quand elle l'avait quitté.

Celle-ci s'adressa à Jessie.

— Veuillez m'excuser de vous déranger encore. Mais mon petit garçon, qui souffre d'un problème cardiaque congénital, ne va pas bien et il faut que José l'examine. Il a été si gentil... Je ne savais pas vers qui d'autre me tourner. Mais je peux m'en aller, si vous le souhaitez...

José lui toucha le bras.

— Non, reste, je t'en prie. Assieds-toi. Il y a des jouets là-bas, Mattie. Va prendre ce que tu veux.

Visiblement intéressé, l'enfant alla s'asseoir à la table basse sur laquelle attendaient des petites voitures et un jeu de construction.

— Je vais faire du café, reprit José.

— Pas pour moi, dit Jessie. Il faut que j'aille appeler mon père pour lui expliquer ce qui est arrivé à Ben.

— Oui, bien sûr. Il faut le mettre au courant. Reviens après.

Elle acquiesça, mais elle savait qu'elle ne le ferait pas. Rosa avait un enfant ! Comment rivaliser ? Si Mattie était le fils de José, Rosa avait gagné — haut la main.

10

Le lendemain, un rire d'enfant fut la première chose qu'entendit Jessie quand elle entra aux urgences. Ensuite, en se dirigeant vers l'une des salles de soins, elle aperçut José debout devant la fenêtre avec Mattie dans les bras. Sous le regard de sa mère, le petit garçon riait, la main plaquée sur la bouche, de quelque chose que disait José. Rosanne regardait la scène, un sourire aux lèvres.

Jessie sentit son cœur chavirer. Tout ce dont elle avait rêvé se trouvait réuni dans ce petit tableau... Mais elle n'en faisait pas partie. Cet enfant n'était pas le sien et elle n'était pas la femme que José voulait dans sa vie.

Comment avait-elle pu penser qu'il la placerait au-dessus de toutes les femmes ? Ce souhait ne se réaliserait jamais, et ce rêve brisé était atrocement douloureux. Si seulement elle n'avait pas rencontré José, tout cela ne serait pas arrivé...

Tentant de chasser la scène de son esprit, elle se dirigea vers le comptoir de l'accueil et elle aperçut Robert qui la regardait bizarrement.

— Ça va ? demanda-t-il.

— Oui, bien sûr. Pourquoi est-ce que ça n'irait pas ?

Visiblement mal à l'aise, il soupira.

— Je t'ai vue avec José, à l'instant. J'ai essayé de t'avertir, quand tu es arrivée ici, le premier jour, tu t'en souviens ? J'avais peur que tu tombes amoureuse de lui, et ce que je craignais est arrivé, n'est-ce pas ?

— Je suis la seule responsable de ça. Comme tu le dis, je me suis jetée dans cette histoire, stupidement, sans réfléchir... Sais-tu pourquoi Rosanne et son petit garçon sont là ?

— Je pense qu'elle était inquiète parce que l'enfant n'allait pas bien — il doit subir bientôt une intervention pour réparer un défaut cardiaque, et elle avait peur que les médecins ne puissent pas l'effectuer.

— Je vois.

L'enfant était pâle et un peu plus petit que la moyenne, mais c'était souvent le cas chez les enfants atteints de problèmes cardiaques. Un sentiment de compassion envers l'enfant envahit Jessie. La vie pouvait être parfois très injuste.

— Eh bien, j'espère que José est parvenu à la tranquilliser. Ils ont quand même l'air plutôt heureux.

Pour ne pas trop penser, Jessie prit un dossier sur le comptoir et se mit à le feuilleter.

— Je devrais aller voir mes malades..., murmura-t-elle. Cet endroit va me manquer quand je partirai. J'ai beaucoup appris, et vu tellement de jeunes que j'ai pu aider...

Mais voilà : elle ne pouvait pas continuer à travailler avec José maintenant que tous deux n'avaient aucun avenir !

Robert parut choqué.

— J'avais oublié que tu n'étais là que pour quelque temps... Il faudrait faire quelque chose pour changer ça. Je ne suis pas sûr que la collègue que tu remplaces revienne un jour, et même si c'est le cas, nous avons besoin d'un pédiatre supplémentaire. Nous trouverons un moyen pour que tu restes.

— Je ne crois pas, mais, pour l'instant, j'ai du travail.

Elle désigna le dossier médical qu'elle consultait.

— J'ai un petit patient qui a un fil enroulé autour de l'orteil et, apparemment, personne n'arrive à le lui enlever. L'orteil est rouge et enflé.

— Comment vas-tu faire ?

Elle sourit.

— Il faudra de l'ingéniosité et de la patience. Une anesthésie et un scalpel vont probablement bien aider aussi.

— Tu as ta petite idée, on dirait, commenta-t-il en riant. Je préfère que ce soit toi qui t'en charges !

Jessie passa le reste de la matinée à s'occuper de ses patients, et quand la salle d'attente fut vide, elle put enfin s'octroyer une pause-déjeuner.

José la rejoignit au restaurant de l'hôpital.

— Tu n'es pas revenue au bureau hier, dit-il, s'asseyant en face d'elle. Je t'ai attendue, et ensuite, je suis parti à ta recherche, mais tu avais disparu. J'étais inquiet, d'autant plus que tu ne répondais pas au téléphone.

— La journée avait été longue, alors je l'avais éteint... Je suis allée voir Ben une fois qu'il a été installé et, ensuite, j'ai rendu visite à mon père pour lui annoncer la mauvaise nouvelle de vive voix.

— C'était sûrement mieux. Comment a-t-il pris la chose ?

— Ça a été un choc pour lui. Il m'a semblé que même Hollie était inquiète. Ce genre de drame réactive le sens de la famille, apparemment...

José découpa une bouchée de lasagnes avec sa fourchette.

— C'est vrai. Il va venir le voir ?

— Oui. Il est avec lui, en ce moment. On va garder Ben pendant quelque temps, jusqu'à ce qu'on puisse lui ôter le tube, et on le laissera sous oxygène et antibiotiques pour éviter toute infection.

— Est-ce qu'il sait comment c'est arrivé ? Et ce qui a provoqué le barotraumatisme ?

— D'après le skipper, il a dû manquer d'air suite à une petite rupture du tuyau. Peut-être l'a-t-il éraflé contre quelque chose quand il se trouvait sous l'eau.

José ouvrit des yeux horrifiés.

— En un sens, il a eu de la chance que cela ne se soit pas passé pendant une plongée en profondeur : il n'aurait pas réussi à remonter.

— Je sais.

Jessie repoussa son assiette et but une gorgée de café. Elle voulait savoir ce qui se passait entre lui et Rosa, mais elle n'osait pas aborder le sujet de manière directe.

— Robert m'a dit que le fils de Rosa devait subir une intervention. Je t'ai vu avec le petit garçon ce matin. Il s'est pris d'affection pour toi, apparemment, ajouta-t-elle avec un sourire forcé.

— Oui, on le dirait bien.

— Quel genre de problème cardiaque a-t-il ? Rosanne semble très inquiète.

— Il est né avec un trou dans le cœur, mais ses problèmes surviennent depuis l'année dernière seulement. Il se fatigue vite, fait beaucoup d'infections respiratoires, et récemment, ses jambes se sont mises à enfler. Les médecins ont décidé qu'il était temps de régler ça avant que les complications deviennent irrémédiables.

— Pauvre petit, murmura Jessie.

Si cette ouverture ne se refermait pas après la naissance, trop de sang chargé en oxygène arriverait aux poumons, et moins de sang oxygéné dans le reste des tissus du corps. L'afflux de sang dans les poumons provoquerait un souffle cardiaque décelable au stéthoscope.

— Pas étonnant que Rosa soit inquiète.

— Oui. C'est pour cette raison qu'elle a fait appel à moi.

— Est-ce qu'elle recherche une aide médicale ou un soutien affectif ?

— Un peu les deux, je pense... Elle se débat entre la maladie du petit, les avis des médecins, les demandes de son assurance, et l'échec de son mariage. Elle a l'air un peu perdue, et c'est pour ça qu'elle s'accroche à moi.

— Mais même si son mariage a capoté, on pourrait penser qu'elle et son mari se soutiendraient mutuellement dans une situation pareille, non ? Au lieu de lui demander de l'aide, c'est vers toi qu'elle s'est tournée... Qu'est-ce que tu en penses ?

— Je ne sais pas trop… C'était inattendu, et j'essaie de gérer la situation au jour le jour… Je regrette pour l'autre soir. On peut dire que… c'est mal tombé.

— Pas forcément. Ça m'a fait réfléchir. Après tout, j'ai fait une erreur, et je ne veux pas recommencer.

Le regard de José s'assombrit.

— Ce n'était pas une erreur, Jessie ! Tu ne le crois pas, quand même ?

— Ce que je crois, c'est qu'entre toi et Rosa, ce n'est pas terminé. Elle a besoin de toi et tu es là pour elle. Tu le seras peut-être toujours.

Jessie se leva et rassembla sur un plateau la vaisselle de son déjeuner.

— Je dois m'en aller. Je veux rendre visite à Gabriel avant de commencer mon après-midi et, si j'ai le temps, j'irai voir aussi Jack.

— Je t'accompagne.

— Non. Reste et termine ton dessert. Il faut que je me sauve. J'espère que mon père sera encore avec Ben.

Elle s'éloigna en hâte : l'image de José et Rosa enlacés la hantait comme un cauchemar.

C'est avec soulagement qu'elle trouva son père encore au chevet de Ben quand elle entra dans la chambre. Il lui adressa un sourire gêné.

— Je suis content que tu m'aies appelé, dit-il. Après la manière dont s'est passée ta dernière visite, je ne pensais pas que tu me téléphonerais un jour.

Elle s'approcha du lit et serra doucement la main de Ben.

— Ça ne s'est pas très bien passé, papa, c'est vrai, mais Ben est ton fils, alors j'ai estimé normal que tu saches ce qui se passait.

Son père émit un profond soupir.

— Oui. J'ai très mal géré la situation. Je ne voulais pas que ça tourne si mal entre nous, mais je m'emporte vite… Et ton frère aussi… Ben, je regrette ce que j'ai dit. J'aurais dû t'écouter et tenir compte de tes sentiments. Tu es mon fils. Je n'aurais jamais dû te mettre dehors. Je t'ai placé dans une situation impossible par rapport à ton travail et tout ça.

Ben posa sur lui un regard intrigué.

— Qu'est-ce qui t'a fait changer d'avis ? Tu n'avais aucun scrupule avant.

Jessie vit son père réfléchir pour trouver les bons mots.

— Le problème, c'est qu'avec Hollie... Tu comprends, elle a toujours besoin d'être rassurée. J'essaie de veiller sur elle et de faire de mon mieux, mais ça a obscurci mon jugement, en quelque sorte, ce dont je me rends compte, maintenant. J'ai compris qu'il fallait changer certaines choses. Tu es mon fils. Il est temps que je rattrape ces années perdues... Et toi, Jessie, ces choses que je t'ai dites... C'était dans le feu de l'action. Je ne suis pas un saint, je suis stressé, avec le travail, les demandes de tout le monde et je blesse des gens autour de moi. Je sais que tu fais un travail utile. Tu as été là pour Ben quand il a eu besoin de toi. Et... ce n'est pas facile à dire, mais... j'ai honte de la manière dont je me suis comporté avec vous deux.

Jessie lui jeta un regard circonspect.

— Oui, ce serait bien si les choses pouvaient changer.

— Elles vont changer. Ecoute, Ben, tu pourrais revenir vivre à la maison, et reprendre ton travail.

— Je ne crois pas. Ça ne marcherait pas. Comme tu l'as dit, nous avons le sang chaud tous les deux et nous ne tiendrions pas une semaine sous le même toit sans nous disputer. Par ailleurs, Hollie a besoin d'espace.

Ben marqua une pause pour reprendre son souffle.

— Je suis content de vivre à l'appartement, et j'aime bien mon travail actuel. Je pense que je vais m'y intéresser sérieusement et passer quelques diplômes, peut-être même créer ma propre entreprise un jour. Mon patron pense que je serai assez bon. Alors, merci... Mais non merci.

Son père parut stupéfait, mais il le considéra d'une manière différente.

— D'accord, je comprends ton point de vue. Tu me laisseras peut-être t'aider pendant tes études, pour les frais, et le reste.

Ben lui sourit.

— Waouh ! Voilà une proposition à étudier de près...

Rassurée, Jessie les quitta et alla voir Jack, le petit garçon de quatre ans qui souffrait d'asthme, et le trouva beaucoup mieux. Ses signes vitaux s'étaient considérablement améliorés et les antibiotiques agissaient sur l'infection rampante qui avait provoqué la crise. Le pneumologue avait décidé d'effectuer un suivi régulier le concernant.

Gabriel, lui, allait moins bien. Après l'intervention, il souffrait, pâle et épuisé d'avoir perdu beaucoup de sang. Jessie essaya de le rassurer, mais il était fatigué et elle le laissa pour qu'il essaie de dormir.

L'intervention de Mattie était prévue pour le lendemain, et Jessie pensa beaucoup à lui au cours des quelques heures qui suivirent. Que devait ressentir José si le petit garçon était réellement son fils ?

Le lendemain matin, elle croisa José qui sortait d'une salle de soins. Il téléphonait — apparemment pour vérifier que tout était prêt pour Mattie.

— Est-ce que tout est planifié ? demanda Jessie quand il eut raccroché.

— Oui. En fin d'après-midi, tout sera terminé. On va le préparer à l'heure du déjeuner.

— Ce ne sera pas une opération à cœur ouvert, alors ?

— Non, une intervention par cathéter, heureusement. Mais c'est quand même stressant pour les parents.

— C'est sûr, répondit Jessie.

Et lui, que devait-il ressentir ? Il paraissait serein, mais en tant que médecin, il avait l'habitude de contrôler ses émotions quand il s'agissait d'un patient...

Dans ce cas précis, Mattie recevrait une anesthésie puis le chirurgien pratiquerait une petite incision dans l'aine. Un mince tube serait inséré dans une veine jusqu'au cœur et, ensuite, un dispositif de type ombrelle serait glissé dans le tube. Une fois positionné de part et d'autre de l'orifice, il s'ouvrirait en se plaquant contre lui. Au début, les battements le maintiendraient en place, mais au fil du temps, le tissu du cœur entourerait la prothèse qui deviendrait ainsi une réparation permanente.

— C'est une procédure très sûre, ajouta-t-elle pour le réconforter.

— Oui, mais Rosa n'en est pas convaincue, alors je lui ai promis de venir la voir quand on emmènerait Mattie au bloc, et je vais peut-être l'installer ici en bas dans le bureau pour le temps de l'intervention. Robert a dit qu'il me remplacerait ici. Je lui revaudrai ça.

— J'espère que tout va bien se passer.

— Merci, Jessie.

José consulta sa montre.

— D'ici là, j'ai encore quelques patients à voir.

Il lui toucha brièvement le bras, faisant naître en elle une myriade de sensations puis il s'en alla, la laissant frustrée par ce contact trop bref. Qu'éprouvait-il pour elle ? Il n'avait jamais vraiment parlé d'amour autrement que par allusions, et son passé de séducteur pesait lourd...

Au cours de la matinée, elle fit une pause-café pour aller voir Gabriel. Celui-ci paraissait plus chaleureux que la dernière fois où elle l'avait vu.

— Salut, dit-il, essayant de sourire malgré tous les pansements posés sur son visage. Je fais peur à voir, non ?

— Je suis sûre que tu es toujours aussi beau en dessous, répondit-elle, amusée. Tu as l'air d'aller beaucoup mieux aujourd'hui. Tu as les joues plus colorées — à ce que je peux en voir.

— Oui. Le chirurgien m'a dit qu'il avait enlevé toute la tumeur, mais il faudra une radiothérapie par précaution. José pense que, dans trois ou quatre semaines, je pourrai m'en aller.

— Les filles n'ont qu'à bien se tenir, alors. Gabriel revient !

Pendant les quelques heures qui suivirent, les patients se succédèrent sans interruption. Jessie soigna une petite fille avec la clavicule cassée, et envoya un enfant qui avait avalé une pile bouton au service d'endoscopie afin qu'on l'extraie.

Robert passa la voir alors qu'elle posait le dernier point de suture sur une plaie au pied d'un jeune garçon.

— Tu n'as pas déjeuné, alors profites-en pour aller manger quelque chose. C'est assez tranquille pour l'instant.

— Entendu. Je prendrai un sandwich et j'irai voir mon frère. Il sort aujourd'hui : je pourrai le ramener à la maison après le travail.

— C'est une bonne nouvelle, ça !

— Oui, excellente.

Elle posa sur la plaie suturée un pansement autocollant orné d'un smiley, et laissa l'enfant avec sa mère et Amanda.

En passant devant le bureau de José, elle jeta un coup d'œil par la porte ouverte pour voir s'il était là. La procédure de Mattie devrait être bientôt terminée. Rosa et José étaient-ils remontés à la salle de cathétérisme ?

Elle les aperçut dans le bureau et elle vit que José consultait son pager avant de se lever pour adresser quelques mots à Rosa qui pâlit. Tremblante, elle posa une main à plat sur le torse de José qui la prit dans ses bras pour la bercer contre lui.

Jessie les regardait, incrédule : avait-il besoin de tenir son ex ainsi ? La jalousie la taraudait, mais, en même temps, elle avait honte de réagir de cette façon : Rosa vivait une expérience horrible avec son fils dans un état aussi préoccupant.

Mais peu importaient les raisons pour lesquelles José tenait Rosa dans ses bras. Il tenait *une autre femme* dans ses bras. Cette pensée était insupportable !

— Jessie ?

Après une brève hésitation, José s'écarta un peu de Rosa, mais sans la lâcher.

— Je vais voir Ben, répondit-elle, très vite pour ne pas se trahir. J'espère que tout va bien pour Mattie ?

— Une légère arythmie s'est déclarée après l'intervention. Ça arrive quelquefois. On le garde en observation.

— Je suis sûre que tout ira bien.

Puis elle s'éloigna d'un pas rapide, et prit l'ascenseur pour remonter à l'étage où se trouvait Ben. Tant pis pour le sandwich. De toute façon, elle n'avait pas faim.

— Comment vas-tu ? demanda-t-elle en arrivant près du lit de son frère.

Elle venait de parler avec l'infirmière qui s'était montrée rassurante.

— Beaucoup mieux. On m'a dit que je pourrais rentrer à la maison si ma température et ma pression sanguine étaient stables.

— Il faudra que tu restes te reposer quelques jours, mais ton patron n'y verra pas d'inconvénient, je pense ?

— Oui. Il est très gentil depuis le début. Mais j'ai vraiment hâte de sortir d'ici. Ne te vexe pas, je sais que c'est ton travail et tout ça, mais...

— Il n'y a pas de mal, répondit Jessie, amusée. Je sais ce que tu veux dire. Je vais commencer à faire ta valise, ensuite, je te laisserai t'habiller et je reviendrai te chercher plus tard, après ma garde. Je t'ai apporté un journal pour te distraire en attendant.

— Merci. Tu es un ange... Comment ça se passe entre toi et José ? Est-ce qu'il a parlé de ce qui se passera à la fin de ton contrat ici ?

Jessie sortit les vêtements du placard, les plia, et les rangea dans le sac de son frère, lui laissant un jean et un T-shirt pour s'habiller.

— Non, mais je vais chercher un autre poste — peut-être sur une autre île où il y a un service d'urgences comme celui-ci. De cette façon, je resterai assez près pour venir vous rendre visite, à toi et papa.

Et assez loin de José pour être sûre qu'elle ne le verrait plus !

— Est-ce qu'ils ne pourraient pas te trouver un travail ici, à l'hôpital ? Ils auraient bien besoin de quelques médecins de plus aux urgences, d'après ce que tu m'as dit.

— Je doute qu'on en embauche davantage. De toute façon, ce sera bien d'avoir une autre expérience ailleurs. Et je pourrai quand même garder un œil sur toi.

Il se mit à rire.

— C'est sûr ! J'ai intérêt à bien me conduire, alors.

Jessie le laissa et regagna les urgences pour terminer sa garde. Elle fut soulagée de ne pas y trouver José ; Robert lui expliqua qu'il traitait une crise cardiaque.

— Rosanne se trouve en salle de réveil avec son petit garçon, ajouta-t-il. Elle pourra le ramener à la maison avec elle dans la journée.

— Je suis contente qu'il aille bien, répondit Jessie.

Avant de terminer sa garde, elle réussit à télécharger quelques offres d'emploi intéressantes sur internet, avec des formulaires de candidature qu'elle imprima. Elle les étudierait pendant le week-end et essaierait de trouver de bons arguments pour qu'on l'embauche.

L'idée de partir la désolait, mais elle refusait de rester là, à se lamenter. José avait réussi à la rendre amoureuse de lui sans jamais lui dire qu'il l'aimait. N'était-elle rien de plus qu'une conquête parmi d'autres ? Ou tout avait-il mal tourné parce que Rosa était revenue ?

En tout cas, elle ne resterait pas là, les bras croisés, à attendre qu'il veuille bien prendre une décision !

11

— Tu crois que je pourrai encore plonger ? demanda Ben, le lendemain, en regardant Jessie rassembler les ingrédients pour une salade.

C'était le week-end et elle était censée se reposer aussi, mais elle éprouvait un besoin permanent de s'activer.

— Ce ne serait pas prudent de plonger avant d'être complètement guéri, répondit-elle. Il faut aussi que tu aies le feu vert du médecin.

En voyant l'air dépité de son frère, elle se hâta de le rassurer.

— Mais tu es jeune, fort et en pleine santé en temps normal, alors je pense que, d'ici peu, tu pourras remettre ta combinaison de plongée.

Elle parsema de crevettes grillées un lit de feuilles de salade mêlées à des morceaux d'avocat et de la mangue.

— Je ne vois pas pourquoi tu ne pourrais pas nager, d'ici là.

Un sourire apparut sur les lèvres de Ben.

— Mm... Si j'arrive chez papa avec mon maillot de bain et ma serviette de plage en disant que je viens piquer une tête dans sa piscine, tu penses que ça pourrait marcher ?

Jessie s'esclaffa.

— Très bien, je pense.

Elle prépara une sauce au citron vert et à la coriandre, et y ajouta de la moutarde, de la sauce adobo à base de piments rouges, de l'huile d'olives et un soupçon de miel.

— Je vais mettre ça au réfrigérateur, et nous pourrons le manger plus tard.

Puis elle nettoya le plan de travail avant de s'essuyer les mains.

— D'ici là, je vais étudier les formulaires de candidature que j'ai téléchargés. Qu'est-ce que tu as prévu pour le reste de ta journée ? Rien de trop fatigant, j'espère ?

— Non. Je vais aller traîner avec Tim — tu l'as vu sur le site de plongée, je pense ?

— Oui. Il est sympathique... Je suis contente que tu t'entendes bien avec lui.

— Et toi ? Tu ne vas pas passer tout l'après-midi à remplir ces formulaires, quand même ? Tu es dans les Caraïbes ! Il y a toutes sortes de choses agréables à faire.

— J'irai peut-être me promener sur la plage dans un moment. Il y a un coin en bas des rochers que je n'ai pas encore exploré.

— Bonne idée...

Ben se leva et se dirigea vers la porte.

— Tu sembles vraiment décidée à remplir ces formulaires. Il n'y a aucune chance que tu changes d'avis ? Tu n'as même pas envisagé d'autres solutions en restant à l'hôpital d'ici.

— J'ai besoin de changer d'air.

— Mm...

Après le départ de son frère, Jessie étudia les deux emplois proposés. Comme ils semblaient correspondre à ce qu'elle cherchait, elle remplit avec soin les formulaires et les glissa dans des enveloppes ; il ne resterait qu'à ajouter les photos d'identité demandées avant de poster le tout.

Puis elle sortit et prit le chemin de l'anse qu'elle ne connaissait pas encore.

Un sentier ombragé puis des marches taillées dans la falaise menaient à une longue bande de sable doré. Un beau lieu tranquille, avec des cocotiers et des raisiniers qui protégeaient de l'ardeur du soleil.

Mais elle était incapable de savourer le bonheur d'être dans ce lieu paradisiaque, obsédée qu'elle était par José, si charmant, si gentil, si sensuel, et qui avait su trouver le chemin de son cœur. Maintenant, elle regrettait le jour où elle l'avait rencontré car elle avait dû dire adieu à sa tranquillité d'esprit.

Elle s'assit sur un rocher plat et contempla les claires eaux turquoise qui s'étendaient jusqu'au lointain récif de corail. Peut-être n'y retournerait-elle jamais avec José et que tout cela appartiendrait au passé.

— Jessie, enfin... Je te cherche depuis quelques minutes.

La voix de José ! Stupéfaite, elle se retourna, et son cœur battit plus vite. Elle était ravie de le revoir et, en même temps, elle paniquait.

— Tu avais l'air à des kilomètres d'ici, perdue dans tes pensées !

— C'était le cas. Mais je ne m'attendais pas à te voir ici ! Tu me cherchais ?

— Oui.

— Comment as-tu su où me trouver ?

— Ben m'a dit où chercher.

— Ben ? Mais... comment ? Il est allé voir son ami Tim.

— Il est peut-être avec Tim maintenant, mais avant, il est venu me voir... Il a l'air de s'inquiéter beaucoup pour toi.

— Ah bon ? Je ne vois pas pourquoi.

José s'assit sur le rocher à côté d'elle.

— Il t'aime beaucoup.

— Je sais. C'est réciproque... Tu es venu parce qu'il t'a dit quelque chose ?

— Oui, en un sens. Il m'a annoncé que tu pensais t'en aller et il a estimé que je devais en être informé. Est-ce que c'est vrai ?

— Oui. Quand mon contrat à l'hôpital arrivera à échéance, il faudra que je trouve autre chose, alors j'ai examiné certaines possibilités.

Jessie se pencha pour ramasser quelques coquillages sur le sable qu'elle essuya pour les débarrasser du sable avant de les relancer machinalement.

— Tu n'as pas besoin de chercher un autre poste. Je pourrais te trouver un poste permanent au Mont Sainte-Helene.

— Tu es parti à ma recherche pour me proposer un travail ?

— Non, *chica*. Je suis venu te demander pourquoi tu envisages de partir. Nous nous entendons si bien… Je pensais qu'il y avait quelque chose entre nous, et voilà que tu décides de me quitter. Est-ce que je ne mérite pas une explication ?

— Je ne sais pas, répondit Jessie, perplexe. Mais je m'interroge sur ta relation avec Rosa.

— C'est terminé depuis longtemps !

— Vraiment ? Elle a peut-être besoin qu'on le lui rappelle.

— Elle s'inquiétait pour Mattie et elle avait besoin de se tourner vers quelqu'un. Est-ce que je suis censé la rejeter parce que nous ne sommes plus ensemble ?

— Bien sûr que non. Mais es-tu sûr que ce soit vraiment fini entre vous ? Elle s'inquiète parce que son fils est malade, mais elle a l'air d'attendre de toi un peu plus que de l'aide.

— Tu m'as vu la réconforter, et ça t'a choquée ?

— Oui. Qu'est-ce que tu ressentirais si tu me voyais dans les bras de Robert ?

— J'aurais envie de l'étrangler ! Tu ne le laisserais pas faire, j'espère ?

Jessie ignora délibérément la question.

— Donc, tu comprends ce que j'essaie de te dire, José. Moi aussi, ça me choque. Je te l'ai dit, j'ai déjà souffert une fois. J'en ai assez des hommes qui trompent et qui mentent, et je ne veux plus jamais connaître ça. Jamais…

Quand il l'enlaça par la taille, elle tenta de se dégager, mais il resserra son emprise.

— Tu veux me faire croire que tout va bien alors qu'il y a un problème, ajouta-t-elle.

— C'est faux. Rosa a toujours été un peu dépendante. Je soupçonne que c'est ce qui a fait échouer son mariage. Elle ne pouvait plus supporter que son mari ne soit pas souvent là, surtout quand Mattie est tombé malade.

— Je suis étonnée qu'il n'ait pas été là avec son enfant dans un moment comme celui-là… A moins, évidemment, qu'il ne soit pas le véritable père.

Elle regarda José droit dans les yeux, le mettant au défi de dire la vérité.

— Elle et toi, vous étiez ensemble quand Mattie a été conçu, non ? poursuivit-elle. Ou est-ce que je me trompe dans les dates ?

José eut une moue désabusée.

— Tu as beaucoup réfléchi à la question, on dirait ?

Elle acquiesça d'un hochement de tête.

— Eh bien, tu as raison sur ce point, reprit-il, la dévisageant. Elle était avec moi quand Mattie a été conçu, mais il n'est pas mon fils. La vérité, c'est qu'elle m'a trompé, et quand je l'ai découvert, nos routes se sont séparées.

— Tu as dû être très malheureux, commenta Jessie, gênée et euphorique à la fois.

Mattie n'était pas l'enfant de José !

— Ma fierté a été atteinte, je le reconnais. Mais depuis un certain temps, ça n'allait plus entre nous. Je pense que la rupture finale a été un soulagement.

— Vraiment ? Les gens disent qu'après cette rupture, tu as eu beaucoup d'aventures.

— Il ne faut pas croire tout ce qu'on entend..., répliqua-t-il, grimaçant. Mais je veux bien reconnaître que j'ai eu un problème de confiance après ma relation avec Rosa.

— Cela peut se comprendre, dit Jessie, sincère. Et pourtant, tu as donné son nom à ton bateau...

Il éclata de rire.

— Non, non. Tu te trompes complètement, *querida*. Rosa, c'est le prénom de ma mère ! J'ai baptisé ainsi mon bateau en souvenir de sa mémoire.

— Oh... Pendant tout ce temps, j'ai cru...

— Tu as imaginé des choses. Et en ce qui concerne le père de Mattie, le mari de Rosa, j'ai entendu dire qu'il est en route pour venir les rejoindre. C'est un marin, et il était en mer, mais il s'est débrouillé pour prendre un congé. Malheureusement, les choses ont pris un peu plus de temps que prévu.

— Tu crois qu'ils vont reprendre la vie commune ?

— Je le crois, oui. Il l'aime. Ils vont trouver un moyen.

Il fixa Jessie pensivement avant de poursuivre :

— Comment as-tu pu penser que Mattie était mon fils ? Crois-tu vraiment que je pourrais abandonner mon propre enfant ?

— Je n'en sais rien... Parfois, ça arrive.

— Je ne pourrais jamais abandonner mon enfant.

Envahie par le soulagement, Jessie sourit.

— Donc, tu veux des enfants à toi ?

— Oh oui, *querida*... si c'est avec toi. Je t'aime, Jessie. Je t'ai aimée dès le début, mais je ne parvenais pas à le croire car tomber amoureux comme ça ne m'était jamais arrivé. Je veux vivre avec toi, et te garder toujours près de moi. Crois-tu que tu pourrais éprouver la même chose pour moi ?

— Oh oui... Moi aussi, je suis tombée amoureuse de toi, José. J'ai essayé de lutter contre mes sentiments, de toutes mes forces, mais tu as fini par gagner, et j'ai compris que je t'aimais, désespérément, follement... Ensuite, le pire est arrivé, et j'ai pensé que j'étais en train de te perdre.

— Crois-moi, ça n'arrivera jamais.

José l'embrassa avec tendresse, et elle s'abandonna à son baiser. Elle était la femme la plus heureuse du monde...

— J'en suis content..., dit-il doucement.

Elle le regarda, perplexe.

— Est-ce que j'ai parlé tout haut ?

— Oui. Tu as dit que tu étais la femme la plus heureuse du monde... Maintenant, il n'y a qu'une seule chose qui puisse rendre ma vie encore plus belle.

— Quoi donc ?

— Que tu donnes à ma question la réponse qui convient.

— Quelle question ?

— Veux-tu m'épouser ?

— Oui... Oh oui !

Il l'embrassa de nouveau.

— Et maintenant, je suis l'homme le plus chanceux du monde... Mes grands-parents vont être ravis. Ils pensent le plus grand bien de toi.

Elle lui caressa la joue.

— Tu sais, il faudra que tu t'occupes de cette plantation car tu ne peux pas laisser ton grand-père s'inquiéter comme ça.

José s'esclaffa.

— Il m'avait bien dit que tu me ramènerais à la raison, et tu as déjà trouvé les mots ! Je vais installer un directeur là-bas, et superviser les choses à distance. Est-ce que tu penses que ça ira ?

— C'est parfait. Tout est réglé. Alors est-ce que tu veux bien m'embrasser encore... s'il te plaît ?

JULIETTE HYLAND

Des jumeaux pour une pédiatre

Traduction française de
ANNE DAUTUN

BLANCHE

HARLEQUIN

Titre original :
THE PAEDIATRICIAN'S TWIN BOMBSHELL

Ce roman a déjà été publié en 2021.

1

Le Dr Tessa Garcia s'appuya contre le bar et dégagea à demi son pied de la chaussure à très haut talon où il souffrait le martyre. Que diable lui avait-il pris de porter ces escarpins ? Sans doute avait-elle obéi à la même impulsion ridicule que celle qui l'avait poussée à céder aux suppliques de Lily, à savoir venir à la fête de cette dernière.

Tessa avait espéré que cette sortie - ne fût-ce que pour une heure – tempérerait la solitude qui l'accablait le soir quand elle s'écroulait de fatigue dans son lit. Elle aurait dû savoir à quoi s'en tenir ! Mais elle avait eu envie de croire qu'elle avait encore sa place parmi les personnes présentes...

Elle fixa d'un œil noir la pancarte « Martini » pendue au-dessus du comptoir. L'ancien troquet minable avait été relooké, et les publicités aux néons en détresse remplacées par des décorations chics. Mais le bar décati et les murs de brique n'avaient pas changé. Curieux parti pris...

Un gloussement suraigu retentit sur la terrasse du café, et Tessa, horrifiée, sentit qu'elle s'empourprait. Elle n'était plus à sa place ici. Ce lieu avait toujours été celui de Max, son cercle social, son monde où briller. Elle avait été sa petite amie, puis sa femme. Mais son amie, jamais, songea-t-elle, envahie de regrets.

Ils avaient divorcé un an auparavant, après avoir trop longtemps vécu en colocataires mal à l'aise, et non en époux. Tessa n'aurait pas cru que les femmes qu'elle considérait comme des amies feraient partie des dommages collatéraux de leur union ratée. Mais elles étaient toutes mariées avec les ex-copains d'université de Max. Pourquoi n'avait-elle pas été assez futée pour en tirer les conséquences ?

Les gens l'avaient fixée à son entrée, de la pitié dans le regard, tout en s'efforçant d'agir comme si c'était « sympa » qu'elle soit venue. Même Lily n'avait pas pu masquer sa rougeur tandis que son regard allait de l'ancienne à la nouvelle épouse de Max.

Tessa grimaça. Le divorce avait été exemplaire, au dire de son avocat. Elle et Max avaient partagé leurs économies, vendu la maison acquise à deux et dit adieu à leur vie commune. C'était la vie d'après qui l'avait secouée.

Dans ses tentatives pour faire le bonheur de Max, Tessa avait toujours accordé la préséance aux hobbies et aux projets de son mari. Lorsqu'elle avait suggéré une randonnée, une visite au jardin botanique, ou un peu de farniente dans leur arrière-cour où elle avait créé un espace vert, il avait regimbé. Elle aurait dû avoir envie de faire ce dont il avait envie, affirmait-il, puisqu'il se chargeait de tout à la maison pour qu'elle progresse dans sa carrière à l'hôpital.

En fait, il avait accompli à peine plus de la moitié des tâches domestiques, en se plaignant sans cesse, et Tessa ne décolérait pas d'avoir toujours dû renoncer à ce qui l'intéressait, elle.

Son propre père n'avait pas apprécié non plus qu'on lui demande de faire quoi que ce soit pour la famille, se rappela-t-elle. Sa mère lui avait trouvé des excuses, et Tessa avait été le témoin de ses efforts pour sauver son mariage puis le témoin de leur échec aux terribles conséquences.

Pourtant, elle avait à son tour cédé aux désirs d'un homme, renoncé à ses goûts, ses amis, *ses rêves*, dans l'espoir que Max la regarderait de nouveau comme au début de leur relation et qu'elle aurait la famille heureuse dont elle avait la nostalgie.

Fille unique, Tessa avait toujours désiré des frères et sœurs, et un quotidien qui n'oscillerait pas sans cesse entre silence mortel et hurlements de colère. Elle avait voulu croire que sa vie de couple serait différente. Mais la vie n'était pas un conte de fées...

Du moins, Tessa avait une brillante carrière de pédiatre au Dallas Children's Hospital. Cela, son ex-mari n'avait pas pu le lui enlever. Même s'il l'avait spoliée de la promotion qu'on lui avait offerte à l'hôpital pour enfants de Cincinnati. Mais elle n'avait pas été prête à admettre ce qu'elle savait pourtant au fond d'elle-même : leur mariage était fichu.

Pour Max, elle avait renoncé à une grande part d'elle-même, et qu'y avait-elle gagné ? Personne avec qui prendre un verre. Personne avec qui aller au cinéma ou au jardin botanique. Personne à l'autre bout du fil. *Et pas de promotion* au titre de responsable d'un service.

Bon sang, elle avait même renoncé à son cher jardin parce que Max avait décidé de vendre leur maison. Au lieu de la racheter elle-même, elle y avait consenti.

Le logement en ville qu'elle occupait à présent n'offrait guère de place pour le jardinage. Résolue à trouver un lieu proche de son travail et loin de son ex-mari, elle avait fait un achat précipité, mais, au moins, elle avait son indépendance. Et elle ne permettrait plus jamais à un homme de lui dicter sa vie.

— Je ne pensais pas que Max et Stephanie viendraient, dit Lily, la blonde et pétillante épouse du meilleur ami de Max, en faisant signe au serveur. Franchement, elle a tout juste l'âge d'être admise dans un bar.

— Hum, marmonna Tessa, fixant les glaçons en train de fondre dans son verre d'eau gazeuse presque vide.

— C'est sympa de te voir. Je n'aurais sûrement pas dû t...

Un martini apparut devant elles et Lily s'interrompit, mais Tessa compléta la phrase sans mal. Cette invitation serait la dernière.

Après avoir soupiré, Lily vida à moitié son verre avant de poser une main sur le bras de Tessa.

— Si j'entends encore parler de sports universitaires...

Puis elle ressortit sur la terrasse.

Les sports universitaires ennuyaient Lily et, apparemment,

elle regrettait les nombreux mails envoyés pour la supplier de venir. Mais quelle importance ? pensa Tessa. Il était grand temps qu'elle rentre à la maison.

— Ces escarpins vous font souffrir le martyre, on dirait.

Tessa soupira. Flirter dans un bar n'avait jamais été sa tasse de thé, et flirter dans un bar où buvaient son ex et les amis de celui-ci, c'était pousser un peu loin le désespoir.

— J'ai demandé l'addition, et je rentre chez moi pour me débarrasser de ces chaussures de tort…

Elle s'arrêta net en découvrant les yeux ambrés posés sur elle.

Seigneur, ce type était superbe ! Ses cheveux bruns étaient bien coiffés, mais un léger chaume de barbe accentuait la ligne ferme de sa mâchoire. Il était musclé, sans pour autant avoir l'air de passer son temps à soulever des poids.

Elle s'éclaircit la gorge et tenta de refouler son trouble inattendu. Cet homme était exceptionnel !

— Faites-moi le plaisir de me rembarrer, reprit-il avec humour. Comme ça, je pourrai dire à ma sœur que j'ai fait de mon mieux et regagner moi aussi mes pénates. Si vous voulez bien m'expédier ces glaçons en pleine figure, ce sera encore plus convaincant, et elle me laissera tranquille.

Tessa se mit à rire. Elle dut résister à la tentation de se rapprocher du superbe inconnu.

— Je n'ai jamais rien expédié à la figure de quelqu'un. Mais il y a un début à tout, dit-elle.

— Je maintiens ma proposition.

D'irrésistibles fossettes creusèrent les joues du beau spécimen, qui ajouta :

— Mais si vous continuez à rire, ce ne sera pas crédible. Un peu d'eau glacée serait la bienvenue, d'ailleurs. Même avec l'air conditionné, on se croirait au cœur d'un volcan.

— Vous n'êtes pas texan, si je comprends bien ?

Tessa n'avait pas eu l'intention de prolonger cette conversation mais, soudain, elle n'avait plus envie qu'elle se termine. Qu'étaient quelques minutes de plus dans ce trou à rats, si elle les passait avec cet apollon ?

— Si, je suis du Texas. Mais j'ai quitté cet État depuis des années. J'avais oublié que Dallas en juin était une fournaise.

Il regarda par-dessus son épaule puis secoua la tête.

— Ma sœur vient de m'adresser un signe de victoire. Mais bon, dans quelques instants, je pourrai quand même lui dire que vous m'avez envoyé promener. Je m'appelle Gabe.

Une variation subtile de son intonation réveilla la mémoire de Tessa. Elle contempla les traits bien sculptés de son interlocuteur, et son souvenir flou se précisa en un éclair.

— Gabe ? Gabe Davis ? fit-elle.

Elle s'efforça d'associer l'homme athlétique et superbe qui lui faisait face avec l'adolescent qui avait travaillé avec elle pendant un été au Tinseltown de la chaîne Cinemark. Les beaux yeux ambrés et le sourire n'avaient pas changé... Il était déjà mignon, en ce temps-là. Presque toute l'équipe du cinéma était en pâmoison devant lui. Tessa comme les autres. Ils avaient même échangé un baiser, un soir tard.

Puis il avait disparu.

Elle lui adressa un sourire exagéré à dessein.

— Tu avais oublié de dire que tu préférais plus de beurre dans ton pop-corn. Je t'ai apporté un autre cornet, bien sûr.

— Tessa Garcia !

Le rire grave et un peu rauque de Gabe la fit étrangement vibrer.

— On m'avait dit que tu avais quitté le Texas, ajouta-t-elle. Pour une région plus fraîche, j'imagine, puisque tu trouves étouffante cette agréable soirée de juin.

Tessa n'avait pas tenté de retrouver Gabe... Pas vraiment. Il figurait alors dans ses « amis recommandés » sur les réseaux sociaux et, une fois, elle avait consulté son profil. Par nostalgie. Elle avait vu la photo d'un lieu enneigé, et appris qu'il n'en partageait la localisation qu'avec ses amis. Tentée de cliquer sur le bouton bleu, elle avait résisté. Non sans mal.

— J'étais dans le Maine, dit Gabe. Je viens de rentrer.

Une ombre fugitive assombrit son regard alors qu'il faisait signe au barman.

— Puis-je avoir un Coca et… Je te dois bien un verre, Tessa, puisque tu m'épargnes les intrigues matrimoniales de ma sœur. Que prends-tu ?

— Un soda au citron vert.

— On va voir s'il reste des places en terrasse ? reprit Gabe lorsqu'ils furent servis. Tu pourras enlever un moment ces épouvantables escarpins.

— Mon ex-mari s'y trouve avec sa nouvelle épouse, répliqua-t-elle sans réfléchir.

Pour un peu, elle se serait giflée. Son ex était la dernière personne dont elle avait envie de parler. Elle ne voulait pas non plus bavarder en terrasse au milieu de ces gens qu'elle avait crus ses amis, alors qu'ils l'ignoraient ou la scrutaient avec curiosité.

— Je m'apprêtais vraiment à rentrer quand tu m'as abordée, ajouta-t-elle. Je sais, c'est pathétique.

— Pas du tout. Et ça m'évite de faire mine d'apprécier cette chaleur suffocante tandis que nous feignons de rattraper le temps perdu, et que je me demande combien de temps faire durer la comédie avant de m'éclipser.

En voyant son sourire à fossettes, Tessa frissonna. Par quel singulier pouvoir cet homme la faisait-il craquer après quelques minutes de conversation ?

— Et si j'ai envie de rattraper le temps perdu ? répliqua-t-elle, non sans se surprendre elle-même.

Elle avait envie de savoir ce que cet homme magnifique et intelligent - dont la sœur se réjouissait qu'il aborde une femme dans un bar ! - était devenu pendant ces vingt dernières années. Envie de découvrir, peut-être, pourquoi il avait disparu après leur baiser. Non. Ce n'était pas une question à poser.

Ils s'étaient bien amusés en tenant la buvette du cinéma, et ils avaient fait les idiots un peu plus qu'ils ne l'auraient dû, les soirs de semaine où il n'y avait aucune animation au Tinseltown. Mais ils n'allaient pas au même lycée. Leur flirt, qui avait valu à Tessa son premier baiser, avait eu la tonalité de… Eh bien, des premières folles toquades de l'adolescence.

Elle avait été blessée que Gabe ne l'ait pas avertie de sa démission.

— J'aimerais aussi rattraper le temps perdu, dit-il. Tu veux qu'on aille ailleurs ? Dans un endroit où ne sévit pas ton ex ?

Ses pommettes s'étaient empourprées sous leur hâle alors qu'il émettait cette proposition. Avait-il, tout comme elle, perdu la main ? Tessa doutait qu'on puisse être aussi rouillé qu'elle en matière de rencontres romantiques. Elle et Max s'étaient connus dans leur résidence étudiante. Ils s'étaient mariés juste avant qu'elle commence ses études de médecine et que lui se lance dans la finance. Pendant la majeure partie de sa vie d'adulte, elle n'avait pas été libre.

— J'habite au coin de la rue. J'ai du vin, et ma terrasse donne sur l'étang local, dit-elle, une onde de chaleur lui enveloppant le corps alors qu'elle croisait le regard sensuel de Gabe. Je... Ce serait commode pour me débarrasser de mes chaussures. Et tu pourras rejoindre ta sœur après avoir pris un verre.

Décidément, il n'y avait pas plus maladroit qu'elle à ce jeu-là ! Et elle n'essayait même pas de flirter ! Enfin, si, peut-être un peu... Elle retint son souffle tandis qu'il réfléchissait à la proposition. S'il refusait, pas de problème. Ce serait même la réponse appropriée. Mais Tessa n'avait pas envie qu'il dise non !

— Volontiers, répondit enfin Gabe, qui regarda une fois encore par-dessus son épaule et sourit. Mais je te préviens, je jurerai à ma sœur que ça s'est passé au mieux et que ça compte comme un rendez-vous galant. Comme ça, elle me laissera respirer pendant au moins trois jours. Peut-être même une semaine !

Un rire jaillit de nouveau de la gorge de Tessa. Comment avait-il réussi à faire passer ce moment de malaise et à donner l'impression qu'elle lui rendait service ? Et comment se faisait-il que cet homme superbe soit encore célibataire ?

Gabe eut un grand sourire, puis il alla parler à sa sœur.

Une nouvelle salve de rires éclata au fond de la salle, mais leur caractère blessant s'était émoussé aux yeux de Tessa. Elle déposa quelques dollars sur le comptoir, accorda un vague regard au décor, puis se laissa aller à rêver au sourire à fossettes de Gabe. Elle aurait pu se damner pour un tel sourire. *Et plus d'une seule nuit.*

Cette pensée soudaine lui donna des sueurs froides. Cela ne l'intéressait pas de sortir avec quelqu'un - même si elle était plus que lasse d'avoir un oreiller pour seul partenaire.

Mais elle avait appris à ses dépens que les hommes n'appréciaient pas une femme qui réussit. Ils prétendaient l'inverse, bien sûr. Max s'était montré ravi de l'ambition de Tessa. Sa réussite professionnelle, disait-il, faisait d'eux « un couple de pouvoir » - expression qu'elle avait en horreur.

Puis sa carrière dans la finance avait stagné à la suite de piètres décisions et de la récession. Licencié par la suite, il avait été très désorienté de ne plus avoir aucune perspective professionnelle, et lorsqu'il avait obtenu un autre poste, leur relation n'en avait pas moins continué à se précipiter vers sa fin explosive.

Surtout quand elle s'était vu offrir le poste de responsable du service pédiatrique de l'hôpital de Cincinnati. Max avait refusé de déménager, et suggéré que ce job était une trop grande responsabilité si elle tenait à fonder une famille. Elle avait renoncé à sa promotion dans l'espoir que ce sacrifice colmaterait le fossé qui s'était creusé entre eux. En lieu et place, il avait demandé le divorce.

Cela prouvait que, dans une relation, beaucoup d'hommes ne supportaient pas de ne pas être à égalité avec leurs partenaires et se voulaient même supérieurs à elles.

D'un regard discret, Tessa apprécia les fesses superbes de Gabe tandis qu'il parlait à sa sœur. Si elle sentait son cœur s'emballer un peu, ce n'était que le symptôme de sa solitude, et de sa nostalgie pour son béguin d'autrefois, songea-t-elle. Le désir d'une nuit d'évasion. Rien de plus.

— Je n'attendrai pas. Tu n'auras qu'à demander un Uber.

Isla avait un sourire radieux, et Gabe ne voulut pas décevoir sa sœur en lui révélant la vérité. Tessa et lui rattrapaient le temps perdu, c'est tout... Ce qui n'expliquait guère la vague de chaleur qui le parcourait, et son empressement à aller chez elle.

Il l'avait sentie mal à l'aise, au bar, mais elle l'avait convié à prendre un verre. Si une autre personne lui avait lancé cette invitation osée, il aurait refusé avec une formule humoristique pour atténuer la brutalité de ce refus.

Gabe avait abordé Tessa parce qu'il avait supposé que la petite brune retranchée dans son coin l'enverrait sur les roses. Elle avait à peine regardé les trois hommes qui l'avaient abordée avec assurance, les congédiant d'un geste en levant son verre presque vide. La cible parfaite.

Quand il aurait essuyé un refus, avait-il pensé, il pourrait s'esquiver en prétextant qu'il avait perdu la main pour ce genre de jeu. Ce qui aurait été vrai puisqu'il était sur la touche depuis six ans. Si sa vie avait tourné comme prévu, il aurait fêté cette année son cinquième anniversaire de mariage avec Olive, et aurait peut-être même un enfant ou deux.

Mais le scénario n'avait pas été respecté. Il n'aurait pas dû s'en étonner puisqu'il avait appris à l'âge de seize ans que la version cinéma de la famille et de l'amour n'était qu'une illusion qui rendait les enfants vulnérables face aux épreuves que réservait la vie.

Or, au lieu de se faire rembarrer au bar, il était tombé sur Tessa Garcia, la fille capable de dissoudre dans le rire et la bonne humeur une soirée languissante. Tessa avait été son rayon de soleil dans une période sombre.

Il avait demandé un job au cinéma lorsque sa mère avait annoncé qu'elle mettait fin à son essai de vie de famille. Cette dernière avait toujours eu pour son métier et les honneurs qu'il lui valait plus d'amour que pour ses enfants, et beaucoup plus d'amour que pour son mari. Le mot « essai » avait marqué Gabe. Aujourd'hui encore, cela le mettait en rage.

Il avait marché dans l'ombre de sa mère, espérant mériter un peu d'approbation. Ou d'amour. Cherchant à gagner ce que d'autres mères accordaient si spontanément à leurs enfants. Mais cela n'avait servi de rien. Elle avait fait ses bagages.

La direction du cinéma lui avait souvent proposé de rentrer chez lui les soirs où le public faisait défaut, mais Gabe était resté parce qu'il était heureux de travailler avec Tessa. D'oublier auprès d'elle la tourmente de sa vie familiale.

Il se rappelait encore le moment où il avait enfin trouvé le courage de l'embrasser, un soir après la fermeture. Cela avait été le grand moment de sa vie de lycéen.

Puis la clinique vétérinaire lui avait offert le lendemain un poste d'assistant réceptionniste à temps partiel, avec entrée en fonction immédiate, et il n'avait pas pu refuser : il avait besoin d'argent pour aider son père.

Et il n'avait jamais eu l'occasion de revoir Tessa…

Quand elle l'avait reconnu ce soir, cela avait réchauffé son cœur solitaire. La jolie adolescente était devenue une très belle jeune femme. Et Gabe ne demandait pas mieux que de rattraper le temps perdu…

— Amuse-toi bien ! lui lança Isla avec un petit rire, mais Gabe, qui s'éloignait, ne se retourna pas.

Ses retrouvailles avec Tessa lui donnaient le sentiment… En fait, il ne s'expliquait pas les émotions qui le traversaient.

Il y avait longtemps qu'il n'avait pas éprouvé ce sentiment d'attente impatiente. Et il n'avait pas envie qu'il se dissipe - pas encore.

— Prête, Tessa ? demanda-t-il.

— À me débarrasser de ces fichus escarpins ? Et comment !

— Tu vas pouvoir marcher ?

— Il le faudra bien.

Un bref instant, Gabe pensa lui proposer de la porter sur son dos. Ils l'avaient fait plus d'une fois au cinéma, quand il y avait peu d'entrées, cavalant dans les couloirs, s'efforçant de ne pas rire trop fort pour ne pas déranger les rares spectateurs venus un soir de semaine. Il avait savouré chaque instant en la sentant pressée contre lui ; en sentant sa joue contre la sienne tandis qu'ils dépassaient les silhouettes en carton grandeur nature du décor.

Mais, aujourd'hui, ils étaient adultes, pas des ados facétieux pris dans les tourments d'une première amourette. Il ne pouvait pas lui faire une telle proposition, si grande soit son envie d'aider Tessa.

C'était dans son tempérament. Sa famille le taquinait souvent sur le fait qu'il voulait aider la terre entière. Mais il y prenait plaisir. Gabe avait besoin qu'on ait besoin de lui, et il y avait longtemps que quelqu'un ne l'avait pas sollicité.

Bien sûr, c'était sa nature altruiste qui le portait à réconforter une vieille amie. S'il désirait, au fond de son cœur, savoir si le rire de Tessa n'avait pas changé, ou si le contact de sa joue contre la sienne pouvait ramener de la joie dans sa vie, ce n'était qu'un symptôme de sa nostalgie, rien d'autre...

Lui-même ne croyait pas à ce mensonge, mais quelle importance ? Il n'allait pas gâcher la magie de cette nuit.

Il ne leur fallut pas dix minutes pour gagner l'habitation de Tessa. En la voyant s'arrêter devant le Boarwalk Complex, les résidences en terrasse les plus chères de toute la région de Dallas, Gabe fut surpris. *Quel est donc le métier de Tessa pour qu'elle ait les moyens de vivre ici ?* se demanda-t-il, s'attendant à quelque chose de luxueux.

Mais son appartement était relativement dépouillé. Des livres de jardinage s'empilaient près d'un canapé gris, dans le salon, et une couverture jaune vif apportait sa note de couleur vibrante. Une légère senteur florale flottait dans ce lieu où on se sentait chez soi.

Ce qui était absurde. Et perturbant. Depuis quand ne lui était-il pas arrivé de se sentir comme chez lui dans un endroit ? Depuis les mois précédant le décès d'Olive. Leur appartement aurait aisément tenu dans l'immense living de Tessa, mais c'était le lieu du bonheur.

Un nouvel accès de nostalgie l'envahit tandis que Tessa, souriante, l'entraînait dans la cuisine. Une fois de plus, il éprouva un élan de désir. Il était plus esseulé qu'il n'en avait eu conscience !

— J'ai du Coca light, de l'eau et du vin, dit Tessa d'une voix douce.

Jamais Gabe ne s'était rendu dans l'appartement d'une femme juste après l'avoir rencontrée. Mais il connaissait Tessa depuis longtemps. Cependant, son souvenir de la Tessa adolescente était-il sa seule raison d'être là ?

Chassant cette question, il s'éclaircit la gorge, tentant d'ignorer son trouble intérieur.

— Je prendrai volontiers du vin, mais débarrasse-toi de tes chaussures d'abord. Indique-moi où sont les verres et le tire-bouchon. Autant me montrer digne de ton invitation, ajouta-t-il, amusé.

Ses doigts effleurèrent ceux de Tessa à l'instant où elle lui donnait la bouteille mise au frais. La tiédeur de sa peau se communiqua à lui. Le contact fut léger, et trop vite rompu.

Ressaisis-toi, bon sang ! Ce contact innocent et fugitif ne signifiait rien. Ils avaient un rendez-vous amical pour évoquer le bon vieux temps. Subterfuge de deux solitaires pour se sentir moins esseulés pendant une heure ou deux.

— Merci, fit Tessa qui, tout en lui désignant un placard, ôtait ses escarpins. Ces trucs vont aller à la poubelle ! Aucune femme ne devrait avoir à subir une telle torture.

Gabe se mit à rire, tout en prenant deux verres.

— Si ma sœur Isla t'entendait ! Elle travaille dans un grand magasin de luxe comme responsable des achats. De chaussures, entre autres.

— Libre à toi de lui dire que ces trucs sont diaboliques ! répliqua Tessa avec un petit rire.

Son rire était plus grave à présent, mais il gardait cette inflexion particulière qui l'avait ravi autrefois. Et ce qui, en lui, s'était étiolé depuis la disparition d'Olive fleurit de nouveau.

Il tendit un verre de vin à Tessa et leva le sien, en essayant d'ignorer ce dangereux mélange de sentiments anciens et de récents désirs.

— Aux vieux amis et aux chaussures confortables ! dit-il.

Les yeux bruns de Tessa pétillèrent lorsque leurs regards se rencontrèrent.

— La terrasse est par là.

Elle lui prit la main pour l'entraîner, mais la relâcha tout de suite.

Est-ce qu'elle a ressenti elle aussi des picotements dans sa paume ? se demanda-t-il.

— Alors, qu'est-ce qui t'a ramené à Dallas ? Tu étais las de la neige ? demanda Tessa, qui s'assit en croisant les jambes sur la causeuse en rotin de la terrasse.

Gabe s'installa à côté de cette si belle femme avec une conscience aiguë de sa proximité. Il avait chaud et ne pouvait pas prétendre que c'était dû à la chaleur ambiante puisqu'ils étaient à l'ombre du parasol et que le soir tombait. Le parfum suave de Tessa se mêlait à la brise vespérale et semblait attiser ses sens. L'intimité du moment et des lieux était grisante.

Terrifiante aussi.

Le Maine était la terre natale d'Olive. Gabe s'y était installé avec elle après l'obtention de leurs diplômes d'infirmiers. Mais Olive disparue, il ne s'y était plus senti chez lui. Et, au bout de tant d'années écoulées, il s'était enfin décidé à partir. Le désir de rentrer chez lui, d'avoir une nouvelle vie, l'avait propulsé dans la fournaise du Texas.

— La neige, ce n'est pas si épouvantable, déclara-t-il en refoulant la cohorte d'émotions qui le traversaient.

Tessa fit mine de frissonner. Ses lèvres pleines étaient rosies par le vin et, pris du brusque désir d'incliner la tête vers elle, il eut du mal à recouvrer son souffle. Il leva son verre sans la quitter des yeux.

— Pourquoi les Texans détestent-ils la neige ?

— C'est froid, répondit Tessa. On patauge quand ça fond. Ça rend la conduite difficile. C'est froid.

— Tu l'as déjà dit, ça.

— Mais ça mérite d'être redit !

Comme elle abattait la main sur son genou, Gabe serra plus

fort son verre pour s'empêcher de la couvrir de la sienne. Il avait envie de faire rire Tessa, de voir apparaître ses fossettes. De l'étreindre.

Une petite voix dans son esprit lui soufflait qu'il était temps de partir, de mettre cette soirée sur le compte de la nostalgie et de passer à autre chose. Mais il était plus que tentant d'ignorer cette voix lorsque Tessa souriait.

Il se pencha un peu plus vers elle.

— Les Texans ne comprennent pas que, par temps de neige, il faut s'enlacer d'encore plus près.

Cette invite lui avait échappé. Il vit dans le regard de Tessa une émotion qui ressemblait à s'y méprendre à du désir.

— Peut-être, dit-elle, sa langue effleurant ses lèvres. Mais la chaleur aussi peut être... sensuelle.

Gabe contempla la femme qui lui faisait face. Discuter des attraits respectifs du Maine enneigé et du Texas torride n'aurait pas dû lui donner envie d'embrasser Tessa, de la prendre par la taille, et de faire tant d'autres choses...

— Tu m'as manqué lorsque tu as quitté le cinéma, l'entendit-il reprendre. Avec toi, c'était mon premier baiser.

Elle s'était empourprée, et elle avait parlé si bas que Gabe se demanda si ces mots n'étaient pas sortis de sa bouche sans qu'elle le veuille.

— Pour moi aussi, souffla-t-il. Je suis même allé au match de foot entre nos lycées, en terminale, dans l'espoir que tu y serais. Je voulais m'excuser d'avoir disparu, t'expliquer que j'avais un job mieux payé, te demander ton numéro de téléphone.

— Si seulement..., murmura Tessa, qui avala une gorgée de vin avant de poser son verre sur la table.

— Si seulement..., répéta Gabe, posant aussi son verre.

Il brûlait de toucher Tessa, et fit un effort pour oublier son désir sans y parvenir.

— Venons-en aux questions primordiales, reprit Tessa avec un sourire. Pourquoi ta sœur te pousse-t-elle à aborder des femmes dans un bar ? Je n'arrive pas à croire que tu sois en mal de conquêtes.

Il n'était pas en mal de conquêtes, ou du moins il ne l'aurait pas été s'il avait eu quelque intérêt pour les sorties amoureuses. Mais au décès d'Olive, son cœur n'avait plus été qu'une coquille vide. Quand il s'était enfin remis à battre, Gabe avait constaté, désemparé, que s'engager avec une autre ne présentait pour lui aucun attrait.

Dans ce cas, que fais-tu ici ?

— J'ai vécu avec quelqu'un pendant longtemps, dit-il, le cœur battant très fort.

La douleur du deuil s'était atténuée. Le chagrin ne disparaissait pas, mais on apprenait à vivre avec. Avec le temps, il était plus facile de convoquer les bons souvenirs, tels le rire clair d'Olive et son bon cœur.

— Elle est morte, ajouta-t-il.

Deux mains chaleureuses trouvèrent les siennes, et il sentit s'ouvrir son cœur. La présence de Tessa éveillait des émotions qu'il n'aurait jamais cru éprouver de nouveau. Il lui effleura le poignet du pouce, savourant cette sensation toute simple.

— Je suis vraiment navrée, Gabe.

— Merci. Cela remonte à six ans, et le chagrin est loin, mais Isla veut me voir heureux. Bien sûr, son idée du bonheur, c'est que je lui donne encore plus de nièces et de neveux à dorloter. À croire que les enfants de Stacy et de Matt ne lui suffisent pas.

— Tu as des neveux !

Tessa lui pressa encore la main. La sensation était réconfortante - une surprise de plus dans cette soirée qui n'en manquait pas.

— Oui. Mon frère a deux petits garçons, et Stacy deux filles pré-ados et une gamine de trois ans qui les rend fous.

— Une grande famille ! C'est merveilleux..., commenta Tessa.

— Ce n'est pas l'impression qu'on a quand on vous asticote pour vous pousser à aborder une inconnue.

Et Isla avait sûrement envoyé des SMS à la smala dès qu'il avait quitté le bar, songea-t-il. Comment réagiraient-ils lorsqu'il leur dirait qu'il avait renoué avec une vieille amie ?

Sauf que... Il lui semblait que c'était plus profond que cela.

Cette idée était dangereuse, et il n'avait pas envie de l'examiner de près. Dès l'instant où il avait abordé Tessa, tout lui avait semblé facile, mais tenter de démêler l'écheveau de ses émotions et sentiments pourrait s'avérer compliqué.

— Je t'envie d'avoir un clan familial, reprit Tessa. Je suis fille unique. Je n'ai pas vu mon père depuis l'âge de sept ans, et ma mère est morte quand j'en avais treize. Ils étaient eux aussi enfants uniques, alors je n'ai pas de proches. Je rêvais d'avoir une grande famille, des sœurs auxquelles j'aurais confié mes secrets, des frères qui m'auraient protégée.

Protégée. Le sourire de Gabe s'effaça un peu. Chacun devrait avoir quelqu'un vers qui se tourner lorsque la vie, soudain, basculait !

— Je suis sûr que le clan Davis t'adopterait.

La proposition resta comme en suspens dans l'air alors que Gabe, une fois encore, effleurait le poignet de Tessa de son pouce. Ce contact l'électrisait, et eût-il voulu le rompre qu'il n'y serait pas parvenu.

Il n'avait pas lancé cette invite au hasard. Il était certain que Stacy et Isla accueilleraient dans leur cercle amical la femme qui lui faisait face. Et si ses sœurs adoptaient Tessa, il aurait l'occasion de la voir souvent. L'idée était si séduisante ! Et ne manquait pas d'éveiller son inquiétude, dans le même temps…

Cette soirée avait tout d'un enchantement. Mais gare aux illusions ! S'il s'éprenait de Tessa et qu'un malheur arrivait… Son cœur se serra. Il n'était pas sûr de survivre à un autre coup dur.

— La chaleur retombe enfin ! dit Tessa.

Elle n'avait pas réagi à sa proposition de l'inclure dans le clan Davis. Ni éloigné sa main, cependant.

— Il est quand même 22 heures ! ajouta-t-elle.

Quand elle reprit sa main, il ouvrit puis referma sa paume, cherchant à chasser une sensation de manque. La soirée touchait à sa fin, mais il aurait désespérément voulu arrêter le temps. Rester près de Tessa, être avec elle, tout simplement.

Comme elle se levait, elle chancela. Gabe, voulant la retenir, la fit tomber sur ses genoux. Elle le dévisagea, l'air interdit.

— Mes pieds étaient tout engourdis ! balbutia-t-elle.

Il lui ramena une boucle de cheveux derrière l'oreille. *Seigneur, comme elle est belle !*

Une fièvre étrangère à la chaude nuit texane les avait saisis. Lorsque les lèvres de Tessa rencontrèrent les siennes, Gabe sentit son corps se délester d'une tension dont il n'avait pas eu conscience.

Ce n'était pas là l'échange innocent de leur adolescence. C'était plus profond, et le souvenir nostalgique de ce baiser le mena au bord du précipice. Tous ses sens vibraient de désir. Tessa...

Quand elle s'écarta, il se retint pour ne pas l'attirer de nouveau.

— Tu veux rentrer à l'intérieur ?

— Oui.

Il n'y avait pas d'autre endroit où il désirait être, ce soir.

2

La chaleur de Gabe se communiquait à elle tandis qu'elle le conduisait dans l'escalier. Elle avait envie de Gabe. Elle avait besoin de se sentir désirée, de compter pour quelqu'un. *Ne fût-ce que pour une nuit.*

Les lèvres de Gabe lui effleurèrent la nuque, et le peu de nervosité qu'elle éprouvait encore se dissipa. Se retournant, elle l'embrassa comme il l'étreignait.

Ce n'était pas un baiser pour tâter le terrain, pour séduire, mais un baiser exigeant et avide. Et elle réagit comme cela ne lui était pas arrivé depuis des années - peut-être même jamais. Elle lui caressa le dos, savourant le contact de ce corps viril contre le sien. Tous deux s'épousaient à la perfection.

Si ridicule que fût cette pensée, elle en frémit tandis que les doigts de Gabe la parcouraient, s'enhardissant à chaque caresse, jusqu'à ce que son pouce, enfin, taquine le bout d'un sein. Même à travers le tissu, ce contact lui parut brûlant. Et quand il promena les lèvres dans son cou, elle crut qu'elle allait défaillir.

— Gabe...

— Tessa.

Il posa sur elle son regard ambré.

— Tu veux qu'on arrête ?

La réponse prudente était « oui ». Elle n'avait jamais couché avec un homme dès le premier rendez-vous. Mais dormir seule

- une fois de plus - n'avait aucun attrait alors qu'elle était avec cet homme superbe et adorable.

— Non. Et toi ?

Il eut un sourire lumineux.

— Certainement pas.

Elle glissa les mains sous sa chemise pour la soulever. Et eut le souffle coupé en découvrant ses abdominaux sculptés, les poils bruns qui couraient au-dessous de son nombril pour disparaître sous le jean. Il était magnifique !

— Tu es beau.

Gabe prit sa bouche puis lui effleura la joue du bout de l'index. Ce geste plein de douceur la fit fondre.

— Tu es belle aussi. Si ravissante.

Ces mots murmurés l'enflammèrent. Il y avait une éternité qu'on ne lui avait pas dit qu'elle était belle.

— Nous sommes tous les deux un peu nerveux, il me semble, dit Gabe.

— Ça fait longtemps que...

Les mains chaudes de Gabe se faufilèrent sous son chemisier. L'une d'elles effleura le bord du soutien-gorge.

— Eh bien... Si on se concentrait sur ce qui est agréable ? Est-ce que ça, c'est agréable ?

— Oui, murmura-t-elle, oubliant de nouveau ses inquiétudes. Mais ce n'est pas assez.

Elle enleva son chemisier d'un geste vif, savourant le regard admiratif de Gabe.

— Superbe..., dit-il en esquissant un sourire avant d'incliner la tête vers sa poitrine. Tu es parfaite, Tessa.

« Parfaite. » On ne lui avait jamais dit cela. Elle se promit de chérir ce moment toute sa vie.

Son souffle s'accéléra et elle se sentit défaillir alors que Gabe déposait une pluie de baisers juste au-dessus du soutien-gorge. Ramenant les bras en arrière, elle dégrafa le sous-vêtement, se délectant du soupir de Gabe qui, avec douceur, entreprit de sucer chaque bout rosé. L'arrière de ses genoux rencontra le bord du lit, et elle sourit quand il l'allongea, sa bouche cheminant sur son ventre. Il s'interrompit un instant pour la regarder. Elle déboutonna le haut de sa jupe.

Était-il possible d'établir un lien aussi immédiat avec quelqu'un ? D'aspirer aussi ardemment à ses caresses ?

Les lèvres de Gabe dessinèrent un chemin de feu sur la peau fine de ses cuisses. Quand son slip échoua à terre, elle se cramponna aux draps.

— Tessa ?

Elle se redressa pour agripper la ceinture du pantalon de Gabe.

— Je n'ai plus de vêtements et toi si. Ce n'est pas juste.

Quand le jean de Gabe rejoignit ses vêtements sur le sol, Tessa fit courir les mains sur ses fesses rondes et fermes. Il était réellement superbe.

Mais quand elle faufila les doigts sous l'élastique de son boxer, il la retint par le poignet.

— Je te veux, Tessa, terriblement, mais j'ai quand même mon idée.

— Une idée ? répéta-t-elle, le cœur battant follement, le regard rivé au sien.

Il lui effleura la pointe d'un sein, et elle frémit.

— Je veux te voir défaillir de plaisir.

Il fit courir ses doigts vers le haut d'une cuisse, vers l'entrejambe, sans le toucher. Elle en fut enfiévrée, et en même temps frustrée. Il lui lécha le bout des seins avant de reprendre sa route vers le bas de son corps, et elle se cambra alors qu'il approchait de l'endroit où elle le voulait - où elle avait besoin de le sentir.

— Gabe…

Alors, comme elle murmurait son prénom, il enfonça un doigt en elle, profondément, tout en la taquinant de la langue. Oh ! Seigneur ! Elle voulait… plus encore.

— Gabe, s'il te plaît.

Sidérée, elle se laissa submerger par des vagues de sensations, se noya dans les délices qu'il créait de sa main et de sa bouche, la menant au plus près de la jouissance ultime.

— Gabe !

Elle le saisit par les épaules et, l'attirant à elle, s'empara de ses lèvres tout en le dépouillant de son boxer. Avait-elle jamais désiré un homme aussi follement ?

Elle le renversa sur le dos, puis allongea un bras vers la table de nuit où était rangée la boîte de préservatifs achetée quelques années auparavant, et, lorsqu'elle chevaucha enfin Gabe, ses sens prirent le pouvoir.

Il la saisit par la taille, portant ses hanches en avant, puis il glissa un doigt entre eux. Elle hoqueta.

— Tessa...

— Gabe... Oh ! Gabe, murmura-t-elle, grisée d'entendre ainsi son prénom.

Il donna une nouvelle poussée, et elle fut emportée au sommet de la vague, dans l'inconscience du plaisir ultime.

Tessa avait le souffle léger, dans ses bras. Gabe déposa un doux baiser sur son épaule, savourant le plaisir de la sentir contre lui. Il était incapable d'expliquer la rapidité de leur entente intime, et n'était pas certain de vouloir comprendre. Surtout après minuit.

Il promena une main le long de son corps. Le besoin de la toucher, de l'étreindre, s'enracinait en lui. Il aurait peut-être dû lui souhaiter une bonne nuit et s'esquiver - mais il n'en avait pas envie !

Il avait eu quelques rendez-vous après la disparition d'Olive, mais il avait eu le sentiment que sa capacité à se sentir lié à une femme était rompue. Parce qu'il était lui-même brisé.

Une tragédie vous arrachait une part de votre âme, mais il restait tant de raisons d'être heureux. S'il n'était peut-être plus un être complet, le fait d'être « tonton Gabe », un infirmier qualifié, un excellent frère et un bon fils lui suffisait. Lui avait suffi jusque-là.

Mais ce soir, il avait voulu avoir plus. Eu envie de plus. Avec Tessa, il s'était presque senti réparé pour la première fois depuis des lustres. Pendant quelques précieuses heures, le rire lui était venu aisément, et il avait été sincère. Il n'avait pas eu à se forcer à sourire. Il avait savouré chaque instant.

Grâce à cette femme dans ses bras. Qu'est-ce que cela signifiait ? Probablement rien.

Elle laissa échapper un soupir puis son prénom. Son prénom à lui... Il en fut tout remué. Comment un lien aussi ténu pouvait-il l'atteindre jusqu'au tréfonds de lui-même ?

Il promena les lèvres dans son cou. Tessa gémit lorsque sa main courut sur sa hanche et elle roula sur elle-même, son regard brun rencontrant le sien. Dans la pénombre, ses yeux étaient un peu flous, mais on y lisait un désir qui le fit sourire.

— Je ne voulais pas te réveiller.

Il n'en avait pas eu l'intention, mais il ne regretta pas qu'elle le soit lorsqu'elle posa ses lèvres sur les siennes.

— Je ne suis pas sûre de te croire, dit-elle en explorant son torse de ses longs doigts fuselés. Tu voulais quelque chose ?

La question semblait plus profonde qu'il n'y paraissait, et Gabe ne sut pas lui donner une réponse. Comme les lèvres de Tessa descendaient le long de son corps, il laissa la question se perdre dans les délices du plaisir porteur d'oubli.

Son bras est lourd, pensa Tessa en se glissant hors des couvertures. La respiration de Gabe parut marquer un bref temps d'arrêt, et toutes les hésitations, toutes les interrogations refoulées la veille l'assaillirent. Leur alchimie sensuelle était électrisante, mais elle ne connaissait pas Gabe. Pas vraiment.

Ils ne s'étaient même pas posé les questions rituelles d'un premier rendez-vous. Quel est ton métier ? Tes hobbys ? Tes projets d'avenir ? Non, ils avaient flirté en parlant du temps ! Comment une conversation aussi superficielle avait-elle pu les conduire à ce feu d'artifice au lit ?

Il lui fallait un peu de distance. Même si son corps lui criait de réveiller son apollon endormi avec des baisers, et bien plus encore. Enfilant un short et un débardeur, elle se dirigea vers la cuisine. Elle avait besoin d'un café, et d'un peu d'espace.

L'expérience était inédite pour elle. Que faisait-on au lendemain d'une aventure d'un soir ?

Et... si elle ne voulait pas s'en tenir à une aventure d'un soir ?

Tessa détestait l'incertitude qui la tenaillait et elle s'immobilisa au bas de l'escalier, guettant le moindre signe que le beau gosse était réveillé. En se remémorant les caresses de la nuit écoulée, elle eut un accès de désir enfiévré. Mais au lieu de remonter vers la chambre, elle gagna la cuisine.

L'amour était une réaction chimique qui se dissipait avec le temps. Cette vision des choses lui faisait horreur, mais son père n'avait-il pas abandonné sa mère lorsque la vie de famille qu'il avait juré vouloir avait cessé de l'exciter ? Et dans son propre couple, l'alchimie ne s'était-elle pas dissipée des années avant que Max demande le divorce ?

Pourtant, malgré le chagrin dont il avait été témoin, son cœur en redemandait. Peut-être était-il masochiste quand il lui soufflait que Gabe pouvait être différent de son père, différent de Max...

Son mobile bourdonna, et elle se rembrunit. Elle n'était pas de garde à l'hôpital, ce week-end.

Cette nuit, le Dr Lin m'a dit qu'il prendrait sa retraite dans trois mois. Son poste de chef de service devrait être ouvert à candidature dans peu de temps. Tu es la favorite pour la succession !

Ce SMS de Debra, l'infirmière en chef, la fit sourire, et elle eut envie de claironner la nouvelle !

Qu'en penserait Gabe ? se demanda-t-elle soudain.

Cette pensée la contraria au plus haut point. Même si elle avait connu Gabe pendant quelques mois quand ils étaient adolescents et qu'elle venait de le retrouver pour une nuit délicieuse, elle n'avait pas à s'inquiéter de sa réaction. Elle ne quêtait pas l'approbation d'un homme, quel qu'il fût, en ce qui concernait sa carrière. C'était terminé, cela !

Tessa relut le message. « Chef de service »... Elle en était tout excitée. Elle voulait cette promotion.

Elle était la mieux placée pour prendre la relève du Dr Lin, mais cela n'était pas toujours décisif. Elle l'avait remplacé l'an passé, lorsqu'il avait souffert d'une lésion de la coiffe des rotateurs. Mais elle était plus jeune que deux autres collègues qui s'intéresseraient sûrement à ce poste. Et elle était une femme.

Son sexe n'aurait pas dû entrer en ligne de compte - mais c'était pourtant le cas. Tout au long de sa carrière, on lui avait posé des questions que ses collègues masculins n'avaient jamais eu à affronter. En particulier sur son intention de fonder une famille.

On supposait toujours que les hommes avaient une compagne, une épouse, ou une ex-épouse, pour veiller sur leurs enfants. Qu'ils n'auraient pas besoin d'un congé familial. Qu'ils pouvaient rester au meilleur de leur forme au bloc opératoire, même s'ils s'occupaient d'une nombreuse progéniture en rentrant chez eux chaque soir.

Une femme, elle, devait prouver qu'avoir une famille ne nuirait en rien à son métier de médecin.

Pendant des années, Tessa avait dit qu'elle ne voulait pas fonder une famille tout de suite, et n'aurait pas besoin d'un congé de maternité, mais cela lui faisait horreur. Cela soulignait à ses yeux que sa maison était vide.

Elle adorait les enfants. Elle n'avait jamais envisagé une autre spécialité que la pédiatrie. Sa mère avait arrêté ses études de médecine lorsqu'elle était tombée enceinte, mais elle avait entretenu la fascination de sa fille pour le corps humain et l'art de la chirurgie. Très tôt, Tessa avait su qu'elle serait pédiatre. Soigner les enfants la rendait heureuse. Mais ce n'était pas la même chose que de retrouver ses propres enfants en rentrant chez soi.

Elle tenta de refouler la tristesse qui pointait toujours en elle lorsqu'elle pensait aux deux pièces inoccupées de son appartement : aucune n'était devenue une nursery ou une salle de jeux. Elle avait toujours rêvé d'avoir des enfants, et elle était sûre de pouvoir être à la fois une excellente mère et un remarquable médecin.

Divorcée, elle n'était pas près de réaliser ce rêve, désormais.

Le chagrin l'accabla, et elle tenta de se concentrer sur ce qu'elle avait : son métier, la promotion en vue, son appartement. Sa liberté retrouvée qui lui permettait de se redécouvrir. Beaucoup de gens n'en avaient pas autant ! S'apitoyer sur son sort parce que tous ses désirs n'avaient pas été comblés ne lui procurerait pas une famille comme par magie.

Le souvenir de la nuit écoulée amena un sourire sur ses lèvres. Gabe... Elle pouvait réellement s'éprendre de lui, et c'était terrifiant. Il serait agréable de laisser éclore le lien aisément établi cette nuit. De se perdre en Gabe, qui avait bon cœur et de si troublantes fossettes.

Mais s'attacher à quelqu'un avait un prix. Sa mère l'avait payé cher, en pure perte. Et Tessa savait que, si elle n'avait pas été aussi désireuse de satisfaire Max, elle serait déjà responsable de service. Non, elle n'était plus disposée à payer le prix fort pour de l'amour et de l'affection. Même si une part de son cœur esseulé y aspirait éperdument.

Le Dr Killon parle déjà de prendre des tours de garde en plus !

Ce nouveau message de Debra l'amena à consulter son planning. Il était courant que les médecins étoffent leurs CV avec des heures de service en plus lorsque des postes convoités se libéraient. Par chance, elle disposait de plages libres. Rien ne l'empêchait de faire toutes les heures supplémentaires qu'elle voulait.

Elle tourna la page pour passer au mois suivant. Jusque-là, elle n'avait jamais travaillé le jour de son anniversaire, pas pour le célébrer, non, mais pour aller se recueillir sur la sépulture de sa mère. Toutefois, si la compétition s'ouvrait pour le poste à pourvoir, sa mère comprendrait qu'elle ne respecte pas cette année ce rituel intime. Après tout, elle n'avait pas pu poursuivre ses rêves, mais Tessa, elle, le pouvait. Pour elles deux.

J'ai hâte de t'appeler patronne !

Ce nouveau message chassa son chagrin. Le mobile serré contre sa poitrine, elle virevolta en pensant : *Oui, je peux y arriver ! Je le peux !*

— Quel grand sourire dès le matin ! entendit-elle soudain Gabe s'exclamer.

Et l'enveloppant de ses bras, il déposa un baiser sur sa joue.

— Un job que je désire depuis toujours s'ouvre enfin à candidature. Une collègue vient de m'en informer.

— Quoi ? C'est une proposition de boulot qui te fait danser dans ta cuisine ? demanda Gabe, relâchant son étreinte.

Tessa tenta d'ignorer une pointe d'inquiétude. *Il est tôt, il n'a pas encore eu son café. Non, il ne s'est pas rembruni.*

— Oui, dit-elle. C'est mon plus grand désir.

Ce n'était pas tout à fait vrai, mais son lien avec Gabe était trop récent pour qu'elle mentionne aussi son désir intime d'une famille. D'enfants qui l'appelleraient « maman ». D'un foyer heureux.

— Un job..., répéta Gabe, qui secoua la tête.

Cette fois, il s'était nettement rembruni.

— La nuit dernière était sympa, souffla-t-elle.

Ce mot lui fit horreur dès qu'elle l'eut prononcé, car « sympa » ne décrivait en rien la nuit passée. Du moins, pas complètement. Cela avait été incroyable, excitant... Un vrai commencement.

Seulement, quelque chose semblait s'être modifié depuis. Gabe regrettait-il d'avoir couché avec elle ? Ou était-ce son excitation à la perspective d'une promotion qui avait tout changé ?

Le mobile de Gabe bourdonna, et il sourit en lisant le message qui lui parvenait.

— Mes sœurs s'impatientent. Nous nous réunissons toujours pour le petit déjeuner, le samedi.

Tessa réprima son envie de lui demander si elle pouvait venir. Ses amitiés ne seraient plus assujetties à celles d'un homme.

— C'était bon de te revoir, dit-elle.

Ces mots ne semblaient pas appropriés, ni très inspirés, mais elle ne savait pas comment se comporter. Elle saisit un bloc-notes sur le plan de travail et griffonna son numéro de téléphone. Gabe sourit avant de prendre le calepin. Lorsqu'il le lui rendit, il avait inscrit son propre numéro. Peut-être qu'il téléphonerait, pensa-t-elle, réconfortée.

— Il vaudrait mieux que je parte, fit-il en considérant son mobile.

Quand il releva les yeux, elle crut un instant qu'il allait l'inviter, mais il déposa sur sa joue un baiser léger. Après une nuit de passion, elle en fut anéantie, mais elle n'en laissa rien paraître.

— C'était bon de te revoir, Gabe. Vraiment...

— C'était bon aussi de te revoir, Tessa, répondit-il.

Et de déposer un autre baiser tout aussi chaste sur sa joue avant de s'en aller.

3

On n'en avait jamais fini avec la paperasse ! Tessa cocha une case sur sa tablette numérique médicale en essayant de ne pas laisser dériver ses pensées vers Gabe Davis.

Au cours des deux derniers jours, elle s'était tantôt juré de l'appeler, tantôt de jeter son numéro à la poubelle. Ce qui ne l'aurait guère ennuyée puisqu'elle le connaissait par cœur ! Mais chaque fois que ses doigts allaient vers l'icône d'appel, elle avait été arrêtée par la réaction de Gabe lorsqu'elle avait parlé de sa promotion.

Elle connaissait ce regard-là : Max l'avait affiché pendant des années. Même du temps où il faisait semblant de ne pas avoir en horreur la réussite professionnelle de Tessa.

Le visage de Gabe se présenta de nouveau à sa mémoire, et elle regretta pour la énième fois qu'il ne l'ait pas invitée à ce petit déjeuner avec ses sœurs, n'ait pas demandé quand il pourrait la revoir… Elle aurait voulu que leur nuit sans pareille se mue en histoire merveilleuse qu'elle raconterait plus tard à ses petits-enfants. Mais la vie n'était pas un conte de fées !

La mère de Tessa avait épousé son père après un coup de foudre puis elle s'était retrouvée enceinte de Tessa. Son père ayant eu une promotion, ils avaient quitté Houston pour Dallas. Sa mère, qui avait rêvé de devenir une chirurgienne de renom, visait désormais le titre de meilleure épouse et mère. Mais cela n'avait pas été facile pour elle. Tessa la revoyait encore s'exercer à faire des points de suture sur une orange. Juste pour rire.

Ils s'étaient débrouillés de leur mieux, et Tessa n'avait jamais douté de l'amour inconditionnel de sa mère. Puis son père avait plié bagage pour lancer une nouvelle affaire dans laquelle ni sa femme ni sa fille n'avaient leur place. Aux dernières nouvelles, il dirigeait un restaurant de renom dans le nord de l'État de New York avec sa quatrième ou cinquième épouse.

La mère de Tessa avait toujours eu foi en l'amour, même après avoir été abandonnée par son mari. Même après avoir assumé deux jobs pour joindre les deux bouts faute de recevoir la pension alimentaire. Elle avait toujours affirmé que l'amour comptait plus que tout. Arrangeait tout.

Erreur... Tessa avait voulu aborder sa vie de couple avec le même optimisme, espérant avoir droit à un amour durable. En vain.

Gabe n'était ni Max ni son père, elle en était certaine, mais l'ombre d'incertitude qu'elle avait perçue dans son regard l'avait empêchée de lui téléphoner. Et il n'avait pas téléphoné non plus, ce qui était blessant.

— Docteur Garcia, voici notre nouvel infirmier en pédiatrie.

Debra, l'infirmière en chef, faisait faire le tour du service aux personnes récemment engagées pour les présenter à leurs nouveaux collègues. C'était un rite de passage au Dallas Children's Hospital. On ne faisait pas pleinement partie de l'équipe tant que Debra ne vous avait pas fait faire la tournée.

Tessa se retourna en souriant vers le nouveau venu, ravie d'avoir un autre centre d'intérêt que la paperasse ou Gabe Davis, mais elle se figea, interdite. Gabe était là, près de Debra ! Elle vit passer une brève hésitation dans son regard ambré, puis il lui décocha un sourire solaire.

Lui avait-elle manqué autant qu'il lui avait manqué ? Pourquoi n'avait-il pas téléphoné ?

— Voici le Dr Tessa Garcia, reprit Debra, souriante. Tessa, je te présente notre nouvel infirmier, Gabe Davis.

— Nous nous sommes rencontrés dans un bar, répliqua Tessa.

Seigneur ! Il n'y avait pas plus gênant comme entrée en matière !

— Euh... je voulais dire...

— On a travaillé ensemble dans un cinéma quand on était lycéens, la coupa Gabe en décochant un sourire ravageur à Debra.

Debra, épouse comblée et grand-mère, devint toute rose.

— Nous nous sommes revus par hasard, ajouta-t-il, et Tessa a voulu me convaincre que la fournaise de Dallas vaut mieux que la neige du Maine, d'où je viens.

— De la neige ! s'exclama Debra. Quelle horreur !

Tessa était soulagée de ne pas avoir rougi en se remémorant l'issue de cette conversation sur la neige. Le regard de Gabe rencontra le sien, et l'attirance qui l'avait jetée dans ses bras surgit de plus belle.

— Cela fait plaisir de te revoir, Tessa. Je veux dire, docteur Garcia. J'ai toujours su que tu étais destinée à de grandes choses !

La voix de Gabe la troubla, et elle faillit s'approcher de lui, le corps brûlant du souvenir de ses caresses.

— Elle est destinée à de grandes choses, c'est sûr ! lança Debra en entraînant Gabe. Elle dirigera ce service un jour, tu verras !

Par-dessus son épaule, elle décocha un clin d'œil à Tessa.

Tessa regarda Gabe s'éloigner. Comment pourrait-elle travailler avec lui ? *En étant professionnelle !* répliqua sa raison. Mais son cœur était dans l'incertitude.

— S'il vous plaît ! À l'aide !

Le cri avait jailli du box où un adolescent attendait de recevoir des points de suture après un accident de skateboard. Gabe se rua vers le compartiment alors que la maman en sortait, portant une toute petite fille.

— S'il vous plaît ! gémit-elle de nouveau.

Plusieurs infirmières s'empressèrent auprès des patients pour qu'ils ne s'agitent pas - une tâche délicate dans une salle d'urgences en pédiatrie où les petits patients étaient déjà anxieux.

— Confiez-la-moi, s'il vous plaît, dit Gabe à la maman, en prenant la petite. Il y a une chambre libre ?

— La 7 ! cria une infirmière.

Tessa ayant rejoint Gabe, ils se hâtèrent de gagner la chambre disponible pendant qu'une infirmière tentait de calmer la mère et d'obtenir des précisions.

— Qu'en penses-tu, Gabe ? Je t'ai vu changer de mine.

— L'odeur de son haleine est douceâtre. Si elle fait une acidocétose diabétique, alors nous devons...

Gabe s'interrompit en déposant la fillette sur le lit, puis il ajouta :

— Quels sont les ordres, docteur ?

Se penchant sur la petite fille, Tessa perçut aussi son haleine caractéristique. Elle prit dans le tiroir le kit de contrôle de glycémie présent dans chaque chambre.

— Prépare-moi une perfusion intraveineuse, dit-elle. Son taux de glucose dans le sang est bien trop élevé.

En fait, il s'agissait là d'une urgence médicale. S'ils ne parvenaient pas à faire baisser le taux de sucre dans le sang de la fillette, elle risquait une insuffisance rénale ou un coma diabétique.

Gabe hocha la tête et s'activa aussitôt à mettre la fillette sous perfusion en accrochant une poche de soluté à la potence. La petite paraissait si minuscule et si jeune !

— Son rythme cardiaque est stable, dit Tessa.

Elle ajouta à l'intention de Wendy, l'infirmière qui venait de les rejoindre :

— Il faut nous préparer deux unités d'injection d'insuline, et en mettre deux autres en réserve.

Hochant la tête, Wendy s'éclipsa en hâte.

Le cardiofréquencemètre qui enregistrait le rythme cardiaque se mit à biper, et Gabe regarda par-dessus l'épaule de Tessa pour s'assurer que le chariot d'urgence était à sa place. Mais ils n'en auraient pas besoin aujourd'hui. *Oh ! non, pas ça !* pensa-t-elle.

Elle entendit le sanglot étouffé de la mère de la fillette sur le seuil de la pièce.

— Y a-t-il des antécédents de diabète dans votre famille ? lui demanda Tessa d'un ton calme.

La maman écarquilla les yeux et secoua la tête.

— Non, non.

Elle ravala un autre sanglot puis redressa les épaules. Une attitude dont Tessa avait souvent été témoin. Une fois le premier choc passé, les parents rassemblaient leur courage afin de faire ce qu'il fallait pour leurs enfants... et s'effondraient à la cafétéria lors d'une pause-café quelques heures plus tard.

— D'accord, dit Tessa.

Le diabète de type 1 était en général d'origine génétique, mais il pouvait survenir hors de tout antécédent connu.

— Avait-elle soif, récemment ? Ou s'est-elle plainte de maux de tête ?

Wendy entra et remit à Gabe les doses d'insuline, puis prit sa place de l'autre côté du lit de l'enfant.

— Rebecca a tout le temps soif, répondit la mère, mais avec cette chaleur, j'ai pensé...

— Vous n'avez rien à vous reprocher, intervint Gabe, tout en préparant l'injection prescrite par Tessa.

— C'est juste, commenta Tessa. Quand il n'y a pas d'antécédents familiaux, c'est souvent la perte de conscience de l'enfant qui fait découvrir un diabète. Par chance, vous étiez sur place à cause de votre fils.

La mère vint un peu plus près du lit où reposait sa fille.

— Est-ce qu'elle va aller bien ?

— Nous lui avons administré de l'insuline à action rapide et qui fera effet dans environ trente minutes. Ensuite, nous surveillerons son taux de glycémie et utiliserons de l'insuline lente pour la stabiliser.

Tessa désigna Wendy et continua :

— L'infirmière contrôlera son taux d'insuline toutes les quinze minutes. Nous avons prévu d'autres injections en cas de nécessité. Quand son taux d'insuline aura remonté, votre fille reprendra conscience et sera probablement effrayée.

La mère déglutit avec difficulté.

— Mon fils...

La pauvre femme était mise à rude épreuve, et Tessa savait qu'elle pouvait la soulager un peu.

— Je vais veiller à ce qu'on lui fasse les points de suture et qu'on l'envoie ici ensuite. Il faudra que Rebecca reste en observation cette nuit. Nous prendrons des dispositions pour que vous puissiez consulter dès demain un diabétologue.

— Merci, murmura la femme qui essuya une larme avant de prendre la main de sa petite fille.

Une fois dans le couloir, Tessa se tourna vers Gabe.

— Beau travail... Tu nous as fait gagner un temps précieux.

Le regard de Gabe se dirigea vers la chambre de Rebecca, et Tessa eut envie de lisser les plis d'inquiétude qui lui barraient le front. Elle devait se ressaisir ! Ils étaient sur leur lieu de travail ; elle n'avait pas à se préoccuper de la nervosité qu'il laissait transparaître, mais il y avait en lui quelque chose qui la troublait.

— Ma sœur Isla est diabétique, déclara-t-il. Peu après le départ de ma mère, elle a commencé à se plaindre de maux de tête. Papa était débordé et... Bref, nous avons découvert son problème comme c'est arrivé pour cette petite - à cette différence près que nous avons dû suivre une ambulance et qu'il a fallu plus d'une heure pour établir le diagnostic. Cela lui a valu une insuffisance rénale chronique. Jamais je n'oublierai l'odeur de l'acidocétose diabétique, alors tant mieux si, aujourd'hui, ça a fait gagner du temps.

Tessa hocha la tête, émue. En tant que fille unique, elle ne pouvait pas réellement comprendre le lien que Gabe entretenait avec sa fratrie. Mais avoir peur pour quelqu'un qu'on aime et se sentir impuissant, elle savait ce que c'était. Les malades avec un diabète bien suivi pouvaient mener une existence presque normale, même si Rebecca devrait toujours se surveiller.

— Tu viens m'aider à faire des points de suture à un skateur, Gabe ? dit-elle en lui donnant un petit coup d'épaule.

C'était un lien ténu, mais son corps en frémit.

— Bien sûr, fit Gabe dont les fossettes reparurent.

Une onde de chaleur enveloppa Tessa. N'importe quel

autre soignant aurait pu la seconder pour les points de suture, mais elle n'était pas disposée à écourter ce temps passé avec Gabe. Même si c'était dangereux, elle s'en moquait. Elle était heureuse qu'il soit là. Avec elle.

Les idées se bousculaient dans la tête de Gabe. Tessa était là, près de lui ! S'il se concentrait, il lui semblait sentir encore le contact de son épaule contre la sienne.

Il tenta de dompter son cœur emballé. Il avait passé ces deux derniers jours à espérer qu'elle téléphonerait, nerveux à l'idée de l'appeler lui-même.

Quand il était descendu à la cuisine, il l'avait vue effectuer une petite danse. Après leur nuit ensemble, il avait caressé l'idée qu'elle avait savouré leurs échanges autant que lui. Qu'elle désirait le revoir... Et sa bonne humeur semblait vouloir dire que oui !

Mais en fait, son excitation était due à un poste à pourvoir à son travail - sans doute la direction du service des urgences. Il avait déjà entendu de nombreux médecins et infirmières discuter de ce poste bientôt disponible.

Sa mère aussi avait dansé ainsi, une fois, dans la cuisine. La veille du jour où elle avait fait ses bagages. Elle l'avait étreint en disant que de grandes choses allaient se produire. Elle lui avait confié des tâches qu'il avait accomplies dans l'espoir de conquérir une place dans la nouvelle vie de sa mère. En vain. Aujourd'hui encore, il était le seul à répondre à ses rares appels - elle ne se manifestait qu'en cas de besoin. Mais il espérait qu'elle finirait par établir avec lui une relation plus manifeste.

Tessa n'était pas sa mère. Cependant, ce poste était ce qu'elle désirait le plus, et elle ne l'avait pas caché.

Si Gabe avait dû établir la liste de ses propres priorités, l'évolution de sa carrière en aurait fait partie. Mais cela n'aurait pas figuré en tête de liste car rien ne détrônerait jamais sa famille.

Pourtant, il avait eu envie d'aller vers Tessa, lui proposer un dîner au restaurant ou partir en randonnée... Il s'était même demandé quel job elle convoitait. Oui, il désirait la connaître sans trop savoir quoi faire de ce sentiment.

— Prêt ? demanda Tessa, l'arrachant à ses pensées alors qu'elle franchissait le seuil de la chambre où il avait pris la petite Rebecca dans ses bras.

— Est-ce que ma sœur va bien ?

La voix de l'adolescent avait tremblé, mais il regardait Tessa sans ciller alors qu'elle et Gabe entraient. Le garçon avait de multiples écorchures, son bras était dans une attelle. Il avait sans doute mal, mais Gabe voyait qu'il était aussi dévoré d'inquiétude.

Il avait lui-même souvent eu cette expression après le départ de sa mère. Il s'était inquiété au sujet de son père épuisé, de ses frères et sœurs, des changements survenus. Il lui avait fallu des années pour apaiser son anxiété.

Puis Olive avait commencé à se plaindre de migraines. Comme elle accusait le stress dû au futur mariage et au travail, il avait refoulé son angoisse.

Il savait que, même si on avait découvert l'anévrisme avant sa rupture, il y aurait eu très peu de chances qu'Olive survive étant donné l'endroit où il était situé. Mais l'angoisse et le sentiment de culpabilité n'étaient pas aisément balayés par la logique.

Et Gabe détestait en voir la manifestation chez le jeune homme qui était devant lui. Il ne pouvait plus rien pour Olive, mais il pouvait aider l'adolescent assis sur la table d'examen - une fois traitées ses blessures visibles.

— Rebecca se remettra. Mais elle va passer la nuit à l'étage du dessus, avec de très gentilles infirmières.

La réponse de Tessa parut détendre le garçon.

— Pour le moment, c'est de toi que nous devons nous occuper. Comment t'appelles-tu ?

— Sam. Je veux voir ma sœur.

— Pas avant qu'on t'ait recousu, dit Tessa, souriante mais ferme.

Sam avait beau n'être qu'un ado, il la dépassait de près de

dix centimètres et pesait au moins vingt kilos de plus. Mais il paraissait si jeune ! Et si fatigué !

Elle examina son bras sans attelle avant de lever les yeux.

— Je sais que tu veux aider ta sœur et ta maman.

Des larmes perlèrent dans les yeux du garçon.

— Elles ont besoin de moi. Papa est parti…

Il avait dit cela à voix basse et sa phrase s'interrompit dans un sanglot étouffé.

— Tu ne peux aider personne si tu ne vas pas bien. À trop presser le citron…, répliqua Tessa en s'asseyant au bord du lit pour examiner la coupure qu'il avait sur la joue. Je crois qu'un pansement papillon suffira pour ceci.

Gabe s'émut en la voyant presser amicalement le genou du garçon. C'était un enfant qui essayait de se comporter en adulte. Même s'ils étaient débordés, Tessa lui consacrait du temps pour lui montrer qu'il comptait aussi.

Dans les services d'urgences, les médecins étaient souvent jugés sur leur capacité à soigner et à libérer rapidement les malades. Dans le dernier hôpital où Gabe avait travaillé, un médecin avait été promu parce que le temps moyen qu'il consacrait à un patient était inférieur à douze minutes. Gabe ne pensait pas qu'une telle attitude devait être récompensée ! Tessa, elle, ne négligeait pas ses patients.

Il avait la gorge nouée alors qu'il sortait le matériel qui permettrait de suturer les blessures de Sam. Ses sœurs lui avaient souvent répété les paroles de Tessa après le décès d'Olive, à l'époque où il voulait tout mener de front alors qu'il était en train de s'effondrer. Il avait été si habitué à aider les autres qu'il n'avait pas su comment appeler au secours et refusé d'admettre à quel point il se sentait perdu.

On ne pouvait pas presser un citron indéfiniment, en effet. Mais certaines personnes avaient du mal à l'admettre. Gabe devinait que Sam, tout comme lui, donnerait la priorité aux autres, négligerait ses besoins et désirs au bénéfice de sa mère et sa sœur.

Il s'accroupit pour regarder l'adolescent dans les yeux.

— Je sais qu'on se sent égoïste quand on pense d'abord à soi. Quand tu fais quelque chose qui te rend heureux, tu considères que c'est du temps que tu ne consacres pas à ta mère et à Rebecca, n'est-ce pas ?

Sam renifla, et leva son bras immobilisé dans une attelle, lui jetant un regard noir.

— Et ça coûte de l'argent à maman.

Gabe en eut le cœur tout retourné. Sam était tombé en skateboard, c'était un accident, pas un crime, mais le garçon s'en voulait pour cela. Un sentiment qui pouvait vous gangrener de l'intérieur et causer tant de dégâts !

— Je suis passé par là, dit-il. J'ai eu un accident de bicyclette, à dix-sept ans, et mon père a dû dépenser mille dollars pour être sûr que je n'avais pas de fracture crânienne. Tu n'es encore qu'un enfant, Sam. Tu n'es pas obligé de tout assumer. Le Dr Garcia a raison, tu ne pourras aider personne si tu es épuisé, crois-moi.

S'écartant, il regarda Tessa qui réalisait les points de suture en parlant d'une voix posée de films de super héros et de skateboard - deux sujets sur lesquels elle paraissait incollable, au grand étonnement de Gabe.

Lorsqu'elle eut pansé la joue de Sam, elle demanda à une infirmière d'emmener le garçon près de sa mère et de sa sœur.

— Gabe ?

Il se tourna vers elle. Il y avait tant de compassion dans le regard brun de Tessa, et *aussi* les émotions qu'il y avait vues l'autre soir. Ce n'était cependant pas le moment de discuter de ce qui s'était produit entre eux. Si elle voulait parler de cela, elle avait son numéro de téléphone.

— Penses-tu qu'un suivi psychologique aiderait Sam ?

« Cela t'aurait-il aidé, toi ? » Telle était l'autre question qu'il voyait danser dans son regard. Elle ne mesurait peut-être pas l'étendue de son lien intime avec la situation de Sam, mais elle l'avait perçu.

— Je crois, dit-il. Mais s'ils manquent d'argent...

Son père aurait volontiers confié ses enfants à un psychologue pour les aider à gérer l'abandon de leur mère s'il en avait eu les moyens.

— ... ce sera la première chose qui sautera lorsque les factures arriveront à échéance, ajouta-t-il.

Tessa hocha la tête et parut pensive.

— Je demanderai une faveur au Dr Gendler. Le Dr Lin partant à la retraite, tout le monde est à l'affût d'un coup de pouce. Il voudra... Bref, Sam a besoin d'un suivi.

La « faveur » aurait donc un coût, pensa Gabe.

— Mais toi aussi, tu veux ce job, dit-il à voix basse.

— Pas au détriment de mes patients, répondit-elle en refermant le dossier médical de Sam sur la tablette numérique. Aucun job ne le justifie.

Ces mots simples lui firent battre le cœur plus vite. Il avait été stupide ! Il aurait dû téléphoner à Tessa. L'inviter. Prendre un risque. Mais il n'était peut-être pas trop tard...

— Nous voici bien loin du cinéma Tinseltown, hein ? reprit-elle. Mais c'est sympa de travailler à nouveau avec toi, Gabe.

— Le sentiment est réciproque, docteur, répliqua-t-il avec un grand sourire. « Docteur Garcia »... ça sonne bien. Ça te va bien.

— Merci, dit-elle avec un petit rire. C'est important pour moi.

Elle se dirigeait vers le poste des infirmières quand elle se détourna à demi.

— C'est vraiment bon de te voir ici, Gabe.

Il y avait eu, dans la façon dont elle avait prononcé son prénom, une douceur qui lui fit chaud au cœur. Ce cœur qui était resté insensible pendant si longtemps. Il la suivit du regard tandis qu'elle s'éloignait. *Dr Tessa Garcia.* Il sourit. Lui aussi était excité à l'idée de retravailler avec elle.

4

Son plateau à la main, Tessa regarda par-dessus la file. Les crêpes de la cafétéria du Dallas Children's attiraient toujours plus de clients. Mais elle ne cherchait qu'une seule et unique personne, ce matin. *Gabe...*

Lorsqu'elle était avec lui, son corps vibrait d'excitation et de désir. Ils avaient pris l'habitude de bavarder lorsque les choses étaient calmes pendant leur service. Mais cela n'épuisait pas son envie d'être avec lui.

La nuit de passion qu'ils avaient partagée semblait n'avoir été qu'un moment fugitif. Ils n'en parlaient jamais, même si elle semblait planer sur les rares moments de gêne qui perturbaient leurs échanges.

— Tu sembles perdue dans tes pensées.

La voix chaleureuse de Gabe la fit frissonner, et elle sourit. Seigneur ! Elle l'avait vraiment dans la peau.

— Qu'est-ce qui t'occupe à ce point l'esprit, ce matin ?

Toi, pensa-t-elle, posant son plateau en face du sien avant de s'asseoir.

— Je pensais que le Dr Killon essaie déjà de se placer alors que le Dr Lin n'a pas encore pris sa retraite officiellement, dit-elle au lieu de cela. Killon a une très haute opinion de lui, c'est clair.

Tessa observa Gabe, mais il se contenta d'avaler une bouchée de crêpe. Il était apparemment le seul à se moquer de savoir quel médecin était le plus susceptible de succéder au Dr Lin. Même si elle avait fait en sorte d'éviter les bavardages, Tessa avait été happée dans plus d'une discussion au sujet de la compétition à venir. Le refus de Gabe de se prêter à ces supputations était rafraîchissant, mais, parfois, elle désirait réellement savoir ce qu'il pensait. Et s'il la considérait comme un bon choix après avoir travaillé avec elle pendant quelques semaines.

Pour ce qui était du Dr Killon, n'importe qui pouvait se rendre compte qu'il manquait d'expérience et ne se souciait guère de ses patients.

— Alors, Gabe, qu'en penses-tu ? reprit-elle dans l'espoir d'un commentaire sur le poste à pourvoir, désireuse de savoir si c'était à cause de la manière dont elle avait réagi à ce sujet qui l'avait dissuadé de lui téléphoner après la nuit qu'ils avaient passée ensemble.

Le regard ambré de Gabe soutint le sien.

— Tessa…

Au même moment, elle sentit du liquide brûlant se déverser dans son dos, puis des mains la heurter. Un plateau tomba par terre avec fracas.

En se retournant, Tessa découvrit un adolescent pris de convulsions.

Elle réagit vite en s'agenouillant près du jeune homme. Levant les yeux, elle vit que Gabe sautait par-dessus la table pour la rejoindre.

— Il faut le placer sur le côté.

Il l'aida à retourner l'adolescent, puis elle consulta sa montre. Ils devaient connaître avec précision la durée de la crise.

— Écartez-vous ! lança une voix.

Debra et Jackson arrivaient avec le chariot d'urgence. Plus la crise se prolongerait, plus il y aurait de risque de séquelles à long terme.

Heureusement, la crise parut diminuer !

— Une minute et vingt-huit secondes, dit Gabe d'une voix troublée tandis qu'il se levait pour laisser le passage à la civière.

— Pareil, dit Tessa.

Les mains de Gabe tremblaient. Que se passait-il ? Quelque

chose, chez ce patient, l'avait secoué. Elle ne pouvait se préoccuper de lui pour l'instant mais, dès qu'elle serait rassurée sur l'état du jeune homme, elle irait voir Gabe. Quel que soit le souvenir que cet incident avait ranimé, il avait besoin de soutien et elle pouvait le lui apporter.

Adossé au mur dans la salle de repos, Gabe frissonnait. Il avait participé aux soins d'une fillette qui avait besoin de points de suture après une chute à bicyclette, préparé le dossier de sortie d'une autre petite patiente, mais son esprit ne cessait de vagabonder vers les portes derrière lesquelles Tessa et d'autres s'occupaient du jeune de la cafétéria.

L'adolescent avait brièvement croisé son regard avant de renverser involontairement du sirop chaud sur Tessa. Gabe avait eu l'impression que le temps s'arrêtait. Il n'avait même pas réussi à lancer l'alarme, sa gorge étant comme paralysée tandis que le passé se rappelait à lui.

Le regard dans le vague. La démarche erratique. La chute. Olive avait eu successivement chacun de ces symptômes le matin où il l'avait perdue. L'anévrisme qui lui avait été fatal avait gonflé, pressant sur un nerf, ce qui avait provoqué une attaque avant que la poche se rompe.

Gabe savait que les probabilités pour qu'un garçon qui n'avait guère plus de dix-sept ans ait une rupture d'anévrisme étaient négligeables. Mais Olive était une jeune femme de vingt-six ans pétillante lorsqu'un tel phénomène s'était produit.

— Gabe.

La voix douce de Tessa le fit tressaillir. Le présent reprit l'ascendant sur le passé alors qu'il s'écartait du mur.

— Il va bien, dit-elle en le rejoignant, l'air inquiet.

— Tu lui as fait passer une IRM ?

Pendant l'heure qui avait suivi son attaque, Olive semblait aller bien. Assis près d'elle aux urgences, il avait essayé de la rassurer. Mais lorsqu'elle avait hurlé sous l'effet de la pression ressentie dans son crâne, il avait tout de suite compris, et il n'avait rien pu faire d'autre que de lui tenir la main alors qu'elle quittait ce monde.

Le regard de Tessa vacilla. Devinait-elle son tourment ?

— Non, je n'ai pas demandé d'IRM, dit-elle avec calme en continuant de l'observer. Tu es pâle. Respire avec moi.

Elle inspira, retint son souffle une seconde, puis souffla, attendant qu'il l'imite. Sa senteur douce l'enveloppa, et la panique reflua. Son cœur s'emballa, mais c'était à cause du toucher léger de Tessa qui avait posé la main sur son torse. Quand elle s'écarta, il détesta qu'ils soient séparés.

— Il est épileptique, reprit-elle. Le nouveau traitement que lui a prescrit son neurologue ne lui réussit pas. On l'avait placé en observation ici parce qu'il le lui a fait arrêter pour reprendre l'ancien. Il est descendu chercher des crêpes sans autorisation. Ah, les ados !

Elle laissa échapper un léger rire, et Gabe ressentit une bouffée de désir. Pour la énième fois, il regretta de ne pas lui avoir téléphoné après leur nuit ensemble. D'avoir cédé à la peur.

— Je suis content qu'il aille bien.

— Ta compagne est morte d'une attaque ?

Tessa le suivit jusqu'à la petite fenêtre, et il fut heureux de sa présence. Il tenta de maîtriser ses émotions tandis que son regard se perdait vers le parking. Olive lui manquerait toujours. Il y avait un vide dans son cœur que rien ne pourrait combler, même si le chagrin subissait une mutation. On lui avait dit qu'il lui serait plus facile d'étreindre quelqu'un d'autre, de penser à s'ouvrir à quelqu'un d'autre.

Il n'avait rien éprouvé de tel… jusqu'à ce qu'il rencontre Tessa. Aujourd'hui, ce n'était pas le chagrin qui avait suscité son inquiétude pour l'adolescent, mais les répercussions qu'il avait redoutées pour sa famille.

En tant qu'infirmier, il avait contribué à stabiliser de nombreux patients victimes d'une attaque. Mais, aujourd'hui, ce qui l'avait perturbé, c'était d'y assister « en direct » dès le début, car les symptômes du jeune homme avaient été identiques à ceux d'Olive.

— Olive était ma fiancée.

Il soupira et serra la main de Tessa. Il lui était reconnaissant d'avoir vu qu'il était très affecté. Et qu'elle soit venue le retrouver.

— Je l'ai perdue à la suite d'une rupture d'anévrisme cérébral. Elle avait eu une attaque juste une heure avant. Les symptômes étaient identiques à ceux du garçon de tout à l'heure... Je suis content de savoir qu'il se remettra.

— Il s'appelle Winston.

— Tu connais son prénom, évidemment.

— Bien sûr. Je viens de sortir de sa chambre, Gabe.

Il sourit.

— C'est juste. Mais tous les médecins ne sont pas aussi attentifs que toi à leurs patients. Si le Dr Killon l'avait traité, il y a gros à parier qu'il serait incapable de me dire son prénom. Il n'aurait pas non plus remarqué la détresse d'une tierce personne.

Gabe connaissait les rumeurs sur la succession du Dr Lin. Celui-ci n'avait pas encore fait sa demande officielle de départ à la retraite, pourtant les gens agissaient comme si son dernier jour avait déjà eu lieu. Gabe s'était refusé à alimenter les commérages, mais il aurait dû répondre lorsque Tessa l'avait questionné sur le Dr Killon. Il aurait dû plaisanter sur le fait qu'il ne voulait surtout pas voir cet homme-là diriger quoi que ce soit où que ce fût. Tessa et lui étaient collègues et amis, maintenant.

Elle esquissa un sourire.

— C'est vrai, mais il aurait établi un bon diagnostic.

— Oui, dit Gabe en contemplant les beaux yeux bruns qui avaient tant d'attrait pour lui. Mais un responsable de service ne doit pas seulement se soucier de la maladie.

Il y eut un éclair de joie fugitive sur le visage de Tessa ! Gabe aurait aimé connaître le moyen de combler le fossé qui s'était creusé entre eux depuis leur nuit d'amour. Il voulait plus que des conversations en passant. Plus que des saluts amicaux et des sourires. Elle s'intéressait à une promotion en vue...

Et alors ? Cela ne signifiait pas qu'elle donnerait à ce poste la priorité sur tout le reste. Elle se souciait des patients, de l'équipe.

— Et ton dos ? demanda-t-il.

Ce n'était pas la question qui lui brûlait les lèvres, mais il trouverait un endroit plus approprié pour la poser. Et vite !

— Il est collant, dit Tessa avec un petit rire en se dirigeant vers son vestiaire.

Tessa entra dans l'ascenseur et s'adossa à la paroi. Sa journée n'avait pas été trop dure, mais elle était allée de patient en patient sans pouvoir souffler. Elle avait hâte d'être en tenue décontractée pour une soirée tranquille.

— Retiens l'ascenseur !

Tessa plaça une main devant la cellule magnétique, stoppant la fermeture des portes. Des doigts se posèrent sur les siens, et son corps sut aussitôt à qui il avait affaire. *Gabe.*

— Merci, dit-il, la rejoignant dans la cabine.

Il s'appuya contre la paroi opposée. Tessa brûlait d'envie de franchir la distance qui les séparait. De voir comment il réagirait si elle l'invitait à dîner. Elle apprécierait d'avoir quelqu'un à dîner. D'avoir une maison animée où le bruit ne proviendrait pas seulement de la télévision. De passer du temps avec quelqu'un hors des murs de l'hôpital.

De passer du temps avec Gabe.

Ravalant ses désirs, elle rajusta sa sacoche sur son épaule.

— De rien. Je sais ce que c'est d'avoir hâte de rentrer. De retrouver un peu de paix après le branle-bas permanent qu'il y a ici.

— Ce serait super, mais je dors encore sur le canapé chez ma sœur. Les filles de Stacy ne sont pas du genre paisible.

Elle aurait aimé rentrer à la maison pour y retrouver des bambins bruyants. Être en famille. Tessa refoula aussitôt ces désirs de crainte de se surprendre à les avouer à voix haute.

— Je passe mon temps à esquiver les prises de karaté de Brett, continua Gabe. Elle a soixante centimètres de moins que moi, mais je suis sûr qu'elle pourrait me clouer au sol sans difficulté !

Tessa éclata de rire alors que les portes de l'ascenseur s'ouvraient sur le parking en sous-sol. Elle aurait voulu pouvoir prolonger ce moment avec Gabe car il trouvait toujours le moyen de la faire sourire. De vrais sourires, pas les grimaces factices des dernières années de son mariage.

— J'aimerais te voir la feinter. Je parie que le spectacle en vaut la peine, répliqua-t-elle, retenant à grand-peine l'envie de lui demander si elle pourrait venir les voir, une fois.

Elle sentit son corps s'enfiévrer alors que le regard de Gabe se plantait dans le sien.

— Tu fais quoi ce soir ? dit-il après s'être éclairci la gorge au sortir de l'ascenseur.

Elle ressentit un petit coup au cœur.

— Des lectures sur le jardinage hydroponique.

Je suis libre, quoi.

Les fossettes de Gabe apparurent. Il glissa la main dans la poche avant de son sac à dos et en sortit un trousseau de clés.

— Est-ce que… ça paraît intéressant. J'aimerais en savoir un peu plus là-dessus, un de ces jours.

Il y eut un silence alors que Tessa contemplait les traits si bien sculptés de Gabe. *Pourquoi n'as-tu pas téléphoné ?* Cette question résonna dans son esprit tandis qu'ils restaient ainsi, face à face.

L'ascenseur, derrière eux, émit un bip, et l'ensorcellement qui les tenait prisonniers se rompit.

— Bonne soirée, Tessa et Gabe ! lança Debra en gagnant sa voiture.

— Toi aussi ! lui cria Gabe.

Il ajouta à l'intention de Tessa :

— Profite de ta lecture.

— Surveille tes arrières avec ta nièce.

Le rire de Gabe l'obligea à refouler une vague de désir.

— Comme toujours, dit-il avec un clin d'œil avant de s'éloigner.

« Tu veux qu'on aille dîner ? Voir un film ? » Pourquoi ces

mots étaient-ils si difficiles à dire ? S'il répondait « non », au moins, elle serait fixée.

Mais cela signifierait qu'il ne s'intéressait pas à elle - et elle n'était pas prête à sacrifier le mince et lumineux espoir auquel elle se cramponnait.

— Je fais un saut à la cafétéria. Tu prends quelque chose ? demanda Tessa en sortant de la chambre d'un patient.

— Un macchiato au caramel glacé !

Gabe hâta le pas pour être à sa hauteur. Il n'avait toujours pas trouvé le moyen idéal d'inviter Tessa à sortir. Cela aurait dû être simple. « Ça te dit d'aller manger un morceau ? » Mais il voulait que ce soit... *énorme*. Quelque chose qu'elle ne pourrait pas refuser.

Tessa eut un grand sourire, mais elle fit mine de frissonner.

— Je t'ai proposé une boisson. Pas du concentré de sucre.

Gabe adorait les *sweet drinks* riches en sucres, mais c'était la compagnie qu'il voulait avant tout. Il se pencha aussi près d'elle qu'il pouvait l'oser à l'hôpital et murmura :

— Tu pourrais aimer aussi les douceurs, si tu essayais.

En voyant naître un sourire sur les lèvres de Tessa, il se sentit de meilleure humeur encore. Il était heureux lorsqu'il était avec elle.

— Je pense que je m'en tiendrai à mes habitudes.

La façon dont Tessa avalait café noir sur café noir le dépassait. Il appréciait une dose de caféine de temps à autre, et il lui arrivait d'en avoir besoin, mais cela pouvait se faire avec un petit supplément de chocolat ou de caramel !

— Des nouvelles, pour le job ?

Il avait posé la question en tâchant de garder un ton léger. Il ne comprendrait jamais le vent de folie qui soufflait chez les médecins à cause de ce poste. Mais il essayait de soutenir Tessa. C'était important pour elle.

Et elle excellerait en chef des urgences. Cependant, Gabe craignait qu'elle ne se surmène. Au cours des dernières semaines, chaque fois qu'il avait été en service, elle était à l'hôpital. Et elle était là aussi quand il était absent à en croire les autres infirmiers et infirmières.

C'était une chose que d'aimer son travail et de vouloir le meilleur pour ses patients - Gabe avait aussi cette motivation –, mais vivre sur son lieu de travail, ne respirer que par lui, c'était courir au désastre.

Il ne savait pas comment aborder ce sujet, ni si c'était son rôle. Pourtant, un ami pouvait sûrement faire valoir que le Dallas Children's Hospital n'était pas un être humain susceptible d'aimer ses employés. Lorsque l'un d'entre eux partait, on en engageait un autre. Même le Dr Lin, chef de service depuis quinze ans, serait remplacé.

— Non, pas un mot, répondit Tessa en entrant dans la cafétéria. Je crains qu'ils n'engagent quelqu'un d'extérieur.

Gabe lui donna un petit coup d'épaule. Il détestait la voir si préoccupée. Le Dr Lin n'avait annoncé sa retraite qu'à un très petit nombre de personnes. Rien n'était encore officiel. L'hôpital ne pouvait pas trancher pour le moment.

— Le service des ressources humaines ne me demandera pas mon avis, fit-il, mais je pense qu'il vaudrait mieux engager un de nos médecins.

— Tu serais une bonne source de référence pour eux.

Tessa leva les yeux et l'émotion qui flottait dans son regard le rendit tout chose. Sentait-elle aussi les courants électriques qui circulaient entre eux ? Se réveillait-elle la nuit en pensant à leurs échanges sexuels ?

Elle se pencha vers lui et, en percevant sa senteur, il eut envie de tout autre chose que de caféine.

— Tu es observateur, reprit-elle. Tu as des qualités d'écoute rares, et tu te soucies sincèrement des patients et de l'équipe. En fait, tu te soucies probablement de toutes les personnes que tu rencontres.

— La vie est trop courte pour ne pas donner à chacun le sentiment qu'il est à part.

Il vit passer une expression qu'il ne comprit pas sur le visage de Tessa. Leur tour d'être servis arriva avant qu'il puisse poser une question.

— Bon anniversaire, docteur Garcia ! lança un patient attablé, en agitant la main.

— Merci, répliqua Tessa.

Anniversaire ? Pourquoi n'avait-elle rien dit ? Il aurait pu lui envoyer une carte postale. Ou recourir à ce prétexte pour l'inviter au restaurant. Cela aurait été l'occasion idéale de savoir si elle désirait développer les vibrations, les sentiments qui semblaient exister entre eux.

— Laisse-moi t'offrir le café, alors. Je ne savais pas que c'était jour de fête, déclara-t-il.

Il aurait aimé l'entourer de son bras. Mais cela aurait été aller trop loin. Et ne lui aurait pourtant pas suffi.

— On ne fête rien, riposta Tessa.

Avait-il dit quelque chose de mal ? Elle semblait si tendue ! Gabe avait horreur de la voir ainsi.

— Tessa ?

— Un café noir maison, force moyenne.

Elle passa son badge devant le scanner, puis s'écarta sans le regarder pour qu'il puisse passer sa commande.

— Un double macchiato au caramel.

Gabe passa à son tour son badge devant le scanner, et la rejoignit. Elle avait les lèvres pincées, le regard lointain. Il se demanda ce qui lui échappait.

Un anniversaire aurait dû être un jour de fête. Son père avait toujours fait grand cas des anniversaires. Même lorsqu'ils étaient à court d'argent, un gâteau d'anniversaire décoré figurait sur la table de la cuisine. Des ballons achetés au « Tout à un euro » étaient accrochés au mur, et la famille chantait - ou plutôt hurlait – « Joyeux anniversaire » au héros de la journée. Aujourd'hui encore, la tradition, dans sa fratrie, était d'essayer d'être le premier à téléphoner pour souhaiter l'anniversaire de l'un d'eux.

— Tu n'aimes pas fêter ton anniversaire, c'est ça ? reprit Gabe en avalant une gorgée de macchiato.

— Non.

Tessa porta la tasse à ses lèvres, mais le geste ne masqua pas que ses mains tremblaient un peu.

— Tu veux en parler ?

Gabe connaissait la réponse avant même d'avoir posé la question, mais il ne regrettait pas de l'avoir fait. Il voulait connaître Tessa, et qu'elle le sache.

— Non.

Ses traits se crispèrent et elle passa la main sur son ventre.

— Sérieusement, est-ce que ça va ? demanda-t-il en la voyant frissonner.

Elle avait travaillé plus que de raison, et il savait que l'épuisement pouvait faire affleurer les émotions. Que se passait-il ?

— Je crois que le café ne me réussit pas dans l'après-midi, dit-elle en considérant sa tasse. C'est peut-être que je vieillis.

Elle lui adressa un clin d'œil. Troublé par son regard brun posé sur lui, il décida que, même si ce n'était ni le meilleur endroit ni le meilleur moment, il avait assez attendu.

— Et si on... ? commença-t-il.

— Alerte maximale ! Alerte maximale !

Tessa leva le regard vers le haut-parleur puis s'élança. Gabe jeta sa boisson dans la poubelle la plus proche. Il était mû par une poussée d'adrénaline, mais cela ne chassa pas pour autant l'inquiétude qu'il éprouvait pour la femme qui franchit une seconde avant lui la porte des urgences.

— Carambolage de sept voitures sur la I-635. Il y avait des familles dans quatre véhicules au moins. On nous amène six patients. D'autres suivront peut-être !

L'appel venait du poste des infirmières, et Gabe vit Tessa pâlir, mais redresser les épaules.

Ils avaient eu quelques rudes journées depuis qu'il travaillait au Dallas Children's. C'était toujours dur quand on avait affaire à des problèmes plus graves que des fractures et des plaies à recoudre. Mais l'air angoissé de Tessa alors que l'infirmière précisait que les adultes étaient conduits au Presbyterian

Hospital le glaça. Quel horrible coup du sort, pour un jour d'anniversaire !

Quel jour affreux ! Si de bons souvenirs s'y rattachaient, Tessa n'arrivait pas à se les rappeler.

— Où est ma maman ?

Cette voix ténue appartenait à Natalie Dreamer, la dernière de la longue liste des petits patients de Tessa qui s'étaient trouvés sur la fatale Interstate 635. Un chauffeur avait eu un malaise cardiaque, son véhicule avait traversé trois voies de circulation, et le carambolage qui en avait résulté avait impliqué sept voitures.

En se penchant vers la mignonne brunette, Tessa essaya de conserver une voix égale. Elle savait que le père de Natalie était en route pour la voir, et sa mère hospitalisée au Presbyterian.

— Ton papa sera bientôt ici, Natalie, dit-elle.

Elle sourit à la fillette, espérant la réconforter. Elle avait été à la place de cette enfant, autrefois, avait demandé à tout le monde où se trouvait sa mère. Les sourires qu'on lui avait adressés ce jour-là n'avaient guère pesé alors qu'elle patientait dans la salle d'attente avec un éléphant en peluche qu'une infirmière lui avait donné. Elle s'était cramponnée à lui, même si elle avait juré qu'elle ne voulait plus de doudous parce que cela faisait bébé. C'était le dernier cadeau d'anniversaire qu'elle s'était autorisée à recevoir.

La porte de la chambre s'ouvrit et Gabe entra. Il avait les yeux cernés par la fatigue, mais il adressa un grand sourire à Natalie. Puis il sortit de derrière son dos un petit lapin rose, et Tessa ne parvint pas à réprimer un mouvement nerveux.

Le regard de Gabe se porta sur elle avant de revenir vers Natalie. Il avait beaucoup d'intuition, mais Tessa espéra qu'il mettrait cela sur le compte de la lassitude. D'autant qu'elle était bel et bien épuisée. Ces temps-ci, aussi longtemps qu'elle dorme, cela semblait ne jamais lui suffire.

— Lapin ! s'écria Natalie, qui saisit l'animal et le serra fort contre elle avec son bras libre, l'autre ayant une attelle.

— Je me suis dit que ce serait bien si tu avais un doudou pendant que le Dr Garcia te mettra ton plâtre.

Gabe s'était accroupi au niveau de Natalie en lui parlant. C'était un détail, mais les enfants se sentaient souvent plus à l'aise lorsqu'un adulte se plaçait à leur hauteur. Même après avoir prodigué des soins aux quinze patients arrivés après l'accident de la route, Gabe prenait le temps qu'il fallait dans ses échanges avec les petits blessés.

Il ferait un excellent compagnon et père. Cette pensée surgie de nulle part la frappa alors qu'elle rassemblait le matériel pour le plâtre en fibre de verre destiné à Natalie. Elle essaya de ne penser qu'à sa tâche, mais elle aurait pu l'exécuter les yeux fermés !

Gabe était un excellent infirmier, parfaitement à sa place au Dallas Children's. Les petits garçons avaient besoin de voir des hommes donner des soins, de savoir qu'ils pouvaient aussi devenir infirmiers. Que ce n'était pas un métier de fille.

Mais pour Tessa, Gabe n'était pas un simple infirmier. Elle désirait autre chose de plus que des pauses-café et des conversations avec lui dans la salle de repos. À une ou deux occasions, elle avait cru que Gabe l'inviterait à sortir. Par exemple, la veille dans le parking. Mais la conversation dérivait toujours sur autre chose… En général, sur la succession du Dr Lin, pensa-t-elle, vaguement déçue. Elle avait été ravie que Gabe aborde la question du poste à pourvoir, mais, à présent, il en parlait une fois sur deux.

Était-ce parce qu'elle allait se porter candidate qu'il ne l'avait pas invitée à sortir ? Elle refusait de le croire. Mais elle avait aussi refusé de croire que son ex-mari était jaloux d'elle…

Elle aurait pu prendre l'initiative d'inviter Gabe à sortir. On était au XXIe siècle, que diable ! Pourtant, chaque fois qu'elle avait voulu s'y risquer, sa langue s'était comme paralysée. Elle craignait, s'il disait non, de perdre ce qu'ils avaient. Quand Gabe était là, elle se sentait moins à la dérive, une sensation dont elle n'avait pas réalisé l'étrangeté avant que Gabe lui apporte un ancrage.

Gabe, son ancrage ? Cela relevait d'un fantasme romantique. Ils avaient partagé une nuit de rêve, mais cela ne constituait en rien un soutien.

Pourtant, tandis qu'elle levait les yeux vers lui, ses nerfs éprouvés et son cœur souffrant recouvrèrent un peu de calme. Il était plus facile de traverser le chagrin de cette journée avec lui à son côté.

— Mon plâtre sera vraiment rose ? demanda Natalie d'une voix douce qui l'arracha à sa méditation.

— Très, très rose, répondit-elle en souriant. Avec des paillettes.

Beaucoup d'enfants étaient tout excités d'avoir un plâtre d'une jolie couleur. La plupart des filles voulaient un plâtre avec des paillettes, de nombreux garçons aussi. Les paillettes avaient apparemment le pouvoir de les consoler un peu.

— Des paillettes ? s'écria Gabe. J'aimerais en avoir un pareil.

— Ça fait mal d'en avoir un, fit Natalie, les larmes aux yeux, en se tournant vers lui. Je voudrais que maman soit là.

Tessa sentit sa gorge se serrer. Son regard se porta vers Gabe, dans l'espoir qu'il comprendrait qu'elle était incapable de réagir. Sans doute était-elle plus lasse qu'elle ne le pensait. Les larmes lui montèrent aux yeux alors qu'elle regardait Natalie. Cette dernière avait tant de points communs avec la petite fille qu'elle-même avait été ! Et si Natalie entrait aussi, aujourd'hui, dans le club terrible dont nul enfant ne devrait faire partie ?

Gabe se jucha sur la table d'examen à côté de Natalie et fit bouger les oreilles du lapin pour capter son attention.

— J'ai téléphoné à l'hôpital où se trouve ta maman, car un de mes vieux amis y travaille. Elle y restera pendant quelques jours, mais elle va bien. Elle va bien...

Tessa ignorait quelles ficelles il avait tirées pour avoir l'information, mais elle lui en sut gré en voyant la réaction de Natalie. Il venait de lui faire le plus beau des cadeaux. Avec un lapin rose en prime !

— Bien, nous allons mettre ton plâtre. Comme ça, quand ton papa sera là, il pourra t'emmener voir ta maman, dit-elle.

Elle s'en voulut aussitôt. Gabe n'avait pas précisé si l'état de la mère de Natalie lui permettait d'avoir des visites.

— Il est drôlement beau, dit Gabe, souriant, alors que Natalie examinait le plâtre.

— Ça, c'est bien vrai ! commenta une voix.

Un homme qui avait une ressemblance frappante avec la petite fille venait de franchir le seuil.

— Papa ! s'écria Natalie. Regarde ce que M. Gabe m'a donné ! Ils sont tous les deux roses, ajouta-t-elle en plaçant le lapin près du plâtre.

— Incroyable ! répondit le visiteur, se penchant pour étreindre sa fille.

Tessa vit qu'il tremblait un peu en l'embrassant. En les contemplant, elle ressentit une bouffée de chagrin. Son père était parti depuis des années quand elle avait perdu sa mère. Elle n'avait jamais eu droit aux étreintes et au réconfort que le papa de Natalie pouvait apporter à sa fille.

La grand-mère de Tessa était dévorée de chagrin après avoir perdu sa fille unique, et accablée par sa nouvelle responsabilité, car il lui fallait élever sa petite-fille. Retraitée, elle faisait de son mieux, mais ce n'était pas pareil, pour Tessa. Elle n'était pas sa mère.

Celle-ci était partie depuis vingt-trois ans. Et aujourd'hui, Tessa accédait à un âge que sa mère n'avait jamais eu la chance d'atteindre.

— Et sa maman ? demanda-t-elle malgré elle.

Elle avait besoin d'entendre que la mère de la petite s'en tirerait. Elle quêtait, en quelque sorte, la confirmation qu'elle n'avait jamais eue dans son enfance.

— Elle est où, maman ? gémit Natalie en essayant d'échapper à l'étreinte de son père.

Elle était trop jeune pour comprendre le besoin qu'avait ce dernier de la toucher. De se convaincre que son enfant était saine et sauve...

— Maman a une fracture, comme toi. De la jambe gauche. Elle doit rester quelques jours à l'hôpital, et elle aura un plâtre bien plus grand que le tien, dit-il.

— Il est rose aussi ?

Son père pouffa en secouant la tête.

— Elle n'a pas la même chance. C'est juste un plâtre banal.

Gabe adressa un signe à Tessa, qui acquiesça. Ils devaient accorder à cette petite famille un peu d'intimité. Juste avant de refermer la porte, elle regarda le père et la fille, et leur étreinte la bouleversa. Elle-même aspirait tant à une étreinte réconfortante ! À la tendre sollicitude de quelqu'un qui aurait remarqué qu'elle n'allait pas bien. Un tout petit souhait pourtant hors d'atteinte.

5

Gabe arriva devant la maison de Tessa, muni d'une boîte de cupcakes, espérant qu'elle ne lui en voudrait pas de sa visite impromptue. Il n'avait pas réussi à la rejoindre au terme de leurs heures de service car elle s'était éclipsée trop vite. Il avait donc acheté ces gâteaux, s'était dépêché de rentrer se doucher chez Stacy, puis s'était rendu au domicile de Tessa.

Il voulait s'assurer qu'elle allait bien. Quelque chose, dans l'accident sur l'autoroute et sa cohorte de blessés graves, l'avait atteinte profondément, et il devinait que cela allait au-delà du drame lui-même et pouvait jeter une ombre sur son anniversaire.

Au demeurant, personne ne devrait être seul ce jour-là !

Les soignants affrontaient plus de mauvais jours que la plupart des gens. Il leur arrivait d'assister à des miracles, mais ces sommets étaient accompagnés de plongées dévastatrices, aussi étaient-ils contraints de développer des mécanismes de défense.

Pour sa part, il faisait plus d'haltères quand les semaines se déroulaient mal. Les douleurs musculaires dues à l'effort neutralisaient ses pensées.

Il ne connaissait pas la routine protectrice de Tessa, mais elle ne devait pas rester seule. Pas aujourd'hui. Les larmes qui avaient jailli de ses yeux lorsqu'elle regardait Natalie et son père l'avaient bouleversé. Tessa souffrait, elle avait mal, et il aurait tant voulu la réconforter ! Elle avait besoin de quelqu'un. Alors il était là.

Tessa lui avait dit, le premier soir, qu'elle n'avait personne pour la protéger, et cela l'avait perturbé. Si elle le lui permettait, il pouvait lui offrir une épaule pour pleurer. Il voulait être celui avec qui elle dansait dans la cuisine, celui qui la faisait rire.

Mais si elle ne désirait pas la même chose, il se contenterait d'être son ami.

La sonnette retentit à l'intérieur, et Gabe redressa les épaules, aux prises avec la nervosité et l'excitation.

— Gabe ?

La voix de Tessa avait tremblé, et elle avait les joues sillonnées de traces de larmes.

— Qu'est-ce que tu... ? reprit-elle, son regard se portant sur la boîte. Ce sont des cupcakes de chez Maggie's ?

— Oui.

Les larmes l'inquiétèrent. Mais le regard de Tessa s'éclaira alors qu'elle se penchait vers la boîte dont il souleva le couvercle. Ne sachant pas ce qu'elle préférait, il avait pris des gâteaux différents – ils offraient un joli spectacle dans leur écrin rose. Si cela lui permettait de franchir le seuil pour aider Tessa, il fréquenterait plus souvent Maggie's, songea-t-il. Ses neveux et nièces en seraient ravis !

— Tu n'étais pas obligé d'apporter des cupcakes, murmura-t-elle avec un faible sourire en le faisant entrer. Mais je suis heureuse que tu sois venu.

— La journée a été rude, dit Gabe, gagnant la cuisine. Tu es partie avant que j'aie pu savoir comment tu allais. Alors, j'ai pensé que des douceurs atténueraient peut-être les aspérités de la journée.

— Ce n'est pas une fête d'anniversaire, donc ?

— Je jure que ce sont à moitié seulement des gâteaux d'anniversaire.

Elle pouffa en prenant le cupcake au café.

— À moitié seulement ? Et c'est quoi l'autre moitié ?

— La moitié « pour-être-sûr-que-Tessa-va-bien ». Tu semblais bouleversée, tout à l'heure.

Gabe l'examina pendant qu'elle s'asseyait face à lui. Elle avait les yeux rougis et cernés. Elle était fatiguée et triste, et il était prêt à la délivrer de tout fardeau dont elle voudrait bien se délester. Tessa comptait pour lui. Il souhaitait qu'elle le sache. Non, il avait besoin qu'elle le sache.

— Ma mère est morte aujourd'hui.

Tessa ne put retenir un sanglot comme elle ôtait la caissette du cupcake. Ses doigts tremblaient, et elle reposa le gâteau sur son enveloppe de papier comme si elle craignait qu'il ne lui échappe.

Gabe resta sans voix, essayant d'assimiler ce qu'elle venait de dire. Pourquoi avait-elle assuré son service à l'hôpital un jour pareil ?

— Que puis-je faire ? demanda-t-il, lui prenant la main.

Il se calma alors qu'elle refermait autour des siens ses longs doigts fuselés. Il espéra avoir sur elle le même effet apaisant qu'elle avait sur lui.

— Oh ! je voulais dire, c'est l'anniversaire de sa mort ! Cela remonte à vingt-trois ans, mais...

Elle tenta de se ressaisir, comme s'il était honteux de pleurer la mort de quelqu'un tant années après son départ. Gabe, lui, prenait un jour de congé le jour anniversaire de la mort d'Olive.

— Ça va aller, fit-il en lui effleurant la face interne si délicate de son poignet.

Elle essuya ses larmes d'un revers de main.

— Je ne pleure pas comme une Madeleine, d'habitude, je t'assure. Je... j'ai atteint un âge plus avancé que le sien, aujourd'hui. Cela fait un drôle d'effet. Tu dois trouver ça idiot.

— Pas du tout.

Gabe lui lâcha la main, puis il fit le tour de l'îlot de cuisine pour la prendre dans ses bras. Elle laissa échapper un autre sanglot, puis encore un autre tandis qu'il l'étreignait plus fort. Quand elle posa la tête sur son épaule, il sentit qu'elle devenait moins tendue.

Au bout de plusieurs minutes, elle soupira et s'écarta.

— Merci. J'en avais besoin. Mais tu ne t'attendais sûrement pas à ça quand tu es venu.

Elle tenta de sourire en se rasseyant et saisit son cupcake pour mordre dedans.

— Hum, c'est drôlement bon !

Elle soupira encore, mais son regard n'était plus embué. Gabe prit le cupcake aux deux chocolats.

— Je suis content d'avoir pu t'aider. Je suis là pour toi. Chaque fois que tu en auras besoin.

— Merci. Aux vertus du sucre et... aux amis ! acheva-t-elle en rosissant.

Gabe sentit sa gorge se serrer. Ce n'était pas le mot qu'il souhaitait, mais il ne voulait rien forcer, pas ce soir.

— J'adore les pâtisseries de chez Maggie's ! reprit Tessa. C'est mon anniversaire, j'ai droit à un deuxième.

Elle saisit le cupcake au citron et émit un soupir.

— D'habitude, je prends ma journée. Mais avec la succession du Dr Lin, tout est surveillé, discuté, disséqué... Je ne voulais pas prendre un congé sans nécessité.

Sans nécessité ? Recharger ses accus lors d'une journée difficile n'avait rien d'un congé injustifié aux yeux de Gabe. Il savait que Tessa s'intéressait à ce poste bientôt libre mais, si elle n'obtenait pas ce job, il y aurait d'autres opportunités. Pourquoi cette fixation sur celui-ci ?

— C'est toujours une journée difficile. Mais avec ce carambolage...

— Tu as perdu ta mère dans un accident de la route ? demanda Gabe.

Tessa fixait la pâtisserie et les perles comestibles décorant le glaçage jaune clair. Elle semblait à des années-lumière.

— Avec deux boulots à mener de front, elle avait travaillé seize heures par jour les deux semaines précédentes, répondit-elle enfin. Après que mon père nous avait laissées, les factures s'accumulaient et...

Elle s'interrompit et, de nouveau, une larme roula sur sa joue.

— Maman s'est endormie au volant, juste quelques secondes, mais ça a suffi : la voiture s'est déportée sur la gauche. J'ai hurlé. Elle s'est réveillée, mais trop tard pour rectifier la trajectoire. Il y a vingt-trois ans, j'ai attendu au Dallas Children's Hospital, le bras cassé, en serrant contre moi un éléphant en peluche que m'avait donné une infirmière. Mais quand grand-mère est venue me chercher, ma maman était partie.

Tessa secoua la tête.

— J'aurais dû lui dire que ce n'était pas grave si je n'avais pas de gâteau d'anniversaire. Qu'on n'avait pas besoin d'acheter quelque chose. Même si ça n'aurait rien changé, car elle voulait que sa fille ait un cadeau. Elle était têtue. Et très affectueuse.

— Comme sa fille, dit Gabe. Je suis sûr qu'elle serait fière de ce que tu as accompli.

Tessa tirailla le col de son T-shirt bleu roi, puis elle piocha du bout du doigt un peu de glaçage qu'elle porta à sa bouche.

— Maman était en première année de médecine quand elle a découvert qu'elle était enceinte de moi. Mes parents se sont alors mariés et sont partis à Dallas, où mon père était vendeur. Elle n'a jamais pu devenir chirurgienne, mais j'aime à croire que mes succès sont aussi les siens. Bon, assez parlé de moi. Comment aimes-tu passer ton anniversaire, Gabe ? J'imagine que c'est plus festif que des cupcakes et des larmes.

— Marathon cinéma, répondit-il. Une tonne de pop-corn et plein de films en streaming.

— C'est tentant.

Elle leva les yeux, et il vit que la tristesse, dans son regard, cédait en partie la place à autre chose.

— Dis-moi où et quand, Tessa. J'apporterai le pop-corn, dit-il en s'emparant du cupcake à la menthe et en enfonçant l'index dans le glaçage.

— Holà ! Tu vas t'en repentir !

— Tu voulais le cupcake à la menthe ?

Joueur, Gabe faillit lui présenter son doigt, avant de comprendre que c'était trop aguicheur en raison des circonstances. Essayant d’ignorer la rougeur qui montait à ses joues, il lécha le bout de son doigt.

Tessa lui saisit la main, et la chaleur de ses doigts lui fit l’effet d’une brûlure. *Est-ce qu’elle ressent la même chose ?* se demanda-t-il.

Le regard de Tessa pétilla quand elle leva son index vert vif.

— Mais… Comment ça se fait ? demanda Gabe, bouche bée.

Elle pouffa de plus belle, et c’était bon de l’entendre rire.

— Ce cupcake a été surnommé le « Monstre vert ». Il y a tellement de colorant dans le glaçage qu’il déteint sur tout.

— Parlerais-tu d’expérience ? demanda Gabe, taquin.

— La première fois, j’ai eu les dents vertes toute une journée !

Elle se pencha, comme lui, mais pas assez près pour sentir l’attraction qu’ils exerçaient l’un sur l’autre.

— Ce cupcake est le favori des gamins et des ados, alors la boulangerie ne change pas la recette. Ils en font des tas pour Halloween, et j’en apporte toujours pour l’équipe. Les mômes adorent nos bouches vertes !

Elle déglutit puis leva les yeux vers lui.

— J’apprécie vraiment que tu sois venu. Je n’allais pas bien. Merci de t’en être aperçu. Et de t’être donné du mal pour que j’aille mieux. Je n’ai pas fait l’objet d’une telle sollicitude depuis fort longtemps.

Elle posa un bref instant les yeux sur sa bouche. Il se vit de nouveau en grand danger de se perdre dans les profondeurs du regard de Tessa.

— Je l’ai fait volontiers. Et je suis prêt à le refaire.

Elle lui prit la main.

— Tu as dit que la vie était trop courte pour ne pas donner à chacun le sentiment qu’il est à part. Est-ce pour ça que tu es venu ? Pour donner à une amie le sentiment d’être à part ?

Des ondes électriques les enveloppèrent tandis que Gabe cherchait les mots justes. En vain. Alors, il laissa tout simplement parler son cœur.

— La vie est trop courte pour ne pas montrer aux autres qu’ils ont de l’importance, déclara-t-il en lui caressant le poignet, heureux qu'elle ne retire pas sa main. Mais ce n'est pas ce qui m'a amené sur ton seuil avec cinq cupcakes et une bombe de colorant vert !

Se mordillant la lèvre inférieure, Tessa attendit la suite.

— J'avais *besoin* de m'assurer que tu allais bien, poursuivit Gabe, appuyant son front contre le sien, captant les variations subtiles du souffle de Tessa. Tu comptes pour moi. J'ai regretté mille fois de ne pas t'avoir téléphoné après notre nuit ensemble. De ne pas t'avoir invitée à prendre le petit déjeuner avec ma famille ce matin-là. De ne pas t'avoir dit que je prends beaucoup de plaisir à ta compagnie. J'ai cherché pendant toute la semaine dernière le meilleur moyen de t'inviter à dîner.

— Waouh..., murmura Tessa en contournant l'îlot de cuisine pour s'installer près de lui. Sacrée déclaration. Moi aussi, je regrette de ne pas t'avoir téléphoné. Tu comptes également pour moi.

Gabe eut soudain envie d'attirer Tessa à lui, mais l'éclat singulier de son regard l'en empêcha.

— Puis-je te poser une question ? demanda-t-elle.

Il acquiesça, en dépit de sa nervosité.

— C'est mon emballement pour le poste du Dr Lin qui t'a dissuadé de me téléphoner ?

— Oui. Et c'était injuste de ma part. Ma mère nous a abandonnés, tout comme ton père, sa carrière comptant plus pour elle que sa famille. Après notre nuit ensemble, ça m'a dérangé de te voir danser pour une promotion, et je te demande de m'excuser. J'avais tort.

— Je vais poser ma candidature, Gabe. Si ça pose problème, alors on peut juste être amis, je ne t'en voudrai pas. Mais mon ex avait exigé que je refuse une proposition similaire dans un hôpital de l'Ohio, il y a deux ans. J'ai cédé et je ne le referai pas.

Gabe laissa échapper un soupir. Il n'était pas surprenant qu'elle ne lui ait pas téléphoné ! Mais il n'allait pas commettre la même erreur que son ex-mari.

— Ce n'est pas un souci, dit-il en ramenant derrière l'oreille de Tessa une mèche vagabonde. En fait, j'ai paniqué.

Tessa entrelaça ses doigts aux siens.

— La vie à l'hôpital est trépidante, murmura-t-elle. Et j'ai un planning…

— Surchargé ?

— Oui. Mais je veux essayer. Je veux nous donner une chance.

Il y avait longtemps que Gabe n'avait pas souri ainsi. Son cœur débordait de joie, et si son esprit, lui, agitait de petites sonnettes d'alarme, il les ignorait sans peine au contact de Tessa. Il fallait saisir cette occasion ! Il en avait envie ! La vie était trop courte pour différer le bonheur !

Il brûlait d'embrasser Tessa, de goûter de nouveau à elle, mais il sentait en elle de l'hésitation, et il ne précipiterait rien. S'il allait de nouveau mettre son cœur dans la balance, il ne donnerait à Tessa aucune raison de douter de lui.

— Tu es libre vendredi soir ? s'enquit-il.

— Non, répondit-elle, esquissant une moue. Mais je le suis dimanche. Es-tu déjà allé au Jardin botanique de Dallas ?

— Pas depuis mon adolescence. Mais j'adorerais le voir ce week-end !

— Alors, rendez-vous validé !

Tessa, rayonnante, se rapprocha pour passer les bras autour de son cou. Il lui effleura la joue du bout du doigt, transporté d'avoir une seconde chance avec cette femme extraordinaire.

Lorsque leurs lèvres se rencontrèrent, ses sens vibrèrent d'allégresse. Ce n'était pas l'élan passionné de leur nuit ensemble. Non, ce baiser-ci était réconfortant, et plein de promesses. Il était parfait.

Quand elle s'écarta, il lui embrassa la joue.

— Je te vois demain. Heureux anniversaire, Tessa.

6

— Je ne me rappelais pas que c'était si vaste, dit Gabe, dont le regard se porta au-delà du parking, vers l'arboretum et le jardin botanique de la ville.

Tessa savourait le contact de son bras viril qui la tenait enlacée. Il lui semblait que son cœur allait éclater de joie. Elle et Gabe sortaient ensemble !

— Il y a vingt-deux espaces différents, répondit-elle. Pour Noël, ils installent douze échoppes victoriennes factices pour les douze jours que durent les fêtes. L'ensemble fait presque vingt-sept hectares.

Le Dallas Botanical Garden était l'un de ses endroits préférés. Elle savait autant de choses sur lui que les conférenciers qui guidaient les visiteurs, pourtant elle avait toutes les peines du monde à faire profiter Gabe de ses connaissances...

Elle avait voulu se marier ici, mais Max n'avait pas souscrit à son choix, la blessant par son refus. Maintenant, après l'échec de leur mariage, elle s'en réjouissait. Au moins, aucun mauvais souvenir ne se rattachait à ce lieu.

— Vingt-sept hectares..., répéta Gabe en l'enlaçant plus fort. C'est immense. Bon, quelles autres informations as-tu emmagasinées dans ta petite tête ?

— Je suis transparente à ce point ? demanda-t-elle, l'entraînant dans le Margaret Elizabeth Jonsson Color Garden.

— Tu tiens à peine en place. Il est évident que tu es déjà venue ici, et souvent, je parie.

Appuyant la tête contre son épaule, Tessa savoura la quiétude des lieux. Même lorsque le parc était envahi par des familles et des pique-niqueurs, elle avait toujours l'impression d'être dans sa bulle, ici. La différence était que Gabe y était aussi. Et c'était si naturel !

— Je suis membre adhérent depuis mes années de lycée et j'avais l'habitude de réviser ici, sur les pelouses. C'est mon petit paradis… Au printemps, les tulipes fleurissent par milliers dans le Color Garden, et on y croise une foule de gens très variés : des fiancés, des jeunes filles qui fêtent leur anniversaire, des parents qui photographient leurs gamins au milieu des fleurs…

Tessa avait rêvé d'amener ici ses propres enfants. Qui sait, peut-être que… ? Elle refoula son élan d'espoir. Ce premier rendez-vous paraissait avoir plus de signification à cause de leur première nuit si fougueuse, mais elle n'allait pas fonder sur Gabe trop d'espérances.

— En ce moment, les bananiers et les maniocs sont en fleurs, reprit-elle. Dans quelques semaines, ce seront les chrysanthèmes violets et orangés.

— Vraiment ? dit Gabe, contemplant l'éventail de couleurs.

Tessa se retint de livrer d'autres informations botaniques concernant le jardin florissant de la propriété qu'elle et Max avaient vendue. Au moment du départ, elle était restée un moment devant les plantes et les fleurs qu'elle avait semées et soignées, et elle avait pleuré.

Son appartement en ville ne lui permettait pas d'assouvir sa passion pour le jardinage. Elle avait quelques fougères sur sa terrasse, mais ce n'était pas pareil. Elle espérait pouvoir créer un petit espace vert intérieur.

— Désolée…, dit-elle. J'ai tendance à m'emballer lorsque je parle de plantes.

— Tu n'as pas à t'excuser d'être passionnée.

Un commentaire qui lui mit du baume au cœur. Gabe l'écoutait volontiers parler de ce qu'elle aimait le plus, il était content de la voir enthousiaste, lui !

— Quelle est ta fleur préférée ? reprit-il.

— On ne la trouve pas ici.

Des mois auparavant, elle était venue voir les tulipes - et avait eu une conscience aiguë de sa solitude. Alors qu'en ce moment elle avait le sentiment d'un moment d'intimité entre compagnons de longue date. Cela aurait dû lui faire peur, mais il lui était impossible de s'inquiéter dans son petit paradis... avec Gabe.

— C'est la sauge Henry Duelberg. Elle résiste à la sécheresse et est d'un profond bleu-violet. Quand on la plante, elle se répand et... Désolée, j'en dis trop ?

Gabe pouffa.

— Non. Mais en fait, j'allais à la pêche aux informations. Pour savoir quelles fleurs t'offrir à l'avenir et te voir sourire comme en ce moment...

— Oh ! je ne crois pas qu'il y ait une seule plante qui ne me ferait pas sourire ! répondit Tessa tandis qu'ils approchaient des statues de A Woman's Garden, un des autres jardins. Même le lantana, qui a pourtant des feuilles d'une odeur âcre...

Gabe l'attira à l'ombre et lui caressa la joue.

— Et si je laisse au fleuriste le soin de choisir, ou que j'achète des bouquets en grande surface, ils feront un bel effet sur ta table, non ? D'ici à ce que j'apprenne les différences entre le lantana, la sauge et les roses.

Tessa sentit ses yeux s'embuer lorsqu'elle déposa un doux baiser sur la joue de Gabe. Par quel miracle avait-elle la chance de se promener avec cet homme merveilleux dans son lieu de prédilection ?

Ce n'était pas son désir de lui offrir des fleurs qui la mettait en joie, mais le naturel avec lequel il avait employé le mot « avenir ». Comme s'il devait y avoir d'autres moments parfaits tels que celui-ci.

Sa joie n'allait pas sans un soupçon de peur. Max aussi s'était intéressé à elle au tout début. S'il ne lui avait jamais demandé quelle était sa fleur préférée, il avait approuvé qu'elle entretienne un jardin, l'avait aidée à creuser les plates-bandes et avait préparé le dîner lorsqu'elle devait travailler tard. Mais quand elle avait eu plus de responsabilités et qu'elle l'avait prié d'en faire un peu plus, il l'avait détestée à cause de ça.

Cependant, alors que Gabe prenait sa bouche, la joie l'emporta sur la crainte.

La caresse était légère et elle aspirait à quelque chose de plus intense, aussi accentua-t-elle le baiser. Les jardins étaient ravissants, romantiques, un endroit idéal pour embrasser Gabe. Mais elle soupçonnait que tous les lieux lui sembleraient parfaits du moment qu'elle était avec lui.

— Ils ne sont pas mignons ?

Gabe s'écarta, et Tessa s'empourpra en surprenant les sourires et les regards des personnes qui les dépassaient. À cet instant, son mobile vibra.

— Désolée, dit-elle, le sortant de sa poche.

Elle lut le SMS qu'elle venait de recevoir et y répondit.

— Tout va bien ? s'enquit Gabe, promenant le long de son dos une main délicieusement chaude.

Rangeant le mobile dans sa poche, elle sourit.

— Un interne est tombé sur un cas qui les préoccupe, et ils veulent avoir mon avis, demain.

Elle vit passer sur le visage de Gabe une émotion qui l'inquiéta. Puis elle se rassura. Beaucoup de gens prenaient des appels professionnels pendant leurs jours de congé, non ?

— Je suis toujours prête à aider, dit-elle.

— C'est sympa.

Il l'embrassa sur la joue alors qu'ils reprenaient leur promenade. Mais son regard était lointain.

De nouveau, Tessa ressentit une bouffée d'inquiétude. Était-il contrarié parce que beaucoup de gens, à l'hôpital, se reposaient sur elle ? Quand il avait avoué qu'il n'aurait pas dû se soucier de son excitation pour le travail proposé, ne le pensait-il pas vraiment ? Max aussi l'avait encouragée à rechercher des promotions, puis il avait mal pris qu'elle les obtienne.

Non ! Elle ne permettrait pas que de telles pensées gâchent ce beau jour. Gabe n'était pas Max !

Elle lui montra d'autres endroits du jardin qu'elle adorait, et il l'écouta attentivement, posant même des questions. Lorsqu'ils regagnèrent la voiture, l'anxiété qui ne la quittait presque jamais avait disparu. Presque.

— Comment s'est-on débrouillé pour faire la fermeture ?

Le rire de Tessa, peu après leur sortie du restaurant, le fit frissonner. Après leur journée dans les jardins, il avait suggéré « un petit en-cas rapide ». *Rapide !* Il se mit à rire aussi.

— On n'avait pas l'impression d'être là depuis des heures, pourtant...

Il avait veillé à laisser au serveur un beau pourboire parce qu'ils avaient, sans le vouloir, occupé la table presque toute la soirée. Le temps passait comme l'éclair avec cette femme.

Tessa glissa sa clé dans la serrure et déverrouilla la porte de sa maison. Son regard brun retint le sien.

— J'ai passé une excellente journée, Gabe.

Elle se haussa sur la pointe des pieds et son tendre baiser l'enflamma de désir. *Tessa.*

Elle s'écarta, reprenant son souffle.

— Je... Je sais que notre première nuit...

Gabe déposa un baiser sur ses lèvres puis sourit. Si elle l'invitait à entrer, il la porterait volontiers jusqu'à son lit pour savourer avec adoration chaque centimètre carré de son corps. Mais il patienterait aussi longtemps qu'elle en éprouverait le besoin pour faire progresser leur relation.

— Rien ne presse, ma douce.

Lorsqu'il ramena une boucle vagabonde derrière son oreille, il savoura la chaleur de sa peau. Tessa appuya la tête contre son torse et soupira.

— J'ai passé la meilleure journée qui soit. La meilleure...

— Moi aussi, Tessa.

Il l'enlaça, réjoui de la sentir contre lui. Puis un nouveau son de vibreur se fit entendre. Encore l'hôpital ?

Pendant leur sortie, elle avait reçu au moins dix messages ou appels des internes ou des patients. Travaillant depuis des années dans le milieu médical, Gabe savait que c'était beaucoup trop !

Non, il n'allait pas se laisser entraîner sur la pente de l'inquiétude. Tessa apportait son aide, elle ne cherchait pas à avoir de l'avancement grâce aux autres. Et elle ne tenta pas de répondre à l'appel alors qu'il la tenait dans ses bras.

Cependant, il ne pouvait pas la retenir sous son porche pendant la nuit entière. Il l'embrassa de nouveau sans chercher à hâter ni à accentuer la caresse, se montrant doux, réconfortant, prometteur. Puis il s'écarta et se força à reculer.

— J'ai hâte de te revoir, Tessa.

Son regard s'éclaira.

— Moi aussi, j'ai hâte, Gabe. Bonne nuit.

Fixant les œufs brouillés dans son assiette, Tessa essaya de dompter les protestations de son estomac barbouillé, et se força à avaler encore une bouchée. Elle avait besoin de protéines car elle commençait son service. Mais son estomac se révulsa de nouveau. Elle avait peut-être eu tort de prendre le riche dessert qu'elle et Gabe avaient commandé la veille, au restaurant. Elle aimait les douceurs, mais son corps n'était pas trop habitué au sucre.

L'excitation la gagna alors qu'elle pensait à Gabe. À leurs baisers sur la terrasse. La nuit dernière, ses rêves avaient été peuplés d'images de Gabe, dans son lit, et d'étreintes passionnées.

Et au petit matin, un cauchemar l'avait réveillée en sursaut – un cauchemar dont elle gardait le souvenir : Gabe la quittait après qu'elle avait eu sa promotion. Ce n'était qu'un produit de son subconscient, tenta-t-elle de se persuader, un brin inquiète malgré tout.

L'odeur des œufs brouillés lui donna la nausée alors qu'elle vidait son assiette dans la poubelle. Avant de quitter la cafétéria, elle pensa emporter un yaourt ou une banane, mais, à leur vue, elle sentit son estomac se révulser à nouveau. Que se passait-il ? Elle se massa le ventre en gagnant le poste des infirmières.

— Est-ce que ça va, docteur Garcia ? demanda Denise en la voyant prendre un thermomètre.

De nouveau, Tessa sentit son estomac chavirer.

— Je n'en suis pas sûre.

Ayant posé le thermomètre sur son front, elle constata avec soulagement qu'elle n'avait pas de fièvre. Mais son estomac faisant encore des siennes, elle bipa le Dr Killon, de service ce jour-là. Elle ne pourrait pas assurer son service si son estomac devait la trahir. Si la plupart des rotavirus n'étaient pas accompagnés de fièvre, ils étaient hautement contagieux - les enfants en étaient souvent porteurs.

— Mon estomac n'avait pas envie d'omelette, aujourd'hui, dit-elle. J'ai bipé le Dr Killon.

Elle se sentait l'esprit embrumé. Son activité onirique avait dû l'empêcher de bien se reposer - même si elle ne regrettait pas d'avoir passé la nuit à rêver de Gabe !

Denise hocha la tête. Si rigoureux que fût le protocole sanitaire, les hôpitaux restaient des nids à microbes.

— Moi, j'adore les omelettes, répliqua-t-elle. J'en mangeais souvent avant de tomber enceinte de Ginger. Le petit bout de chou détestait les œufs, mais on ne s'en douterait jamais aujourd'hui. J'espère que vous irez vite mieux, docteur.

— Merci, répondit Tessa alors que le commentaire de Denise se gravait dans son esprit.

Enceinte... ? Non, ce n'est pas possible. Et pourtant... Elle se rappela la date de ses dernières règles. Quinze jours avant sa nuit avec Gabe. Ils avaient utilisé des préservatifs mais, outre que ces derniers étaient anciens, ils ne constituaient pas une protection absolue. Elle avait été surchargée de travail, concentrée sur le poste en vue, mais comment n'avait-elle pas remarqué qu'elle était très en retard dans son cycle ?

Il lui fallait sortir d'ici ! Elle devait passer à la pharmacie. Et avait besoin de reprendre le contrôle d'elle-même. Qu'allait-elle donc devenir ?

Son cœur battait très fort alors qu'elle se dirigeait vers son vestiaire. Si elle était enceinte, elle l'était depuis près de huit semaines.

Huit semaines ! Elle avait passé plus de la moitié du premier trimestre de grossesse sans avoir conscience de la présence d'un petit être dans son ventre ? Elle fouilla dans sa mémoire. Elle avait bu de l'alcool quand elle et Gabe... Elle s'empourpra en se remémorant cette nuit-là. Elle n'avait pas absorbé d'alcool depuis la conception, mais elle avait conservé son habitude de boire café sur café. Bien sûr, ce n'était pas très important, à ce stade, mais elle n'avait pas pris de vitamines prénatales.

Elle salua une infirmière en se dirigeant vers le parking en sous-sol, puis se glissa au volant de sa voiture, le cœur serré. Comment pouvait-elle réfléchir alors que son esprit était en proie à la terreur ?

Allons donc ! Dans quelques heures, elle rirait d'elle-même en prenant rendez-vous avec sa gynécologue... Cela faisait d'ailleurs trop longtemps qu'elle n'avait pas consulté le Dr Fillery, songea-t-elle. Elle n'était peut-être pas enceinte, si ça se trouve.

Elle eut un coup au cœur. Elle n'aurait pas dû être bouleversée à cette pensée. Alors, pourquoi avait-elle les larmes aux yeux ? Il y avait si longtemps qu'elle désirait être mère ! Mais ce n'était pas ainsi qu'elle avait imaginé les choses.

Gabe et elle avaient décidé d'aller au-delà de leur aventure d'une nuit. De voir si leur alchimie sensuelle signifiait ce qu'ils espéraient. La journée de la veille avait été si parfaite ! Tessa avait hâte d'être au prochain rendez-vous.

Elle passa une main sur son ventre encore plat. Il était encore trop tôt pour qu'elle sente quelque chose - à supposer qu'elle soit réellement enceinte. Mais, déjà, elle avait envie de protéger le petit être qu'elle portait peut-être. Son bébé.

Le carrelage de la salle de bains était dur et froid, mais Tessa n'avait pas envie de se relever. Pas encore. Au bout des deux heures qu'il lui avait fallu pour se procurer un test de grossesse - quatre tests, en fait –, elle était parvenue à se convaincre qu'elle avait exagéré. Mais la double ligne bleue de trois des tests ne trompait pas.

Elle fixa la boîte encore intacte, tentée de l'ouvrir. Elle secoua la tête. Le quatrième test ne ferait que confirmer les précédents résultats !

Sa vie était en train de changer. *Et la vie de Gabe aussi.*

Comme si cette pensée avait suffi à le convoquer, elle reçut un texto de sa part :

Est-ce que ça va ? Le Dr Killon a dit que tu étais malade.

Ce fut d'une main tremblante qu'elle posa le mobile par terre, près d'elle. Elle devait répondre, dire qu'elle allait bien, mais était-ce le cas ? Tout tournoyait dans son esprit alors qu'elle ramenait les genoux contre sa poitrine. Elle fixa l'écran où un nouveau message s'affichait :

Si tu as besoin de quoi que ce soit, dis-le-moi.

C'était si gentil. Et si naturel, de la part de Gabe. Comment allait-il réagir ?

Il serait un père extraordinaire, en tout cas. À supposer qu'il veuille tenter l'aventure.

Elle essaya d'ignorer l'inquiétude qui s'insinuait dans son esprit. Elle ne pensait pas que Gabe prendrait ses distances avec elle et leur progéniture inattendue. Mais son père avait déclaré à sa mère enceinte d'elle qu'il voulait une famille, promettant de veiller sur elles deux. Pourtant, il les avait abandonnées. De même, son ex-mari l'avait rejetée sans autre forme de procès.

Mais elle avait survécu, se rappela-t-elle. Elle était forte, indépendante et aimante, tout comme sa mère. Même si elle n'avait pas choisi ce chemin vers la maternité, elle prouverait à son enfant qu'ils pourraient tout affronter. Quoi qu'il advienne. Son bébé ne douterait jamais d'être aimé, désiré, chéri.

— Je te protégerai toujours, murmura-t-elle, posant les mains sur son ventre.

En tout cas, elle savait pourquoi elle avait eu la larme si facile ces derniers temps. Prenant une grande inspiration, elle chercha à se concentrer car elle avait beaucoup de choses à mettre au point. À prévoir.

Elle prit son mobile pour appeler son obstétricienne et prendre rendez-vous. Puis elle gagna la cuisine et sortit un verre pour avaler des vitamines prénatales avant d'établir une liste de courses. Enfin, elle envoya un SMS à Gabe pour lui demander de venir.

Le texte était vague parce qu'elle n'avait pas encore trouvé les bons mots. Et qu'il méritait d'apprendre de vive voix qu'il allait devenir père.

Gabe consulta son mobile tandis qu'il patientait au feu rouge, à six pâtés de maisons de chez Tessa. En réalité, il connaissait déjà par cœur les messages énigmatiques de Tessa qui tenaient en quatre phrases :

Nous devons parler. Peux-tu venir me voir après ton service, s'il te plaît ?

Il lui avait répondu qu'il ne serait pas libre avant 22 heures, mais elle avait insisté :

Je sais. C'est quelque chose que je ne veux pas remettre à plus tard.

Il avait demandé :

Est-ce que tu vas bien ?

Ce message remontait à trois bonnes heures, et elle n'avait toujours pas répondu. Gabe se sentait nerveux.

Ils avaient passé de si bons moments au Jardin botanique. Ce rendez-vous diurne s'était prolongé par une délicieuse soirée. Tout avait été parfait. Alors, il n'allait tout de même pas avoir droit maintenant à un entretien du genre : Peut-être qu'on devrait seulement rester amis ?

Était-il possible qu'elle ait des arrière-pensées ?

Je vous en prie, pas ça !

Il se gara dans la courte allée en tentant d'ignorer son cœur serré. Qu'est-ce qui l'attendait ? se demanda-t-il en gagnant la porte de derrière.

La vue des fauteuils sur la terrasse où ils s'étaient assis tant de semaines auparavant le fit sourire. Cela resterait toujours un bon souvenir. Quoi qu'il arrive.

La porte s'ouvrit, et il sut tout de suite que quelque chose tourmentait Tessa lorsqu'elle apparut dans la vive lumière. Que s'était-il passé au cours des dernières vingt-quatre heures pour qu'elle soit si tendue ?

— Comment te sens-tu ? s'enquit-il alors qu'elle le faisait entrer.

Selon Denise, Tessa souffrait de troubles digestifs mais, là, elle semblait aller bien - physiquement, du moins. Un peu fatiguée, peut-être. Son regard brun rencontra le sien, et il y vit de l'inquiétude. Mais aussi de l'espoir. Ce qui le soulagea un peu. Juste un peu.

— Je vais mieux. Merci d'être venu.

— De rien.

Il espéra qu'elle le savait sincère. Si elle avait besoin de lui, il répondrait présent. Il lui prit une main, et l'oppression qui l'étreignait s'allégea parce qu'elle le laissait faire.

— Je suis enceinte.

Gabe crut que le sol se dérobait sous ses pieds.

— Enceinte..., répéta-t-il. *Enceinte ?*

Et il tenta, désespérément, d'assimiler ces mots.

Tessa lui lâcha la main et le précéda dans le living.

— Désolée. J'avais préparé tout un discours, et j'aurais dû te demander de t'asseoir.

Elle prit place à un bout du canapé, ramenant les jambes sous elle, tout en lui faisant signe de s'asseoir à l'autre bout.

Il essaya de ne pas être vexé qu'elle ne veuille pas qu'il soit trop près, tout en ressassant la nouvelle. Leur vie était en train de changer. Il allait devenir père. *Papa... je vais être papa.* Un sentiment de paix le submergea.

Puis l'excitation l'envahit, jusqu'à ce qu'il lève les yeux sur le visage livide de Tessa. N'était-elle donc pas heureuse ? C'était un bouleversement pour lui, mais plus encore pour elle. Et si elle ne voulait pas être mère ?

— Tu n'es pas obligé de t'impliquer, dit-elle d'une voix douce - mais les mots le blessèrent pourtant. J'ai tout prévu. Je... nous nous en tirerons très bien, le bébé et moi, si tu ne veux pas. Je sais que nous n'avons pas parlé de l'avenir, ajouta-t-elle.

— Je n'ai pas l'intention de fuir, Tessa.

Gabe fut stupéfait de l'entendre laisser échapper un profond soupir. Ils se fréquentaient depuis quelques semaines, mais elle le connaissait tout de même assez pour savoir qu'il ne tournerait pas le dos à son enfant ! *Ni à elle.*

— Ce n'était pas programmé, reprit-elle. Je ne veux pas que tu te sentes piégé. Notre premier *vrai* rendez-vous n'a eu lieu qu'hier. Je sais que nous avons parlé de nous rev...

— Tu ne veux pas qu'on se revoie ? coupa-t-il. Parce que cette nouvelle ne change rien pour moi, tu sais.

Il se rapprocha d'elle et croisa son regard embué de larmes, mais un sourire étirait ses lèvres.

— Est-ce que tu te sens bien ? Denise a dit que tu étais verte ce matin.

— Le bébé n'aime pas les œufs. Je vais devoir m'en tenir aux toasts.

— Je parie que le petit bout de chou changera d'avis.

Le large sourire de Tessa l'enchanta.

— C'est comme ça que j'ai appelé le bébé, ce matin. « Petit bout de chou. »

Elle déplia les jambes, mais ne se rapprocha pas pour autant de lui.

— J'ai conscience de t'avoir jeté la nouvelle à la figure. Si tu changes d'avis, je l'admettrai. Ce n'est certes pas ainsi que commencent les liaisons normales.

Gabe ne pouvait pas le contester, mais il s'en moquait. Il avait toujours voulu être père. Ce n'était peut-être pas la voie qu'il aurait choisie pour le devenir, mais il n'abandonnerait jamais son enfant, ni Tessa.

— Je ne changerai pas d'avis, dit-il en allongeant le bras sur le dossier du canapé dans l'espoir qu'elle y verrait une invite. J'ai toujours voulu une famille.

C'était vrai. Il avait pensé que ce ne serait plus possible après avoir perdu Olive, mais, en voyant la femme qui était assise près de lui, il ne pouvait ressentir que de l'excitation. Ils allaient devenir *parents* !

— Je suis sidéré par cette nouvelle. J'avoue m'être attendu à apprendre que tu ne voulais plus de rendez-vous avec moi, alors que j'ai réservé des billets pour le Festival des jardins !

— Ah ? fit-elle, étonnée. C'est dans plusieurs mois. Et si quelque chose n'allait pas ?

Il lui prit la main, soulagé de constater qu'elle ne la retirait pas. Jamais il ne se lasserait de la toucher.

— Oui, c'est dans plusieurs mois, mais je mise sur l'avenir, Tessa. Je veux qu'on fasse beaucoup de choses ensemble, et j'ai hâte de voir le village de Noël. Passer du temps avec toi est mon activité favorite.

Comme elle se glissait près de lui et appuyait la tête sur son épaule, il ajouta :

— Rectification, ce que je préfère, c'est ça : toi dans mes bras.

Elle avait le regard embué lorsqu'elle leva les yeux sur lui.

— Moi aussi, c'est ce que je préfère. Et les jardins sont si beaux à Noël. Avec toutes ces lumières…

Il posa la paume là où dormait leur enfant. Ils allaient former une famille.

— J'ai pu obtenir un rendez-vous avec le Dr Fillery demain après-midi, dit Tessa. Tu veux m'accompagner ?

— Et comment !

Il soupira d'aise alors qu'elle déposait un baiser sur sa joue. Cette soirée était la plus parfaite qu'il eût jamais vécue.

— Ça te dit d'aller au ciné ce week-end ? Pour voir si le bébé aime le pop-corn.

— Ce serait bien, dit Tessa, blottie entre ses bras.

— Alors, rendez-vous est pris.

Il l'embrassa sur le haut du front, puis renversa la tête en arrière, rêveur. La vie leur envoyait une sacrée surprise, mais tout irait bien. Mieux que bien !

7

Tessa bâilla puis sourit. Sentir les bonnes odeurs du petit déjeuner au réveil, c'était l'un des grands plaisirs de la vie.

Puis elle se rappela qu'elle vivait seule ! Comme elle se redressait, tout se mit à tournoyer devant elle. Elle se prit la tête à deux mains, gémissante, aux prises avec la nausée.

— Tessa ?

La voix de Gabe était calme mais inquiète alors qu'il la rejoignait.

— Gabe ? dit-elle avec étonnement.

Mais qu'est-ce qu'il fait ici ? Hum, ça sent bon !

Elle sentit qu'il lui mettait un bout de pain dans le creux de la main.

— Essaie d'avaler une ou deux bouchées. Stacy jure qu'un toast dès le réveil l'a aidée à atténuer ses nausées matinales.

Tessa mordit dans le toast puis le regarda. Pas de doute, Gabe était bien là.

— Tu n'es pas parti ?

L'avait-il gardée sur ses genoux pendant toute la nuit ?

De toute évidence, ils avaient de nouveau dormi ensemble, sur son canapé. En tout bien tout honneur, cette fois. Alors pourquoi trouvait-elle cela plus intime ? Plus prometteur ?

— Moi aussi, j'ai été étonné en me réveillant, dit Gabe en s'asseyant près d'elle. J'ignore comment on a pu dormir aussi profondément sur ton canapé, mais on devait être épuisés.

Il lui avait posé une main sur le genou, et la chaleur qu'il lui transmettait l'apaisa. Un instant, elle contempla cette main. Tant de choses se bousculaient dans son esprit tandis qu'elle finissait le toast. Gabe avait raison, elle se sentait moins barbouillée.

— J'aurais dû te demander la permission de farfouiller dans ta cuisine, mais tu dormais. Tu ne t'es même pas rendu compte que je me levais. Comme tu avais eu des nausées, hier, j'ai pensé…

Alors qu'il la regardait sans achever sa phrase, elle l'embrassa sur la joue.

— Tu t'es dit que tu donnerais un coup de main, reprit-elle en souriant.

— C'est ce que je fais de mieux. Faut que je gagne ma pitance… Du jambon poêlé, ça te tente ? Si ton estomac l'accepte.

— Merci, fit-elle en se levant.

Gabe fut aussitôt près d'elle. Pour le cas où elle aurait de nouveau des vertiges ? C'était adorable, mais elle ne voulait pas qu'il s'attache au moindre de ses pas. La grossesse n'était pas une maladie. Les femmes mettaient des enfants au monde depuis l'éternité.

Dans la cuisine, elle l'écarta du placard alors qu'elle sortait des assiettes.

— Je suis l'aîné, ne l'oublie pas. J'ai appris très tôt à m'occuper des autres dans ma famille, déclara-t-il. Même avant le départ de ma mère, j'étais plutôt le troisième parent d'Isla qui, depuis toute petite, a eu l'art de se mettre dans le pétrin.

Quand il regarda son ventre, elle rougit. Gabe était heureux de cette grossesse… Vraiment heureux.

— Isla sera ravie d'avoir un neveu ou une nièce de plus. Elle adore materner les petits.

Tessa vit qu'il n'en était pas peu fier. Leur bébé aurait des cousins, des oncles et des tantes pour veiller sur lui. Une famille élargie toute prête.

Mais elle, quelle place aurait-elle ? Elle s'était laissé inclure dans le groupe d'amis de Max et en avait été exclue lorsque leur mariage avait capoté. Elle et Gabe seraient toujours liés par leur enfant mais, s'il y avait des problèmes entre eux...

Pourquoi diable envisageait-elle le pire ? Même si son père avait abandonné sa mère et que Max était parti, cela ne signifiait pas que sa relation avec Gabe était condamnée d'avance. Surtout si elle veillait à ce qu'il ne se sente jamais exploité, comme Max en avait eu le sentiment.

— Du café ? proposa Gabe, fouillant dans le placard.

— Je peux m'en charger.

— Dis-moi seulement où sont les filtres. Ce n'est pas une affaire.

— Pardon ? dit-elle, soudain glacée.

C'était la réplique que Max lui avait toujours opposée quand elle lui avait demandé son aide. « Ce n'est pas une affaire » signifiait qu'il était d'humeur massacrante, qu'il lui en voulait de l'avoir sollicité.

— Je t'ai demandé où étaient les filtres. Ah, les voilà !

Il se retourna, le paquet de filtres en main, puis il plaça une tasse à café devant elle.

— Est-ce que ça va ? demanda-t-il d'un air inquiet. Est-ce que le petit bout de chou n'aime pas le jambon ?

— J'évite d'avaler trop vite, c'est tout.

Elle sourit, espérant masquer l'anxiété qui la tourmentait.

Gabe plaça une main sur son cœur, feignant d'être blessé. Tessa sentit son moral remonter d'un cran.

— Ton rendez-vous est à quelle heure ? Tu crois qu'ils nous laisseront voir le bébé ?

— Je l'espère bien.

Elle eut un large sourire, anticipant avec joie la réaction de Gabe. Et il ne serait pas le seul à adorer voir leur petit bout de chou, même si, à huit semaines, l'échographie ne serait pas très parlante.

Elle se leva en avalant une dernière bouchée de jambon puis se dirigea vers l'évier.

— Donne, dit Gabe, tendant la main vers son assiette.

— Pas de souci, Gabe, je peux le faire.

Elle n'allait pas le laisser faire. Elle pouvait se débrouiller. Elle ne voulait pas qu'il finisse par lui en vouloir.

— J'ai rendez-vous à 15 heures au cabinet de Plano. Il n'y a que l'infirmière praticienne au cabinet de Dallas, le jeudi, et je ne voulais pas attendre.

Elle essuya son assiette qu'elle rangea dans le placard.

— Tu veux que je passe te prendre ?

— Je dois faire quelques courses d'abord. J'irai directement chez l'obstétricienne ensuite.

— Cela ne me dérange pas de faire des courses, dit Gabe en souriant.

Tessa eut envie de céder, de lui demander de l'accompagner, mais elle comptait acheter des vêtements de maternité tels des pantalons à taille extensible, prête à savourer chaque moment de cette expérience. Sur ce terrain-là, elle pouvait épargner Gabe.

Il n'insista pas.

— Bon, rendez-vous chez le Dr Fillery à moins dix, alors.

— Moins vingt, plutôt. Je dois remplir de la paperasse.

Elle tenait à ce qu'il soit là lorsqu'elle arriverait au cabinet.

— Entendu.

Il se rapprocha d'elle, captant son regard avec le sien. En dépit de l'excitation et des inquiétudes qui lui encombraient l'esprit, elle s'apaisa dès qu'elle fut dans ses bras. Tant de choses avaient changé au cours des dernières semaines ! Mais son corps réagissait toujours de la même façon envers Gabe. Elle vibrait de joie et de désir quand il la touchait.

Gabe sortit de sa voiture. Il ne s'était pas attendu à toute cette circulation entre l'appartement de Stacy à Plano, à une trentaine de kilomètres au nord de Dallas. Et d'habitude, il voulait être en avance pour ses rendez-vous, mais il avait eu toutes les peines du monde à partir de chez Stacy.

Sa sœur l'avait mitraillé de questions à son arrivée à la maison. Elle voulait tout savoir de la femme avec laquelle il avait passé la nuit à deux reprises, et s'ils sortaient ensemble. Il comprenait sa curiosité, son inquiétude, mais il n'aurait jamais pu dire où il se rendait sans révéler aussi qu'il allait être père au risque d'être bombardé d'appels et de SMS. Les secrets n'avaient pas droit de cité dans la famille Davis !

Il n'était pas encore prêt à soumettre Tessa à ce mode de vie. Le clan adorerait Tessa et l'accepterait avec joie. Mais la famille Davis était une drôle de tribu ! Bruyante, indiscrète, aimante au-delà de toute mesure. « Envahissante » était un mot bien faible pour la décrire.

Tessa s'y intégrerait à la perfection. C'était une femme forte, indépendante, mais elle avait besoin qu'on s'occupe d'elle. Il voulait lui rendre les choses plus faciles, d'autant qu'elle était enceinte.

En fait, il avait éprouvé ce besoin avant même qu'ils ne découvrent l'existence de leur futur bébé. Tessa le rendait heureux. C'était aussi simple - et aussi complexe - que cela.

Mais si elle ne voulait pas de son aide ?

Il adorait savoir que ceux qu'il aimait étaient sûrs de pouvoir compter sur lui en toutes circonstances, mais cela avait paru déstabiliser Tessa, ce matin.

Il se rappela qu'elle n'avait eu personne pour veiller sur elle et n'y était peut-être tout simplement pas habituée. Mais il restait inquiet alors qu'il contournait une voiture.

— Plus que quelques minutes !

La voix de Tessa le fit se retourner et il ressentit la chaude sensation qui l'envahissait toujours à sa vue. Elle le rejoignit et n'hésita qu'un instant avant de le prendre par la main.

— Prêt ?

— Je crois.

Ils pénétrèrent dans l'immeuble qui abritait plusieurs cabinets médicaux.

— Je suis un peu nerveux, ajouta-t-il.

— Moi aussi. Ce n'est pas dans ces circonstances que j'avais imaginé devenir mère, mais c'est excitant. Tout est à la fois terrifiant et joyeux. J'ai l'impression bizarre d'essayer de retenir un château de cartes qui s'effondre.

Il poussa la porte devant laquelle elle s'était arrêtée.

— Je suis si contente que tu sois là !

Gabe sentit son cœur se gonfler d'allégresse. Le grand moment approchait.

Les signes vitaux de Tessa étaient bons, et Gabe qui se tenait un peu à l'écart entendit les questions de base que l'infirmière lui posa. Il voyait que Tessa était un peu inquiète en regardant l'échographie, tout comme lui d'ailleurs tant il était impatient d'entendre enfin les battements de cœur de leur bébé.

À presque huit semaines, ces derniers devaient être forts et clairs, et tant qu'ils ne les auraient pas entendus, Tessa et lui resteraient partagés entre l'émerveillement et l'inquiétude.

— Allongez-vous bien. Attention, le gel va vous donner une sensation de froid.

Le regard de Gabe allait du visage de Tessa à son ventre, et il prit la main qu'elle lui tendait. L'infirmière fit glisser l'appareil sur le ventre de Tessa, et ils laissèrent tous les deux échapper un soupir lorsqu'un battement de cœur soutenu se fit entendre. L'infirmière fronça les sourcils et écarta brusquement la sonde.

Tessa crispa les poings.

— Qu'est-ce qu'il y a ? demanda Gabe.

Au lieu de se tourner vers lui, l'infirmière s'adressa à Tessa :

— Depuis combien de temps, avez-vous dit ?

— Sept semaines, presque huit, répondit-elle d'une voix tendue.

— Formidable..., commenta l'infirmière, lui tapotant la main. Le Dr Fillery vous verra dans un instant.

Gabe avait très envie de demander à l'infirmière de renouveler l'opération sur le ventre de Tessa pour tenter de voir ce qu'elle avait perçu, mais il se retint. Même s'il avait acquis un certain savoir en tant qu'infirmier, il revenait au médecin de communiquer un diagnostic.

L'infirmière ne révélerait rien. C'était la procédure. Mais

c'était dur à vivre lorsque cela vous concernait directement… Gabe avait appris, en perdant Olive, qu'on ne peut pas toujours protéger ceux qu'on aime. N'empêche… Il était prêt *à tout* pour protéger Tessa et leur bébé.

Dès que la porte se fut refermée sur l'infirmière, Tessa leva vers lui un regard inquiet.

— Tu sais ce qui a modifié sa réaction ?

— Non, dit-il, lui pressant la main. J'étais très concentré sur ce son si réjouissant. Les battements du cœur étaient forts, rapides, ce qui est normal à ce stade.

— Quand elle a approché la sonde de mon nombril, le son paraissait un peu plus lent, non ? Mais ça ne signifie rien de particulier, n'est-ce pas ?

— Ne t'inquiète pas, je suis là, d'accord ?

Elle hocha la tête puis fixa la porte close.

— Quand on est dans l'autre camp, on ne réalise pas que, pour le patient, ça paraît vraiment très long. J'ai envie de pousser cette porte et de hurler pour faire venir le Dr Fillery.

Gabe se mit à rire.

— J'ai moi-même envie d'ouvrir cette porte. Mais nous allons faire preuve de patience, d'accord ?

— D'accord. Même si je suis une vraie boule de nerfs.

— Une très belle boule de nerfs.

Gabe lui embrassa les doigts, et sa tension se dissipa quelque peu. Il aimait toucher Tessa, être tout près d'elle. Il était sûr qu'ils géreraient la situation, quelle que soit l'annonce du Dr Fillery. C'était peut-être naïf de sa part, mais il n'imaginait pas que les choses puissent mal tourner. Tessa et lui étaient destinés à vivre ensemble, c'était une certitude. Elle était sa seconde chance.

Il sentit sa gorge se nouer à cette pensée.

La porte s'ouvrit et ils se redressèrent avec un bel ensemble.

— Qu'a donc perçu votre infirmière ? demanda Tessa. Désolée, son nom m'échappe. Je suis si paniquée.

Le Dr Fillery sourit en rapprochant de Tessa l'échographe portatif.

— Meghan pense avoir entendu battre deux cœurs.

— Deux ! s'écria Gabe. Désolé, ajouta-t-il alors que Tessa se tournait vers lui.

— Pas de problème, répliqua le Dr Fillery. Il se peut qu'elle ait seulement perçu une variation du rythme cardiaque.

Elle remit du gel sur le ventre de Tessa puis saisit la sonde à ultrasons.

Gabe doutait que Meghan ait perçu une variation du rythme cardiaque. Une infirmière en obstétrique était capable d'identifier les rythmes cardiaques de plusieurs bébés.

La sonde ne mit que quelques secondes à trouver la poche des eaux. Gabe déglutit avec difficulté en fixant l'image sur l'écran du moniteur. Deux bébés dans la même poche. De vrais jumeaux ! Il allait être papa... deux fois !

8

Des jumeaux ! Ces mots s'imposaient sans cesse à son esprit tandis qu'elle arpentait la cuisine. Elle n'avait pas cessé de s'agiter depuis qu'elle avait quitté le cabinet de l'obstétricienne avec Gabe.

Elle attendait des jumeaux ! Des jumeaux monozygotes. Toutes les grossesses multiples comportaient des risques, mais il y avait plus de probabilités pour que de vrais jumeaux naissent prématurément et doivent être placés en unité de soins intensifs néonatals. Pour que la mère doive s'aliter pendant la grossesse.

Oppressée, elle posa une main sur son ventre en se disant que les bébés étaient à l'abri en ce moment. Mais elle ne réussit pas à chasser les pensées qui la tourmentaient.

Comment allait-elle élever deux enfants en même temps ?

Elle avait mesuré la pièce qui lui servait de bureau, cet après-midi. Deux berceaux y tiendraient, mais ce serait juste. Et si elle avait fait les vitrines en vue d'acheter un berceau, une chaise haute et des vêtements pendant qu'elle se procurait des articles de maternité, elle ne s'était préoccupée que de la sécurité, pas de la dépense. Rien que pour la garde à domicile…

De nouveau, son cœur se serra. Non, elle ne devait pas paniquer !

Et la promotion ? Est-ce que le service des ressources humaines voudrait prendre sa candidature en considération, maintenant ? Il serait illégal de leur part d'écarter son CV parce qu'elle était enceinte, mais elle ne pourrait jamais prouver que c'était le cas. D'ailleurs, elle était sûre de pouvoir élever des jumeaux et diriger en même temps le service des urgences. Mais son congé de maternité serait peut-être plus long qu'en cas de grossesse unique...

Elle n'aurait qu'à redoubler d'efforts à l'hôpital, songea-t-elle. Sa mère avait dû faire une croix sur la carrière de son choix à cause d'une grossesse imprévue, mais c'était une autre époque. Et ses parents n'avaient pas les moyens de payer et la garde journalière et l'école de médecine.

Si elle n'avait pas cédé à Max, elle serait déjà responsable de service. *Mais alors, tu n'aurais pas rencontré Gabe. Tu n'attendrais pas des jumeaux. Tu n'aurais pas cette chance merveilleuse d'avoir une famille.*

Elle caressa son ventre, où ses *deux* enfants étaient en train de grandir. Elle allait prendre soin d'eux. Elle réussirait à tout mener de front !

— Tessa...

Gabe l'enlaça et, en sentant sa main chaude, elle s'apaisa.

— Il faut qu'on trouve une solution, dit-elle en le dévisageant. Comment peux-tu être aussi calme ?

— Ce n'est qu'une apparence ! Mais j'essaie de considérer ça comme une aventure. Avec double ration de couches-culottes !

Elle sourit. C'était bon de se détendre un peu.

— J'adore ton odeur, dit-elle.

Le compliment lui avait échappé, et elle se sentit toute bête.

— Content de le savoir, répliqua Gabe en déposant un baiser sur son front. Je sais qu'il va y avoir beaucoup à faire, et ça fait peur. Mais si on voyait plutôt les aspects positifs ?

— Les aspects positifs ? répéta Tessa, haussant les sourcils.

D'une aventure d'une nuit, ils étaient passés au stade de futurs parents, puis de futurs parents de jumeaux !

— Tu es en bonne santé, et nos enfants aussi. C'est ce qu'il y a de plus important.

Quand Gabe sourit, ses fossettes apparurent, et elle espéra

que leurs bébés en hériteraient ! Quand elle lui plaça une main sur son ventre, il lui donna un doux baiser sur les lèvres.

— Tout ira bien, tu verras. On a du pain sur la planche, mais on y arrivera. Ensemble... C'est promis.

Le contact des doigts de Gabe déclenchait de petits frissons sur sa peau à travers le chemisier gris clair qu'elle portait. L'alchimie était là, comme au premier soir. Gabe semblait si convaincu que tout irait bien, qu'ils avaient un avenir ensemble ! Pourquoi n'arrivait-elle pas à se concentrer sur cette possibilité ?

— Donc, on commence par quoi ? demanda-t-elle.

— Eh bien, tu devrais prévenir le département des ressources humaines.

— Non. Le poste du Dr Lin va se libérer.

Elle était si près de réaliser son rêve ! D'obtenir ce dont sa mère avait été flouée. Elle n'aurait peut-être pas d'autre occasion comme celle-là avant plusieurs années. Du moins, pas au Dallas Children's. C'était maintenant qu'elle avait sa meilleure chance.

— Tessa...

Il ferma brièvement les yeux et ses lèvres se pincèrent. Voyant qu'il était contrarié, elle sentit l'inquiétude la gagner.

Il n'avait pas mal réagi à ses larmes lorsqu'il lui avait apporté les cupcakes. Il ne s'était pas mis en colère parce qu'elle avait peur et paniquait, ni ne lui avait ordonné de se ressaisir. *Peut-être que ça ne te mènerait pas au désastre de te reposer en partie sur lui. Il ne te rendrait pas responsable de son malheur, lui.*

— Tessa..., dit-il d'une voix émue en l'attirant contre lui.

— Le Dr Fillery a assuré que tout allait bien, mais il est encore tôt, répliqua-t-elle avant qu'il puisse ajouter quelque chose. Je préviendrai le DRH quand j'entamerai mon deuxième trimestre de grossesse.

Peut-être une décision aurait-elle été prise à ce moment-là au sujet du Dr Lin. Elle était horrifiée de penser ainsi en un tel moment, mais elle avait une dette envers sa mère. Et elle voulait être responsable du service.

S'écartant un peu, Gabe sourit.

— D'accord. On ne leur dit rien avant le second trimestre.

Il lui donna un baiser chaste sur la bouche et enchaîna :

— Si tu m'aidais à trouver un appartement ? Je ne pourrai guère emmener les jumeaux chez Stacy quand ils seront avec moi ! Et son canapé commence à me paraître inconfortable.

Cette remarque frappa Tessa. « Avec moi. » Elle n'avait pas envisagé que ses enfants aient deux foyers. À l'idée qu'ils pourraient être ailleurs que chez elle, elle eut les larmes aux yeux. Une fois de plus. Fichues hormones ! C'était ridicule. La garde partagée était monnaie courante. Mais elle n'en voulait pas - pas pour des nouveau-nés.

— Et si tu emménageais ici ? demanda-t-elle.

La joie la submergea à cette idée. Et elle ne lui parut pas ridicule lorsqu'elle rencontra le regard de Gabe.

Elle était en terrain dangereux. Elle pourrait très facilement s'éprendre de lui. *S'en éprendre encore plus.*

— J'ai de la place. Et je veux allaiter, alors il faudra qu'ils soient ici, de toute façon.

Plus elle parlait, plus son idée lui semblait sensée. Elle ne voulait pas que ses enfants soient tiraillés entre deux foyers dès la naissance. Et elle voulait Gabe près d'elle.

Elle guetta sa réponse avec nervosité.

— Pourquoi opter pour la solution traditionnelle dès maintenant ? Es-tu bien sûre de toi, Tessa ? Si tu veux y réfléchir pendant quelques jours...

C'était tout réfléchi ! La place de Gabe était ici, avec leurs bébés. Avec elle.

— Non. Nous formons une famille, maintenant. Peut-être pas du modèle courant. Mais une famille tout de même.

Famille. Le mot parut se dilater et l'envelopper comme un cocon alors qu'elle se laissait attirer dans les bras de Gabe. Depuis quand n'avait-elle pas appartenu à une famille ? Pas depuis les premiers temps de son mariage avec Max. Dès qu'il avait échoué dans sa carrière, elle était devenue une rivale. Une intruse dans son propre couple.

Mais Gabe ne l'obligerait jamais à choisir entre sa carrière et leur relation. Il le lui avait promis.

— Une famille..., répéta Gabe, ses lèvres effleurant les siennes.

Ils n'empruntaient peut-être pas un chemin conventionnel mais, pour la première fois depuis des lustres, Tessa avait le sentiment d'être en terrain sûr.

— Il y a une autre chose à faire, reprit Gabe, qui souriait mais semblait hésiter un peu.

Elle posa une main sur son torse et s'étonna de sentir que son cœur battait la chamade. Qu'est-ce qui le rendait si nerveux ? Lui qui était toujours si sûr de lui...

— Quoi ? fit-elle.

— Annoncer la nouvelle au clan Davis.

— Je te laisse choisir le jour et le lieu, dit-elle.

Puis elle se haussa sur la pointe des pieds pour l'embrasser. Sa vie était chamboulée. Mais lorsqu'elle était avec Gabe, ces bouleversements cessaient d'être effrayants. En fait, ils semblaient merveilleux.

L'alarme du réveil s'était déclenchée beaucoup trop tôt pour elle, ce matin-là, et elle ne pouvait plus recourir, désormais, à un grand mug de café pour s'éclaircir les idées. De plus, elle ne supportait plus de se réveiller seule. Avait-elle jamais aimé cela, d'ailleurs ?

Elle sourit à Gabe, qui gagnait la chambre d'un patient. Le clan Davis l'aidait à déménager ce week-end. Apparemment, les choses qu'il avait au garde-meubles n'étaient qu'un ensemble de chambre à coucher et un vieux canapé qu'il comptait abandonner sur le trottoir proche de l'université. Il était sûr que le canapé, usé mais encore en état, trouverait sa place dans un logement d'étudiant.

— Il est sensationnel ! Gina et Rochelle espèrent qu'il les invitera à sortir, mais je leur ai dit de ne pas croire au Père Noël.

La remarque de Denise, qui lui tendait une tablette numérique médicale, interrompit ses méditations. Tessa essaya de se persuader qu'elle n'était pas jalouse.

Gabe était sympa, cultivé et superbe. Forcément, les femmes célibataires s'intéressaient à lui !

Denise se pencha un peu plus près.

— Il n'a d'yeux que pour toi, ajouta-t-elle.

Tessa se sentit rougir.

— Bon. Nous...

L'inspiration lui manqua. Ils allaient devenir parents et emménageaient ensemble, mais ils avaient décidé d'un commun accord qu'il était trop tôt pour qu'ils partagent la même chambre. Du coup, Tessa ne disposait guère d'une formule adaptée pour expliquer la situation.

— Sois tranquille, reprit Denise en prenant une autre tablette numérique. Je garderai ton secret.

— Merci, dit Tessa. Bon, je vais voir le petit bonhomme de la chambre 3.

— On l'a admis pour un problème gastrique. Mais il se pourrait que sa petite sœur ait la cinquième maladie. Ils ont remarqué ça au moment du tri des patients.

Denise, qui balayait du doigt l'écran de la tablette, ne sembla pas remarquer son accès de panique.

La cinquième maladie, aussi appelée érythème infectieux, était une maladie infantile courante. La plupart des enfants avaient une fièvre et un rhume légers puis une éruption rouge vif se répandait sur leurs joues, et parfois sur leur corps. Cette affection était presque toujours bénigne sauf pour les femmes enceintes, en particulier au cours du premier semestre car elle pouvait provoquer une fausse couche.

Tessa pensait avoir eu un érythème infectieux dans l'enfance, mais elle n'en était pas certaine et n'était donc pas sûre d'être immunisée, d'autant plus que, chez les adultes, il était presque toujours asymptomatique. N'ayant annoncé sa grossesse à personne, elle allait devoir entrer dans la chambre 3. En prenant toutes les précautions possibles, bien sûr.

— Bonjour.

Tessa sourit malgré sa peur en pénétrant dans la pièce. L'air malheureux, le petit garçon alité, allongé sur le côté, se tenait le ventre. Son père, paraissant épuisé, portait dans ses bras la petite sœur qui avait les joues écarlates.

La porte se rouvrit et Gabe entra.

— Denise m'a dit que tu aurais besoin d'un coup de main.

Il fronça les sourcils en rencontrant son regard, puis il contempla la petite.

— Bonjour, ma mignonne, s'exclama-t-il.

Il se pencha pour examiner la fillette tandis que Tessa parlait au garçonnet :

— Qu'est-ce qui ne va pas ?

Les yeux de l'enfant se remplirent de larmes, mais il ne dit mot. Elle se tourna vers le père.

— Que se passe-t-il ?

L'homme les regarda tour à tour, et ses épaules s'affaissèrent.

— Ryan ne retient pas la nourriture, apparemment. Il ne vomit pas, mais il va très souvent aux toilettes, déclara-t-il d'une voix lasse. J'ai fait beaucoup d'heures supplémentaires, ce mois-ci, alors je n'ai pas vu beaucoup mes enfants. Ma femme... euh mon ex-femme ne répond pas à mes appels, je ne sais donc pas grand-chose de...

Il n'acheva pas. Le désespoir était peint sur son visage.

— Bon, qu'est-ce que tu as mangé au dernier repas, Ryan ? demanda Tessa en allant se laver les mains au lavabo.

Ryan essuya une larme.

— Des macaronis gratinés au fromage. C'était bon mais, après, j'ai eu mal au ventre. Là, on dirait qu'on m'enfonce un couteau. Je n'ai jamais eu aussi mal.

— As-tu mal quand tu manges du pain ? reprit-elle, tout en captant le regard de Gabe.

Il leva la main, doigts écartés, avant de gagner le lavabo à son tour. Donc, il pensait lui aussi que la petite sœur avait la cinquième maladie. Elle s'assurerait du diagnostic mais, si deux soignants de son équipe estimaient qu'il s'agissait de la cinquième maladie, elle serait très étonnée qu'il n'en soit rien.

Ce souci-là devait attendre. Pour le moment, elle craignait que Ryan n'ait une intolérance au gluten, ou une des autres maladies auto-immunes qui agressaient les voies digestives et perturbaient le transit intestinal.

— Je ne mange pas de pain. Ça me fait...

Le jeune garçon s'interrompit, rouge comme une pivoine.

— Lâcher des pets ? dit Gabe, qui sourit en lui adressant un clin d'œil complice.

Ryan hocha la tête. Il faudrait quelques semaines, hélas, pour confirmer le diagnostic d'intolérance au gluten. Mais si c'était la bonne hypothèse, ils pourraient apporter un soulagement immédiat au garçon en changeant son régime alimentaire.

— Je pense que Ryan pourrait avoir la maladie cœliaque, déclara Tessa, ce qui veut dire que son corps ne digère pas le gluten. Je vais demander un examen hématologique complet. Nous devons éliminer la possibilité d'une maladie parasitaire, ajouta-t-elle.

Elle s'approcha de la petite sœur de Ryan.

— Bonjour, ma puce.

La petite fille enfouit son visage contre le torse de son père, mais Tessa en avait assez vu. L'enfant avait les joues rouges, comme si elle avait reçu des gifles, et il y avait une éruption sur ses bras : les signes classiques d'un érythème infectieux.

— Votre fille a les symptômes de la cinquième maladie.

Le père fronça les sourcils.

— Quoi ?

— Le nez qui coule, les joues rouges et l'éruption cutanée sur les bras, précisa Tessa. La bonne nouvelle, c'est qu'il n'y a rien à faire, sinon traiter les symptômes s'ils deviennent gênants.

— J'échoue dans mon rôle de parent célibataire, commenta le père en embrassant sa fille.

— Tout va bien, papa, dit la petite, le regardant avec tant d'adoration que Tessa en fut bouleversée.

— C'est vrai, souligna-t-elle. Il faut que je parle avec ton papa, mais l'infirmier, Gabe, va rester avec vous.

— C'est moi ! dit ce dernier en effectuant un profond salut, ce qui amena un sourire sur les visages de Ryan et de sa sœur.

Tout était calme dans le couloir lorsque Tessa sortit en compagnie du père.

— Je sais que j'ai tout faux…, commença-t-il.

— Pas du tout. Vous avez amené votre fils à l'hôpital et, pour ce qui est de la cinquième maladie, les enfants l'attrapent couramment ! Comment vous appelez-vous ?

— Adrian Farns.

Tessa lui adressa un sourire rassurant.

— Je ne vous ai pas pris à part pour vous accuser de négligence parentale, bien au contraire. Vos enfants ont surtout besoin de vous, vous savez.

— Pardon ? dit Adrian, dérouté.

— Vous êtes épuisé, Adrian, comme beaucoup de parents. Mais, dans votre cas, cela va plus loin, il me semble.

Adrian parut encore plus accablé.

— J'ai trouvé un mot en rentrant à la maison, il y a quatre mois. Ma femme - ex-femme - avait laissé les enfants chez la voisine, vidé notre compte en banque avant de s'enfuir avec son petit ami. C'est dur à gérer.

— Certes. Je vais vous donner une liste de restrictions alimentaires et de recettes à tester pour Ryan afin de le soulager. Mais je vais aussi vous communiquer les coordonnées de services qui peuvent vous aider à surmonter les difficultés, vous et votre petite famille. C'est primordial.

Dès sa première année au Dallas Children's, Tessa avait mis au point avec l'assistante sociale des urgences pédiatriques une liste de contacts soigneusement tenue à jour pour des services d'aide aux parents, qu'ils se débattent avec des problèmes financiers, de santé mentale, ou le chagrin.

Si sa mère avait su à qui s'adresser pour avoir de l'aide, elle serait peut-être en train de se réjouir de devenir grand-mère, en ce moment.

— Merci, murmura Adrian.

— De rien. Quelqu'un va venir vous voir pour la paperasse.

Introduisez peu à peu les nouveaux aliments pour Ryan et, s'il est déshydraté, ramenez-le-nous. Son système digestif est perturbé.

Adrian murmura quelques mots avant de rejoindre ses enfants, et Tessa se dirigea vers la salle de bains du personnel pour se laver les mains.

Les mains de Tessa étaient écarlates à force d'avoir été frottées lorsque Gabe la rejoignit dans la salle de bains. Les risques de transmission de la cinquième maladie étaient très faibles. Mais dans les rares cas de contamination en cours de grossesse, les conséquences étaient dramatiques. Et lorsqu'il s'agissait de son enfant, le risque ne paraissait pas si faible...

— Aucun germe n'aurait pu survivre à un tel traitement, Tessa, dit-il en essayant de garder un ton léger alors qu'il fermait d'autorité le robinet.

Il espérait qu'il y avait une lotion calmante à la maison.

— Il faut prévenir les ressources humaines, déclara-t-elle.

Gabe fut stupéfait. Après son refus de la veille, il s'était attendu à devoir plaider. Il n'y avait pas lieu d'entrer dans les détails avec tout le monde mais, pour la sécurité de Tessa et des jumeaux, il fallait qu'elle reste à l'écart des chambres hautement infectieuses. C'était le protocole standard pour le personnel médical, et elle ne demandait aucun traitement de faveur.

Il y aurait des rumeurs, certains de leurs collègues se doutant déjà qu'ils sortaient ensemble, mais les sujets de commérage, à l'hôpital, changeaient vite.

— Je suis à jour de mes vaccinations, donc ce contact ne devrait avoir qu'un impact minime, dit Tessa, formulant à haute voix ce qui le tracassait. Et j'assurerai à Patrick que ça n'aura aucune incidence sur ma décision de postuler pour le job du Dr Lin.

Nous voici revenus à la promotion.

— Bien sûr, répliqua-t-il d'un ton plus sec qu'il ne l'aurait voulu, mais Tessa ne parut pas s'en apercevoir.

Il comprenait qu'on veuille progresser dans une carrière, mais Tessa avait *déjà* réussi. Et si, après cette promotion, il y en avait une autre, puis encore une autre ? Il avait, au cours de sa carrière, vu des médecins courir après la gloire. De plus hauts salaires et un prestige accru allaient toujours de pair avec des compromis, et c'étaient en général les familles qui en faisaient les frais.

Était-ce ce que voulait Tessa ?

Non, pensa-t-il, chassant cette idée. Si c'était le cas, il s'en serait rendu compte. Elle adorait déjà leurs bébés, même s'ils étaient à peine plus grands qu'une cerise.

Elle s'était frotté la peau presque à vif par crainte d'une maladie à laquelle elle avait dû être exposée cent fois en tant que médecin. Il l'avait entendue dire au père de Ryan qu'il devait prendre soin de lui, et il avait vu les documents pour aider à gérer le stress parental et le divorce dans les papiers administratifs réunis pour Ryan. Ce n'était pas l'attention d'une femme qui plaçait le travail avant tout le reste.

Gabe avait envie de la faire sourire, d'alléger l'atmosphère.

— Il y a un grave problème à envisager, reprit-il. Comment fera-t-on pour distinguer les jumeaux ?

— Quoi ? dit Tessa en riant.

Le son argentin de son rire le mit en joie. Quand elle souriait, tout s'éclairait autour d'elle et dans sa vie à lui.

— J'ai visité des forums en ligne sur les jumeaux, la nuit dernière, et j'y ai glané des histoires amusantes.

Tessa s'essuya les mains avec une serviette en papier.

— Vraiment ?

— J'étais trop surexcité pour dormir. Je n'arrêtais pas de me tracasser parce qu'on pourrait les confondre. De *vrais* jumeaux, tu comprends !

Il esquissa une grimace comique, savourant le fou rire de Tessa.

— Plusieurs parents recommandent de choisir une

couleur ou un motif. L'un en jaune, l'autre en vert ; l'un avec des rayures, et l'autre, de l'uni. Comme ça, on ne les confond pas à la naissance, même si leurs personnalités respectives s'affirment vite, paraît-il.

Gabe s'était surpris à adorer ces incursions dans la prochaine étape de sa vie. Avec Tessa. Il était facile de prendre soin d'elle. Facile d'être avec elle. Facile de tomber amoureux...

Non, cela ne s'était pas encore produit, pensa-t-il. Mais en regardant les paumes de Tessa, heureusement un peu moins rouges à présent, il sut qu'il se trompait.

Il était déjà à moitié amoureux d'elle. Des émotions l'envahirent, mélange d'excitation, de joie et de peur. Tessa était sa seconde chance. Et s'il venait à la perdre ?

Non. Il pouvait protéger Tessa et les jumeaux. S'assurer de ne pas avoir à affronter le désespoir sans fond où il avait sombré quand Olive était morte. Et ce serait plus facile s'il était avec Tessa en tant que... « Petit ami » n'était pas le mot juste. « Colocataire », quelle horreur ! Le mot approprié ne venait pas. Mais Tessa, posant une main sur la sienne, mit un terme à sa songerie.

— Comme je te le disais, je n'ai jamais pensé que je serais incapable de les distinguer !

Dans sa préoccupation, il ne l'avait pas entendue. Au moins, elle ne se doutait pas des pensées qui l'agitaient !

— Excuse-moi, j'étais distrait. Un coup de fatigue... Dans un article, une maman jurait qu'elle aurait pu confondre ses garçons le jour où ils ont quitté l'hôpital pour la maison.

— On dirait le ressort dramatique d'une mauvaise sitcom ! commenta-t-elle en pouffant. Mais c'est vraisemblable. Il faut qu'on ait un plan !

Gabe lui enveloppa les épaules de son bras.

— On y veillera. Si je passais chez Maggie's en sortant d'ici et te rejoignais après ton entretien avec Patrick ?

— Tu t'attends à ce qu'il se passe mal ?

— Non. Je voulais une excuse pour apporter des cupcakes.

— Tu n'as pas besoin d'un prétexte, Gabe. Jamais je ne

refuserais un cupcake au café. Je ne bois que du décaféiné, maintenant, mais je peux au moins savourer cette pâtisserie !

Gabe esquissa une petite révérence comique, et fut récompensé par un large sourire avant qu'elle quitte la pièce. La voir heureuse était ce qu'il voulait. Tessa et leurs enfants lui donnaient un sentiment de complétude, c'était aussi simple que cela.

9

— Il est temps que tu aies un nouvel édredon ! lança Isla tout en décochant un clin d'œil à Tessa tandis qu'elle suivait Gabe dans l'escalier, lestée d'un carton rempli de ses affaires. Celui-ci n'est pas joli.

— Il me tient chaud, Isla. Il n'a pas d'autre fonction.

Gabe prit des mains de Tessa la lampe qu'elle tenait, puis l'embrassa sur la joue avant d'installer l'objet sur sa vieille table de nuit. Isla posa sur le lit que Matt et Gabe avaient monté une heure plus tôt le fameux édredon dont Tessa s'avoua qu'il était moche.

— Il est marron, et pas d'une belle couleur café, reprit Isla. On dirait plutôt...

Elle se pinça le nez en faisant la grimace à son frère. Tessa amena une main devant sa bouche pour dissimuler son sourire, mais elle vit que Gabe n'était pas dupe.

— C'est le dernier, dit Matt, posant un carton sur le lit. Et l'édredon me paraît bien.

Gabe hocha la tête à l'intention de son frère avant que Matt ne redescende. Cette complicité muette « entre frangins » accéléra le pouls de Tessa. Les membres du clan Davis formaient une famille - une vraie.

— Deux contre un, dit Gabe en riant.

Isla soupira.

— Pff ! Soutiens-moi, Tessa !

Croisant les bras, Gabe s'adossa au mur, et le sourire qui

éclaira son visage déclencha en Tessa une onde de désir. Ces fossettes étaient une œuvre d'art !

— Tu le trouves laid ? demanda-t-il.

— Interdiction de recourir aux fossettes ! intervint Isla, tapant du pied. Il sait qu'elles ont un sacré pouvoir.

Il leva les bras en l'air.

— Je plaide coupable.

Cet échange ludique fit rire Tessa. Il était évident que Gabe et Isla s'aimaient, même si celle-ci se moquait de son frère. Tessa espérait que ses enfants auraient ce genre de relation. C'était la vie dont elle avait rêvé.

— Bon, réponds honnêtement, Tessa, reprit Isla.

Se mordant la lèvre inférieure pour s'empêcher de rire, Tessa jeta un coup d'œil à Gabe.

— Isla a raison. Il est hideux.

Plaçant une main sur son cœur, Gabe fit mine de s'effondrer contre le mur, provoquant les rires de Tessa et d'Isla.

— Le vote est très serré, donc, dit Tessa.

— Ah, non, répliqua Gabe. Ta voix compte pour trois.

— Isla ! cria Matt dans l'escalier. On m'attend pour dîner ! Tu viens ?

Isla étreignit Tessa, frappa avec la paume celle de son frère, puis lança en s'éclipsant :

— Je t'enverrai par mail des suggestions, Tessa. C'est utile d'être acheteuse pour un grand magasin !

— Elle n'a jamais joué fair-play, dit Gabe en riant avant d'attirer Tessa dans ses bras. Et elle va t'envoyer des photos pour que tu choisisses un édredon car il n'y a pas plus têtue.

— Tes frère et sœurs sont super, commenta Tessa. Vraiment merveilleux.

Elle s'était interrogée sur leur réaction lorsqu'ils sauraient que Gabe emménageait chez elle et allait devenir papa, mais le clan Davis n'avait eu que de l'amour à lui offrir.

— Si on débarrassait le lit pour que je puisse y dormir ? Après, on pourra manger du pop-corn en regardant un film, non ? Une soirée sympa à la maison.

— Ce serait génial, dit-elle.

Son cœur se gonfla d'émotion. *La maison*. Ces mots prononcés par Gabe lui mettaient le cœur en joie. Peut-être que cela pouvait marcher, vraiment marcher ! En dépit du fait qu'ils attendaient des jumeaux et, dans le même temps, apprenaient à se connaître réellement. Si elle n'était pas déjà à moitié amoureuse de Gabe, aujourd'hui elle aurait craqué pour lui.

Des mots d'amour lui brûlaient les lèvres, mais leur rencontre si peu conventionnelle avait déjà connu tant de tours et détours ! Il ne manquait plus qu'elle lui avoue qu'elle était en train de tomber amoureuse le jour où il emménageait dans sa chambre d'amis !

Mais le moment est idéal pour le lui dire, rétorqua son cœur, se rebellant contre sa raison.

Son mobile bipa et elle prit connaissance du message. Le Dr Lin voulait savoir si elle pouvait assurer le service à sa place à plusieurs reprises dans les semaines à venir. Si elle acceptait, elle serait à l'hôpital presque tous les jours dans cette période. Mais si elle refusait...

Elle pianota une réponse, puis vint près de Gabe.

— Il faut que ce soit une soirée marquante, dit-elle en l'embrassant sur la bouche.

Il la prit par la taille.

— Ah ?

Elle se laissa aller dans ses bras, heureuse de le sentir contre elle, de savoir qu'il serait là quand elle rentrerait le soir.

— Le Dr Lin a besoin que je prenne sa relève pendant ses heures de service. J'imagine qu'il commence le stage d'introduction à la retraite que l'hôpital prévoit pour son personnel avant le processus de départ.

— Pendant ses heures de service ? Souvent ?

Si Gabe avait parlé d'un ton léger, de l'inquiétude avait surgi dans son regard. Il la masqua avec un sourire, mais Tessa l'avait remarquée.

— Je serai à l'hôpital presque tous les jours. Mais ça me donnera un atout de plus quand ils désigneront son successeur.

Patrick m'a crue lorsque je lui ai affirmé que ma grossesse n'aurait pas d'incidence sur mon travail, c'est clair. Je suis contente qu'on ne me traite pas différemment, et je peux encore assurer des gardes.

— J'en suis heureux pour toi, dit Gabe.

Ayant logé une pile de pantalons dans un tiroir, il saisit les cartons restants sur le lit et les déposa dans un coin.

— Voilà, je peux dormir ici, maintenant. Attaquons notre marathon cinéma. Je ne veux pas en manquer une minute.

Il sourit, mais elle perçut quelque chose d'indéfinissable dans son regard. Était-il contrarié parce que l'hôpital comptait sur elle ? Avait-il espéré qu'elle ralentirait le rythme après les avoir mis au courant de sa grossesse ?

— Comédie romantique ou film d'horreur ? demanda-t-il.

— C'est tout ce que tu proposes ? fit-elle, feignant de s'indigner.

— Pas du tout. Le choix vous appartient, ma chère.

Il esquissa une révérence comique, et Tessa sentit son inquiétude se dissiper. Elle redoutait toujours une catastrophe. Mais ce n'était pas parce qu'elle avait connu une rupture que sa rencontre avec Gabe était vouée à l'échec. Elle allait avoir une famille. Une *vraie* famille.

Après plusieurs semaines de gardes supplémentaires, Tessa était épuisée. C'était sans doute dû à la grossesse, car elle avait toujours effectué de longues journées au Dallas Children's. Souvent, d'ailleurs, il lui avait été plus facile d'être au travail qu'à la maison. Après son divorce, tout lui était bon pour oublier sa maison vide. Travailler deux fois plus pendant plusieurs jours d'affilée lui paraissait normal, mais, aujourd'hui, elle traînait les pieds.

Son estomac gargouilla alors qu'elle se rendait à la cafétéria. Les barres de céréales qu'elle prenait pour se restaurer entre les repas ne suffisaient pas. En fait, elle avait de l'appétit comme quatre !

— Étant donné ta mine, un smoothie à la fraise te fera du

bien, dit Gabe, souriant, un verre de smoothie dans chaque main. Avec en prime un substitut de repas pour médecins surmenés.

— Tu n'es pas obligé de me gâter comme ça...

— Tu n'en veux pas, alors ?

— Bien sûr que si !

— Que deviendrais-tu sans moi ? s'exclama-t-il en lui adressant un clin d'œil.

Il commença à boire son smoothie, mais Tessa avait du mal à avaler le sien. Elle se faisait des idées, pensa-t-elle. Gabe plaisantait, il n'y avait pas de tristesse en lui.

Il se pencha aussi près que possible en public, et le cœur de Tessa fit un bond.

— Je t'ai mis un en-cas dans le réfrigérateur du personnel.

Tessa lui pressa fugitivement la main. Gabe veillait à ce qu'elle ait un repas tout prêt et des en-cas pour tenir le coup pendant ses heures de service, même quand il n'était pas là. Il était génial. Et si fiable.

Trop fiable. Cette pensée la turlupinait. Pendant la semaine écoulée, il avait assumé tant de tâches à la maison ! Il serait facile de se reposer sur Gabe. Mais n'était-ce pas cette attitude qui lui avait aliéné l'amour de Max ?

Pourquoi cette idée ne la quittait-elle pas ?

— On nous amène un brûlé ! lança soudain Fran, une infirmière chargée de l'orientation des patients.

Tessa avala une dernière gorgée de son smoothie avant de l'abandonner dans le poste des infirmières. Pensant à tout, Gabe avait veillé à inscrire son nom sur le récipient. Il déposa son verre à côté du sien, et ils se hâtèrent de gagner les urgences.

Les brûlures étaient fréquentes en été et à l'automne. Les jeunes touchaient des grils chauds, se brûlaient en faisant rôtir des marshmallows, et, dans ces cas-là, c'était un parent affolé qui amenait son enfant. Si on avait dû faire appel à une ambulance...

Quand un enfant gravement malade ou blessé arrivait, les soignants ressentaient une poussée d'adrénaline, mais l'attente éprouvante semblait entamer les réserves. Sentant derrière elle la présence de Gabe, qui se préparait lui aussi pour l'arrivée du patient, Tessa s'apaisa. Ils formaient une excellente équipe. Ils étaient prêts à tout affronter.

— Amy, huit ans, est tombée non loin du trou où sa famille faisait rôtir un cochon. Elle s'est reçue sur les mains au milieu des charbons ardents ! lança le secouriste qui venait de franchir les portes des urgences. Les parents, qui avaient reçu un appel professionnel, lui avaient confié le soin de surveiller le feu.

Gabe perçut les exclamations étouffées de l'équipe. Il était inévitable, en travaillant dans un service d'urgences pédiatriques, d'avoir affaire à des parents négligents, indignes de leur rôle.

Il se força à chasser son émotion alors que les secouristes faisaient rouler la civière et remettaient des documents à l'infirmière chargée des admissions. Être furieux contre les parents d'Amy n'aiderait pas la fillette. Avec un peu de chance, ce serait pour eux un coup de semonce salutaire.

— Bonjour, Amy. Je suis le Dr Garcia, mais tu peux m'appeler Tessa. Et voici Gabe, ton infirmier. Nous allons veiller à ce que tu ailles bien.

Tessa adressa un sourire à la petite fille. Les doigts de cette dernière se crispaient sur le bord de la civière.

— Je ne voulais pas faire de bêtise..., gémit la fillette - et Gabe en eut le cœur tout retourné. J'ai mal aux mains.

Tessa lui caressa le front.

— Ce n'est pas ta faute.

— Nous allons te donner un médicament pour que tu te sentes mieux, dit Gabe.

Il perçut la tension de Tessa alors qu'ils pénétraient en salle de soins. Les brûlés étaient le pire cauchemar des soignants, car les risques d'infection et de perte d'un membre étaient beaucoup plus élevés qu'avec d'autres blessures. De plus, les patients avaient tendance à être en état de choc dans les premières vingt-quatre heures consécutives à l'accident.

Mais le fait qu'Amy ait mal aux mains était bon signe, cela signifiait que les nerfs étaient intacts. Malheureusement, cela impliquait aussi qu'elle souffrirait pendant le processus de guérison.

— Sédation d'abord, puis premier parage de la plaie, dit Tessa, enregistrant ces instructions sur la tablette numérique médicale avant d'examiner les lésions de la petite fille.

Les secouristes lui avaient pansé les mains de façon lâche. Lorsque Tessa retira les pansements, Gabe vit des brûlures au second degré sur les paumes et la majeure partie des doigts d'Amy.

La petite renifla. Elle devait avoir très mal, mais faisait de son mieux pour le cacher.

Gabe se pencha à sa hauteur. Peut-être ne faisait-on pas grande attention à elle à la maison, mais, ici, elle était leur priorité. Tessa allait devoir nettoyer les lésions et, même avec les antidouleurs qu'elle avait prescrits, ce serait douloureux pour Amy. Le mieux qu'il pouvait faire, pour le moment, était de la distraire.

Où sont les parents ? se demanda-t-il.

— Quelle est ta couleur préférée ?

— Le violet, répondit la petite, d'une voix mal assurée mais forte.

Elle n'était pas en état de choc - pas encore.

Denise entra avec le sédatif prescrit et l'administra à Amy. La fillette ne broncha pas quand Denise lui enfonça l'aiguille dans le bras.

— Tu es très courageuse, déclara Gabe en souriant. Il n'y a pas beaucoup de grandes personnes capables de supporter une piqûre sans rien dire. La dernière fois qu'on m'en a fait une, j'ai pleuré.

— C'est vrai ? demanda Amy avec un petit sourire.

— Croix de bois, croix de fer ! Après une chute sur des rochers, j'ai eu une coupure à la jambe qui s'est infectée, alors on m'a injecté un antibiotique et ça m'a fait drôlement mal.

— Mais maintenant, tu vas bien ?

Amy avait parlé tout doucement, et Gabe savait quelle véritable question se cachait derrière ces mots.

— Oui. La cicatrice est moins visible maintenant, répondit-il, la gorge serrée. Et toi aussi, tu iras bien.

Amy hocha la tête, les yeux embués de larmes.

— Ta maman est là, fit Denise avant de sortir de la chambre. Tu la verras dès qu'elle aura fini son appel téléphonique.

— Mes parents sont toujours au téléphone.

La résignation de la fillette le frappa. Les rares fois où il avait rendu visite à sa mère, après le divorce, elle était toujours pendue au téléphone, elle aussi. Mais, au moins, il avait eu un père présent, attentif. C'était douloureux de voir qu'on ne comptait pas. Cette blessure-là laissait une cicatrice indélébile au cœur.

Les enfants qu'il aurait ne penseraient jamais qu'il y avait des choses plus importantes qu'eux, se promit-il. Ils n'auraient pas à mendier l'attention, comme lui-même avait dû le faire avec sa mère. Ils sauraient toujours qu'il les aimait.

— Gabe a raison, tu vas guérir. Là, nous allons bien te nettoyer les mains, dit Tessa, souriante.

Amy regarda Gabe.

— Tu restes ?

— Bien sûr, fit-il en lui caressant la tête. Je suis là pour toi.

Il savait que ces paroles réconforteraient la fillette. Mais il regarda également Tessa, car il était là pour elle aussi.

Gabe se redressa dans son lit, tendant l'oreille. Il avait l'impression d'avoir entendu quelque chose, mais la maison était silencieuse. Il avait essayé d'attendre Tessa, pensant qu'elle aurait besoin de parler à quelqu'un après avoir soigné les brûlures d'Amy. D'autant qu'elle avait vibré de colère mal contenue lorsqu'elle avait parlé aux parents, plus soucieux d'une livraison de bijoux que de leur fille hospitalisée dans le service des brûlés.

Il avait attendu après son service, mais Tessa avait dû assumer sa tâche de directrice suppléante. Il espérait qu'elle avait trouvé le repas thaï dans le réfrigérateur et son message de bonne nuit.

C'était leur routine depuis qu'elle remplaçait le Dr Lin. Des baisers rapides lorsqu'il la croisait dans la matinée et un instant volé à la cafétéria n'étaient guère satisfaisants. Heureusement, dans deux jours, elle en aurait fini avec ces longues journées et reviendrait à son emploi du temps normal !

Gabe soupira avec agacement. Tessa travaillait autant qu'il le lui était légalement permis pour faire ses preuves aux yeux des ressources humaines afin d'obtenir un poste même pas encore à pourvoir. À quoi ressemblerait leur vie lorsque la compétition aurait réellement commencé ? Gabe avait déjà vu des médecins se montrer féroces lorsqu'ils briguaient la même et rare promotion. C'était effrayant en toutes circonstances. Mais, là, Tessa était enceinte. *De jumeaux.*

— Alors, que puis-je faire de plus pour l'aider ?

Les murs ne renvoyèrent aucune réponse à cette question posée à voix haute tandis qu'il tentait de calmer son esprit agité pour se rendormir. Demain, il était en congé. Il pourrait au moins veiller à ce que Tessa ait un vrai repas le midi avant de retourner à l'hôpital.

À supposer qu'elle soit rentrée à la maison. Elle avait dormi dans la suite du personnel, quelques jours auparavant. Gabe avait secoué la tête, navré de lui voir des cernes, inquiet de son implication croissante, de son manque de sommeil. Il s'efforçait de taire son inquiétude. Tessa connaissait ses limites, mais en tiendrait-elle compte ?

Soudain, un cri le propulsa hors du lit, et vers la chambre voisine, celle de Tessa.

— Gabe ?

Tessa avait les yeux ouverts, mais la voix rauque de sommeil. Elle avait dû rentrer depuis peu, et n'avait donc guère dormi. Elle devait être épuisée.

— Je suis là, dit-il en s'asseyant au bord du lit et en lui caressant les cheveux.

— J'ai rêvé qu'il y avait un accident, gémit-elle, les mains sur son ventre. Un cauchemar...

— Les hormones de la grossesse peuvent provoquer de tels rêves.

Il lui caressa les bras. Elle était si belle au clair de lune qui filtrait par la fenêtre. *Et épuisée.*

Lorsqu'elle recouvra un souffle paisible, il lui donna un baiser et se releva. Lundi était jour de repos pour tous les deux : Tessa ne ferait rien, il la dorloterait.

— Gabe ?

— Je suis là, murmura-t-il.

— Reste, dit-elle en rabattant les couvertures. Je ne veux pas être seule. S'il te plaît.

Bouleversé par sa requête à voix basse, il la rejoignit dans le lit pour la serrer contre lui, et il sentit son cœur se gonfler de joie alors qu'elle se rendormait. Il tenta de rester éveillé, mais il avait les paupières lourdes. À son tour, il céda au sommeil.

Tessa roula sur elle-même et contempla les lèvres de Gabe. Elle ne se souvenait pas du rêve qui l'avait réveillée peu après son coucher, mais elle se rappelait avoir demandé à Gabe de rester. Et elle s'était sentie si protégée quand il l'avait enlacée ! Elle se sentait si bien, à l'abri, entre ses bras !

Elle effleura du bout des doigts sa mâchoire ombrée d'un chaume de barbe. Ils ne s'étaient guère vus en dehors de l'hôpital, ces derniers temps, et elle était surprise de constater qu'elle détestait cela. Avant de rencontrer Gabe, elle avait trouvé normal de « vivre » à l'hôpital. La suite des employés, où le personnel rattrapait un peu de sommeil, était pour elle une halte régulière.

Cependant, la veille, elle avait préféré rentrer. Même s'ils ne couchaient pas dans le même lit, elle avait eu envie de se réveiller dans le même lieu que Gabe. Envie de prendre le petit déjeuner avec lui.

Puis elle avait demandé au Dr Killon d'assurer les deux

derniers remplacements du Dr Lin, car elle était trop fatiguée et ce n'était pas bon pour ses patients ni pour les jumeaux.

Pour la première fois depuis des années, elle avait trois jours d'arrêt d'affilée, et elle comptait passer le plus de temps possible dans les bras de Gabe. Elle déposa des baisers légers le long de sa mâchoire, se rapprochant de sa bouche.

Il remua lorsque leurs lèvres se rencontrèrent.

— Bonjour, murmura-t-il entre deux baisers.

— Tu m'as manqué.

Tessa promena une main sur son torse, savourant le contact de sa peau. Il n'y avait rien de plus délicieux que se réveiller dans les bras de Gabe.

— Nous vivons ensemble, tu sais..., dit-il, amusé, lui caressant la cuisse, l'embrassant sur le bout du nez. Mais à moi aussi, tu m'as manqué. Ce serait sympa de partager plus que des baisers en passant et des smoothies.

Il prit sa bouche, mais Tessa avait envie de lui - de lui tout entier –, ce matin. Ses lèvres errèrent sur son épaule tandis que ses doigts s'aventuraient vers son ventre, et elle savoura le soupir étranglé de Gabe lorsqu'elle descendit plus bas encore.

— C'est exactement ce que je voulais dire, murmura-t-elle en effleurant l'élastique du boxer qu'il portait.

Gabe lui saisit la main, stoppant sa progression.

— Il n'est rien dont j'aie plus envie, je te le jure. Mais la prochaine fois que je te ferai l'amour, je veux prendre mon temps. Ton alarme va sonner d'une seconde à l'autre, et je suis surpris qu'elle ne l'ait pas déjà fait.

— Le Dr Killon assure le remplacement du Dr Lin à ma place, aujourd'hui et demain. J'ai trois jours de congé.

Elle attira à elle le visage de Gabe et l'embrassa avec passion. Il la caressa, faisant naître de petits frissons sur sa peau. Sans lui laisser le temps de réagir, elle le renversa sur le dos et entreprit de promener les lèvres sur son corps.

À la lumière du jour, Gabe était superbe, et il était à elle. C'était si grisant d'écouter son souffle de plus en plus rapide.

Il lui agrippa les cheveux alors qu'elle promenait sa bouche bien plus bas et elle sourit tandis qu'elle faisait glisser son slip.

Elle s'était trompée. Il y avait plus délicieux encore que de se réveiller dans les bras de Gabe.

10

— Il faut faire plus doucement.

Tessa lui écarta les mains et réarrangea délicatement les graines qu'il avait enfoncées dans le pot avant d'ajouter du terreau dessus. Puis elle tassa la terre, et remisa le pot sur le côté.

Gabe lui donna un baiser sur la joue alors qu'elle plaçait devant lui un autre pot et lui donnait d'autres graines.

— Désolé de te décevoir, ma douce, mais c'est *exactement* ce que j'avais fait.

Le petit rire léger de Tessa le mit en joie alors qu'elle se lovait dans ses bras avant de l'embrasser.

— Je tapote le terreau, Gabe. Toi, tu l'écrases.

Il ne voyait pas vraiment la différence, mais il était prêt à rester près de Tessa toute la journée pendant qu'elle plantait des graines. Elle avait décidé qu'ils devaient avoir un jardin d'hiver, et elle voulait mettre en pratique les idées dénichées dans les livres qui avaient envahi le salon.

La chambre qu'il avait brièvement occupée était maintenant une véritable serre. Des caisses à lampes de croissance étaient disposées sur quelques tables, des étiquettes indiquaient le contenu de chaque pot et le rythme d'arrosage des semis. Le cœur heureux, il la regarda aller et venir entre ses pots. Après le coup terrible que la vie lui avait porté, il ne se serait jamais attendu à éprouver de nouveau ce qu'il ressentait. À savourer ces journées toutes simples à la maison. À faire partie d'une famille en dehors de celle où il avait grandi.

C'était un cadeau qu'il tenait à protéger. Qu'il défendrait bec et ongles. Il ferait tout pour Tessa et les jumeaux. Tout pour conquérir une place auprès d'elle. *Pour toujours.*

Elle lui donna un autre baiser en le rejoignant. Puis elle fronça les sourcils.

— Je t'ai mis de la terre sur le menton. Et je ne peux pas l'essuyer, dit-elle, considérant ses mains maculées.

— Tu es pleine de terre depuis que nous sommes ici, ça ne m'a pas empêché de t'embrasser, riposta-t-il avec un haussement d'épaules. Ce n'est rien, un peu de terre, quand on...

Gabe se retint avant d'ajouter en désignant les semis :

— Quand on s'amuse si bien.

Il avait les tempes battantes alors que les beaux yeux bruns de Tessa se posaient sur lui. Les mots « quand on s'aime » avaient failli lui échapper. Mais son cœur lui hurlait d'achever cette déclaration. De nommer ce qui, il voulait le croire, existait entre eux.

Ces semaines de vie à deux, de travail en commun, où il avait vu grossir le ventre de Tessa, comptaient au nombre des plus belles de sa vie. La blessure qui ne s'était jamais refermée dans son cœur après la mort d'Olive s'était cicatrisée à mesure qu'il côtoyait Tessa.

Olive lui manquerait toujours. Mais retrouver l'amour était un cadeau précieux.

— Je pensais à la nursery, dit-il, enfonçant les graines dans le pot et réprimant mal un sourire tandis que Tessa supervisait ses gestes.

Lorsqu'elle accepta le pot et le rangea avec les autres, il crut que son cœur allait éclater. *Victoire !*

— Je sais que tu voulais attendre un peu, reprit-il en préparant un nouveau semis pendant que Tessa commençait à arroser ceux qui se trouvaient sur la table. Mais le thème qu'on devrait choisir est évident.

— Un thème ? J'ignorais qu'on devait en avoir un.

— Le jardinage ! s'écria-t-il. Imagine un peu. Une pièce avec des images de fleurs, des couvertures vertes, peut-être même une ou deux plantes dans un coin. Regarde, ajouta-t-il en tirant de sa poche arrière le plan qu'il avait esquissé.

Le regard de Tessa s'embua quand elle le vit.

— C'est toi qui as conçu ça ?

— Bien sûr. J'adore faire des choses pour toi et les bébés.

Il l'embrassa sur le bout du nez - un des rares endroits qui n'était pas maculé de terre.

Caresser Tessa, être avec elle, regarder le renflement où les jumeaux - ses jumeaux à lui - étaient en train de « s'épanouir » le remplissait d'excitation.

— J'aime ton projet, mais une modification s'impose, déclara Tessa. Si on trouvait quelqu'un pour peindre une piste de randonnée dans une montagne enneigée menant à un jardin ? Une combinaison de nous deux.

Gabe se sentit encore plus heureux, si toutefois c'était possible, alors qu'elle désignait sur le papier l'endroit de cette fresque.

— Comme ça, ce serait parfait. Je ne m'attendais pas à ce que tu t'impliques à ce point, reprit-elle avec un sourire lumineux. Je pensais devoir choisir toute seule les couleurs et le mobilier. Tu es extraordinaire, tu sais. Je t'...

Elle eut un léger arrêt, son regard se porta sur les semis, et elle acheva :

— J'aime que tu t'investisses dans notre petite famille.

Gabe avait les oreilles qui bourdonnaient. Cette déclaration semblait plus significative qu'en apparence. Du moins, il avait envie de le croire. Mais il ne voulut pas insister - pour le moment.

— J'aime dénicher des choses, t'aider, me renseigner sur les sièges bébé pour voiture... Protéger ma famille et me montrer adorable, ajouta-t-il avec un clin d'œil. D'ailleurs, je ferais n'importe quoi pour nos enfants.

Et pour toi.

Tessa fit un mouvement vers lui, mais s'immobilisa.

— Oh !

— Qu'est-ce qu'il y a ? fit Gabe, affolé. Qu'est-ce qui ne va pas ? Il faut que j'appelle le médecin ? Ou les urgen...

Tessa lui saisit la main pour la poser sur son ventre.

— Les bébés bougent, dit-elle avec un petit rire. Oh ! ça fait un drôle d'effet !

Gabe recouvra un peu de son calme. Il n'y avait pas de danger. Pas lieu de s'inquiéter.

— Tu m'as fait peur, lâcha-t-il machinalement.

Il vit de la compassion et de l'inquiétude dans le regard de Tessa, et ce fut avec douceur qu'elle lui caressa la joue.

— Tu ne dois pas envisager le pire. Je sais que tu as perdu Olive, mais… le Dr Fillery a dit qu'à dix-sept semaines je vais bien et les bébés aussi. Respire avec moi.

Inspirant profondément, Gabe tenta de calmer les battements de son cœur. Il était trop tôt pour qu'il puisse sentir lui aussi les bébés qui bougeaient dans le ventre de Tessa, mais il ne retira pas sa main, apaisé par ce contact.

Laissant se dissiper son inquiétude, il savoura le moment. Cette impression que tout était juste. Dans les films, les gestes spectaculaires étaient présentés comme le florilège de la relation amoureuse. Mais, en réalité, c'étaient les moments tout simples comme celui-ci, votre main sur le ventre où grandissaient vos enfants, au beau milieu de plants de laitues, épinards et potirons, qui faisaient les meilleurs souvenirs.

— Désolé. C'est juste que…

— Je comprends, dit Tessa, pressant ses lèvres chaudes contre sa joue. Tout va bien. Je te le promets.

Il l'embrassa sur la bouche et soupira alors qu'elle intensifiait sa caresse.

— Mais tu refuses de te laisser dorloter !

— Parfaitement. Pas de mignotage. Il y a trop à faire !

Tessa prit un petit pot et nota dessus qu'il s'agissait de potirons. Leur soirée de marathon cinéma n'avait toujours pas eu lieu et ils n'avaient guère passé de moments de détente sur le canapé depuis qu'il avait emménagé, mais Tessa semblait incapable de ralentir le rythme.

— Qu'est-ce qui te fait envie pour le dîner ?

— Oh ! le vibreur ! Un SMS ! s'exclama Tessa, fouillant la poche de son pantalon. Ah, enfin !

Gabe fit mine de se boucher les oreilles comme elle poussait un cri retentissant. Mais il se doutait qu'une seule chose avait pu provoquer ce cri surexcité. Le job tant convoité était enfin ouvert à candidature. Il refoula l'accès de panique qui l'oppressait.

Tessa exécuta une petite danse, comme des semaines auparavant, avant de lui mettre sous le nez l'écran du mobile. Gabe essaya d'afficher un sourire joyeux.

— Le poste du Dr Lin est donc libre.

— Oui ! s'écria-t-elle, sourire aux lèvres. Je vais prendre quelques tours de service en plus. Préparer ma candidature.

Encore des heures supplémentaires ! Fallait-il vraiment qu'elle s'épuise davantage ? Qu'elle soit encore moins à la maison ? Ses compétences n'étaient-elles pas suffisantes ?

Il allait objecter, mais se tut car Tessa le scrutait. Il tenait à elle, il l'aimait. Il n'allait pas gâcher ce moment avec ses peurs intimes.

— Je me ménagerai. C'est promis, dit-elle.

Il l'attira contre lui.

— Je ferai mon possible pour te faciliter les choses.

Tessa voulait ce poste, et il tenait à ce qu'elle réussisse. Mais sa gorge se noua tandis qu'il tentait de juguler son inquiétude. Si seulement il avait pu contraindre son cœur à écouter sa raison !

Non, Tessa ne choisirait pas le travail au détriment de la famille. Et pour sa part, il serait le meilleur compagnon qui soit. Il veillerait à ce qu'elle ait tout le confort possible. S'il faisait tout pour elle, elle comprendrait que la vie à la maison avec lui et les jumeaux était aussi exaltante que la vie à l'hôpital.

Tessa ne s'était jamais sentie aussi épuisée et endolorie qu'au cours de cette dernière semaine. Le simple fait de marcher lui arrachait des bâillements. *Porter des enfants, ce n'est pas de tout repos.*

Son estomac gargouilla, et elle mangea quelques myrtilles,

que Gabe avait emballées pour elle. Puis elle fit mine de jeter un regard noir sur son ventre arrondi.

— C'est vous que je nourris !

Elle se massa le ventre en souriant, et avala encore une poignée de myrtilles. Le processus de sélection des candidatures pour le poste de responsable de service s'achèverait avant qu'elle aborde son troisième trimestre de grossesse. Elle pourrait souffler un peu, à ce moment-là.

Tu pourrais aussi retirer ta candidature.

Son cœur fit un bond alors que ces mots surgissaient dans son esprit. Ce n'était qu'une idée engendrée par la fatigue. Elle avait déjà renoncé à un poste de responsable. Elle n'allait pas récidiver.

Les jumeaux... Elle censura cette pensée avant que son cerveau fatigué ait pu la formuler entièrement. Elle n'allait pas, comme sa mère, renoncer à sa chance parce qu'elle n'avait pas choisi ce chemin vers la maternité. Elle était lasse, voilà tout.

Les jumeaux bougèrent, et ses nerfs se calmèrent un peu. Au troisième trimestre, elle serait sûrement dans l'inconfort lorsqu'ils remueraient et se disputeraient l'espace toujours plus étroit dans son ventre. Mais, pour le moment, c'était une sensation merveilleuse !

Avec un peu de chance, Gabe pourrait les sentir bientôt et il arborerait ce grand sourire qu'elle adorait. Elle aimait qu'il ait pris tant de choses en charge sans qu'elle le demande. La protection de Gabe était une bénédiction. Il lui avait tant facilité la vie !

Cependant, un reste d'inquiétude demeurait au fin fond de son esprit. Elle ne voulait pas que Gabe lui garde rancune d'avoir dû payer de sa personne, regrette qu'elle ait saisi l'opportunité de ce poste à pourvoir. Mais elle oubliait aisément ce souci lorsque Gabe la tenait dans ses bras.

Son bipeur vibra, et elle avala une dernière poignée de myrtilles avant de gagner le poste des infirmières.

— On a des jumeaux dans la chambre 4. L'un a besoin de points de suture au bras et à la joue. L'autre a la cheville enflée comme un ballon de base-ball. L'infirmière d'orientation a demandé une radio.

Tessa lut le rapport. Deux garçons de sept ans qui avaient sauté du haut d'une maison dans un arbre.

— La mère est dans tous ses états. J'aime autant te prévenir.

— Papa !

Le cri résonna dans la pièce alors que Tessa, ayant refermé la porte, se tournait vers ses patients. Deux paires d'yeux identiques et larmoyants se posèrent sur elle, et elle eut un coup au cœur face à cette vision qui lui donnait un aperçu de son propre avenir.

Elle sourit et s'approcha de la table d'examen où les jumeaux se serraient l'un contre l'autre.

— Non, ce n'est pas papa. Je suis le Dr Garcia.

— Je veux papa, dit celui qui avait une entaille au bras, avant de jeter un regard noir à sa mère.

— Papa arrivera quand il pourra, répondit son frère. Mais je suis là, DeMarcus.

La maman la regarda, et précisa en ravalant un sanglot et en essayant de sourire :

— Nous sommes séparés. Collin s'occupait toujours de tout. Sans jamais se plaindre… Il a dit qu'il serait là bientôt.

Tessa acquiesça. Elle avait rencontré toutes sortes de situations familiales, au cours de sa carrière.

— Pas de problème. Que s'est-il passé ?

— On a essayé de voler, expliqua le petit qui avait un sachet de glace sur la cheville.

— Et on s'est crashés, acheva DeMarcus.

— Mais la prochaine fois…

— Il n'y aura pas de prochaine fois, Dameon ! coupa sa mère d'une voix forte.

La porte s'ouvrit et un homme grand et doté des mêmes cheveux bouclés que les garçons entra. Les jumeaux sourirent.

— Il me semblait avoir reconnu ta voix, Eva.

La maman secoua la tête et désigna les garçons.

— Ils projettent déjà de recommencer à sauter du haut de la maison dans les arbres.

— Sans se crasher, souligna Daemon.

Les parents jetèrent un coup d'œil à ce dernier tout en évitant soigneusement de se regarder.

— Nous allons faire une radio de la cheville de Daemon, dit Tessa.

Elle avait élevé la voix pour reprendre le contrôle de la situation. La relation des parents était tendue, et elle vit que les jumeaux se tenaient par la main. Il fallait se concentrer sur les garçons, maintenant.

— Et DeMarcus a besoin de points de suture au bras et à la joue, ajouta-t-elle.

— Heureusement, j'ai pensé aux cartes d'assurance et à des en-cas, dit Collin d'un ton sec en tendant un sac à sa femme. Tu dois t'occuper de tout ça, Eva.

— J'essaie, répondit-elle d'une voix crispée. C'est juste que... il y a tellement de choses à faire.

— Que j'ai toujours assumées.

Bras croisés, Tessa fixa les deux « duellistes ». Ils n'arrangeaient pas la situation !

— Si vous alliez poursuivre cette conversation dans le couloir pendant que je suture les plaies de DeMarcus ? déclara-t-elle en souriant dans l'espoir que la dispute qui couvait n'aurait pas lieu devant les enfants.

Sur ces entrefaites, le radiologiste entra dans la chambre et se mit sur le côté pour laisser sortir Collin et Eva.

— Alors, qui est-ce que j'emmène à la radio ?

— Moi ! cria Daemon.

Mais lorsqu'il bougea, le petit garçon blêmit.

— Attention, mon bonhomme. Allons prendre des clichés de cette cheville, dit le technicien radiologiste en l'installant sur une chaise roulante.

Tessa resta seule avec DeMarcus. Il fixait la porte close.

— Je suis triste que papa ne soit plus à la maison, l'entendit-elle murmurer.

La peine du petit garçon l'émut, et sa gorge se noua. Qu'aurait-elle pu dire ? Les parents n'avaient pas divorcé - pas encore –, mais la situation ne semblait guère prometteuse.

— Si tu as mal, dis-le-moi, nous te redonnerons un calmant.

Tessa souriait, espérant être réconfortante, mais le regard de DeMarcus restait fixé sur la porte.

— Papa prépare mieux que maman les macaronis gratinés au fromage, geignit-il. Mais il en avait assez de tout faire quand elle était au travail et tous les deux criaient tout le temps. Je regrette beaucoup les macaronis au fromage.

— J'imagine. Tu es un petit garçon très courageux.

La porte se rouvrit et Collin, le père, entra.

— Désolé, docteur, fit-il.

— Tu reviens à la maison ? demanda DeMarcus.

Son père parut accuser le coup.

— Je t'aime, mon grand. Et j'aime maman aussi, répondit-il en réprimant son émotion. Mais en ce moment...

Tessa se hâta d'intervenir :

— Il faut que ça reste bien propre et sec pendant quinze jours. Les fils de suture devraient être tout à fait résorbés à ce moment-là. Une infirmière va vous informer sur les risques d'infection, Collin. Et une fois que nous aurons les radios de Daemon, nous verrons quoi faire pour lui.

L'homme acquiesça. Il portait encore son alliance. Peut-être le mariage n'était-il pas complètement mort.

« Tu dois t'occuper de tout ça. » Les mots qu'il avait prononcés la firent frémir comme elle quittait la pièce. Elle avait toujours son indépendance, n'est-ce pas ? Elle aimait que Gabe s'occupe d'elle, certes. Elle lui avait laissé assumer beaucoup de choses pendant qu'elle remplaçait le Dr Lin, et il ne s'était pas plaint. Mais Collin non plus. Ni Max, au début.

Elle essaya de se rappeler ce qu'elle avait fait pour contribuer à la vie domestique au cours des semaines écoulées. Il ne lui vint que peu de choses à l'esprit. Elle s'en était tellement remise à Gabe...

Se préparait-elle à vivre un nouveau désastre ?

Son mobile vibra, et elle se rembrunit encore plus en voyant le message de Gabe.

J'ai changé l'huile ! Et fait les courses à l'épicerie. Sois tranquille, je n'ai pas touché aux plantes. Si on se rabattait sur des plats à emporter ? Je suis éreinté.

Elle eut une prise de conscience soudaine. La dispute des parents des jumeaux l'avait alertée sur le changement qui s'était fait en elle ces dernières semaines. Elle s'était reposée sur Gabe. *En tout.*

Rien n'allait. Elle ne voulait pas que ses jumeaux vivent l'expérience de DeMarcus et de Dameon. Son mariage ne lui avait-il donc pas appris que lorsque les gens disaient « ça ne me dérange pas », ils ne le pensaient pas toujours ? Elle aimait Gabe. Elle ne voulait pas le voir épuisé par sa faute.

Elle pouvait y mettre du sien. Veiller à ce que Gabe ne lui en veuille pas, comme Max.

— Berk !

Gabe s'approcha de Tessa alors qu'elle portait à ses lèvres un doigt savonneux.

— Ça ne doit pas avoir bon goût.

Il essaya de juguler sa contrariété. Il lui avait dit qu'il débarrasserait, mais elle avait insisté pour faire la vaisselle puisqu'il avait cuisiné le repas.

C'était l'une des nombreuses choses dont elle avait repris le contrôle au cours de cette semaine. Plus il voulait la seconder à la maison, plus elle affirmait ne pas en avoir besoin. Comment pouvait-il la soutenir, ainsi, et lui montrer qu'il tenait à elle ? Il avait beau tenter d'alléger son fardeau, elle se montrait résolue à faire plus que sa part. C'était blessant. Il était heureux de s'occuper d'elle, de veiller à ce qu'elle soit protégée !

— J'admets que le savon n'a pas très bon goût, dit-elle. En fait, c'était machinal. Je me suis cassé un ongle.

— C'est le deuxième, aujourd'hui. Tu es sûre que tu ne manques pas de fer ?

Dans le cas de grossesses multiples, les mamans finissaient souvent par manquer de vitamines, un problème qui n'avait rien de grave si on y remédiait tôt. Même si elle les connaissait, Tessa avait aimanté la liste des symptômes sur le réfrigérateur, comme pense-bête.

Il fronça les sourcils en jetant un coup d'œil sur cette liste. Ces symptômes, Tessa en avait plusieurs. Mais c'était peut-être dû à l'excès de travail. Il tenta d'oublier ses inquiétudes. Non, l'histoire n'allait pas se répéter !

— Là, ça y est, la vaisselle est finie ! annonça-t-elle avec un bâillement. On peut reporter notre soirée cinéma ? Je risque de m'endormir sur tes genoux.

Cela ne lui aurait pas déplu. Il ne se lassait jamais de la tenir dans ses bras, mais il valait sans doute mieux qu'ils aillent se coucher.

— Bien sûr, répondit-il, se penchant pour l'embrasser sur la joue.

C'était au moins la sixième fois qu'ils reportaient leur soirée cinéma. Gabe laissa son regard errer à nouveau vers la liste, puis revint vers la femme qui se tenait devant lui. Il se faisait du souci pour les jumeaux. Prenant une profonde inspiration, il se décida à lui faire part de son inquiétude.

— Je sais que tu es fatiguée ces temps-ci, et les ongles cassants, ça peut être le signe d'une carence en fer. On devrait en parler au Dr Fillery au prochain rendez-vous.

— Non, ce n'est pas nécessaire, répondit-elle, se glissant entre ses bras. Respire un bon coup, Gabe. Ce n'est pas une urgence médicale. Je travaille plus que d'habitude, en ce moment, et je ne porte pas un bébé mais deux. Un peu de fatigue, c'est inévitable.

Pourtant, il n'avait pas la sensation que c'était « un peu de fatigue ». Elle bâillait souvent en dépit de siestes régulières et s'endormait dès que sa tête touchait l'oreiller.

— Et les ongles ?

— Je me suis cassé deux malheureux ongles, Gabe. S'il te plaît, détends-toi un peu. Je vais bien. Ce genre de choses arrive quand on néglige de les limer. Les vitamines prénatales les font pousser plus vite que d'habitude.

Elle posa les mains sur son torse, et lui sourit.

— Il n'y a rien qui cloche. Sinon que tes deux enfants pompent toute mon énergie.

— Et si tu levais un peu le pied à l'hôpital ?

À peine ces mots étaient-ils sortis de sa bouche que Gabe les regretta. Mais comment les rattraper ? Mieux valait de toute façon qu'ils aient cette discussion. Tessa n'était pas la seule, à l'hôpital, qui s'ingéniait à se rendre indispensable. Et le Dallas Children's était enchanté de cette dévotion au travail. Gabe avait vu se jouer ce scénario plusieurs fois. Un hôpital exploitant une compétition féroce pour tirer le maximum de ses employés, c'était courant. Il était lui-même passé par là dans son hôpital du Maine.

Mais on ne se faisait pas du mal, ou du mal à sa famille, pour un job. L'enjeu n'en valait pas la chandelle.

— Ce n'est pas une option, Gabe, fit-elle, prête au combat.

Il n'avait pas envie de combattre, mais il était inquiet. Tessa était épuisée. Si son parcours professionnel et son CV, pourtant remarquables, étaient insuffisants, fallait-il qu'elle veuille ce poste ?

— Si, répliqua-t-il. Nul n'exige que tu te tues au travail.

— J'apprécie que tu te soucies de moi et des bébés. Vraiment..., dit-elle en se rapprochant pour lui embrasser la joue. Je suis médecin. Je connais tous les signes de la carence en fer et d'une ribambelle d'autres maux. Je vais bien, je te le promets. Je n'ai pas besoin que tu me protèges.

Ces mots le blessèrent. Il faisait si peu de choses, à présent. Elle s'était mise à préparer ses boîtes repas et tenait à un partage des tâches équitable. Elle était contrariée s'il se chargeait d'une tâche dont elle avait décidé que c'était la sienne. Ce qui lui apportait le plus de joie, c'était de protéger sa famille et ceux qu'il aimait ! *Mais si la femme qu'il aimait ne voulait pas de son aide...*

La sonnerie assignée à sa sœur résonna dans la cuisine,

et Gabe fut content de cette interruption. Il avait besoin de rassembler ses idées.

Barbecue samedi. 15 heures. Tu apportes les chips et la salsa.

— Est-ce que tout va bien ? l'interrogea Tessa.

Non. Mais Gabe ne voulait pas discuter du fossé qui se creusait entre eux car Tessa était déjà bien assez stressée.

— Stacy organise un barbecue samedi. Je sais que tu travailles en soirée, vendredi.

— Mais samedi, je suis libre. Sauf si le Dr Lin ou quelqu'un d'autre a besoin que... Non. Je n'accepterai pas d'être de garde, je te le promets.

Elle choisissait de passer du temps en famille. Elle le choisissait, lui ! Gabe fut un peu rassuré. Sa tension ne s'était pas tout à fait dissipée, mais il respirait mieux. Pour le moment.

Il prit Tessa dans ses bras. Elle avait les épaules crispées, mais elles se relâchèrent lorsqu'il lui donna un baiser sur le front. Un petit coup contre son ventre attira son attention, et il eut un recul.

— Qu'est-ce que... ?

Le sourire radieux de Tessa lui réchauffa le cœur tandis qu'elle lui prenait les mains et les plaçait sur son ventre.

— Oui ! fit-elle, rayonnante de bonheur. Je m'étais juré que je graverais chaque instant dans ma mémoire le jour où tu sentirais les jumeaux pour la première fois.

Il se mit à rire alors qu'un petit pied, ou un petit coude, donnait une poussée contre sa paume posée sur le ventre de Tessa.

— Je savais que ce serait un moment inoubliable, ajouta-t-elle, des larmes de joie brillant dans ses yeux. Et c'était tellement vrai. J'ai hâte de te voir dans ton rôle de papa.

Ses mains fines vinrent envelopper les siennes, sur son ventre, tandis que les jumeaux remuaient.

Ses enfants... Leurs bébés. Gabe en eut les larmes aux yeux. Et presque toutes ses angoisses se dissipèrent.

11

— Comment ça va ? demanda Isla en tendant un cocktail de fruits à Tessa.

Gabe jouait avec ses nièces et neveux sur la pelouse. Il fit tournoyer une petite fille dans les airs avant de s'écrouler dans l'herbe avec elle. Des rires joyeux retentirent.

Tessa sentit son cœur se gonfler de bonheur. Elle voyait un instantané de l'avenir - son avenir. Leurs enfants n'auraient jamais le sentiment de n'avoir plus de famille. Quoi qu'il puisse arriver dans leurs vies, ils auraient une place ici.

— Je vais bien, Isla, répondit-elle.

Si elle était lasse, cela n'avait rien d'anormal à ce stade. Elle se réveillait même épuisée de ses siestes. Mais elle n'en profiterait pas moins de cette journée. Elle adorait voir Gabe en famille. Il serait un si bon père !

Isla se mit à rire alors qu'un de ses neveux sautait à califourchon sur le dos de Gabe et lui criait qu'il devait « faire le dada ».

— La famille Davis est quelquefois envahissante, dit Isla, regardant le mari de Stacy qui emportait à l'intérieur leur petit braillard. J'ai perdu beaucoup de bonnes copines parce que je les avais présentées à ma famille. Il y en a une qui m'a même dit que nous étions une maison de fous.

Tessa entoura de son bras les épaules d'Isla.

— Une maison de fous très aimants, joyeuse et chahuteuse… Ceux qui sont incapables de savourer le bonheur qu'il y a ici n'en valent pas la peine.

— Tu es parfaite pour Gabe. Même si tu lui as permis de garder cet horrible édredon.

Tessa, enchantée, se mit à rire et essuya d'un revers de main ses yeux qui s'étaient embués. La bruyante famille Davis était merveilleuse. Et ses jumeaux seraient adorés ici et ils auraient une ribambelle de cousins !

— Merci. Ton frère est un être à part. Il me rend heureuse.

— Oui. Gabe est spécial, et *tu* le rends heureux. Je n'étais pas sûre que ce serait possible, après...

Isla n'acheva pas, alors Tessa le fit à sa place.

— Après la mort d'Olive. Tu peux dire son nom, cela ne me dérange pas. Gabe l'aimera toujours, je le sais, mais son cœur est assez grand pour elle et moi.

Isla essuya une larme.

— Je suis si heureuse que tu fasses partie de notre famille, Tessa. Et vous aussi, petits bouts de chou, ajouta-t-elle en lui posant une main sur le ventre. Encore deux petites filles !

Tessa pouffa.

— Je suis ravie d'être membre de votre famille. Nous avons décidé de ne pas chercher à savoir le sexe des bébés pour avoir la surprise, mais ma résolution vacille.

Car elle avait envie de savoir si Gabe aurait deux petites filles à chérir ou deux garçons risque-tout. Même si elle avait aussi soigné pas mal de petites filles aventureuses...

— Ce sont des jumelles, dit Isla. J'ai deviné juste pour chacun de mes neveux et nièces. Et puis, Tessa, tu n'es membre honoraire de rien. La smala Davis est *ta* famille.

Tessa sentit sa gorge se nouer. Avant qu'elle ait pu dire quoi que ce soit, les bébés remuèrent dans son ventre, et elle eut soudain une envie pressante.

— Merci, Isla. Tu n'as pas idée de ce que ça signifie pour moi. Mais pour le moment, il faut que j'aille aux toilettes !

— Ah, les joies de la grossesse !

Avec un nouveau clin d'œil, elle lui indiqua la direction des toilettes.

Un instant plus tard, Tessa ressortait dans le couloir en bâillant.

— Isla a décidé que Tessa était sa nouvelle meilleure amie..., entendit-elle alors. Je crois qu'elle projette de faire de tes petits bouts de chou des enfants pourris gâtés ! Et elle jure que ce sont des filles.

La voix de la sœur aînée de Gabe avait résonné dans la cuisine, de l'autre côté du couloir.

— Eh bien, elle avait raison toutes les autres fois, dit Gabe.

Son rire fit naître en elle un agréable frisson. Si elle portait des jumelles, il serait le parfait papa pour des filles.

— Moi, je m'en fiche, continua Gabe. Du moment que les bébés et Tessa sont en bonne santé.

Gabe lui avait déjà déclaré que ça lui était égal d'avoir des garçons ou des filles, mais c'était agréable de l'entendre le répéter en famille. Comment pouvait-elle avoir autant de chance ?

— Je suis contente que tu aies trouvé Tessa. Elle est parfaite pour toi.

Tessa sourit. Elle faisait réellement partie de la famille !

— Elle l'est. Je voudrais juste qu'elle se repose un peu.

Avant que Tessa puisse signaler sa présence toute proche dans le couloir, Gabe ajouta :

— Ça me tracasse, qu'elle ait cette promotion.

Ce fut comme une douche froide pour Tessa.

— Brett, arrête de faire des prises de karaté à ta petite sœur ! Il faut constamment surveiller cette gamine ! marmonna Stacy dans un ultime bruit de vaisselle. Pourtant, Gabe, tu disais que Tessa est vraiment qualifiée pour ce poste.

Tessa n'était pas sûre de vouloir entendre l'explication de Gabe ; et elle ne souhaitait pas prendre l'habitude d'écouter aux portes, pourtant ses pieds refusèrent d'avancer. Gabe s'inquiétait-il de son éventuelle déception si on engageait quelqu'un d'autre ?

Ce n'était peut-être pas une répétition de ce qui s'était passé avec Max. Gabe se disait heureux. Or, l'autre jour, il avait suggéré qu'elle retire sa candidature. Et il avait hésité à sortir avec elle parce qu'elle convoitait ce poste. Tourmentée, elle se tordit les mains. *Oh ! non, pas ça !*

— Elle *est* très qualifiée, c'est le problème. Si elle a le poste, je m'inquiète de ce que ça impliquera pour notre famille.

La voix de Gabe s'éloigna. Tessa, brutalement redescendue de son petit nuage, était peinée de savoir que Gabe doutait de sa capacité à être présente pour sa famille. Pensait-il qu'elle serait moins mère si elle obtenait cette promotion ? Elle ne voulait pas répondre à cette question, pas très sûre d'être assez forte pour cela.

Après avoir essuyé une larme, elle entra dans la pièce, forçant un sourire sur ses lèvres et espérant qu'il paraîtrait naturel. Gabe leva vivement les yeux. Sa mâchoire se contracta, mais il ne demanda pas si elle avait entendu la conversation.

— Je peux aider ? demanda-t-elle.

— Oui, fit Stacy, souriante, en lui tendant une assiette de cookies. Peux-tu porter ça dehors ? Mais dis aux enfants que c'est un gâteau chacun !

— Entendu.

Il lui sembla qu'elle avait eu une voix bizarre, et elle ne pouvait pas se résoudre à regarder Gabe, même si elle sentait qu'il avait les yeux rivés sur elle. Si elle lui rendait son regard, elle pourrait bel et bien le forcer à s'expliquer, et ce n'était pas une conversation qu'elle voulait avoir en public.

Ce n'était pas une conversation qu'elle tenait à avoir, de toute façon. Elle aimait Gabe. Elle était presque sûre qu'il l'aimait aussi. Mais si son avancement au Dallas Children's était un problème...

Jamais elle ne pourrait vivre avec quelqu'un qui la considérait de la même façon que Max. Elle était incapable de le supporter.

— Au fait, reprit Stacy, on fait une soirée entre filles dans quinze jours. Tacos du vendredi soir pendant que les hommes gardent les enfants. On ne veille pas tard, ce sont seulement quelques heures pour souffler. Ça te dirait de venir ?

En la voyant si chaleureuse, Tessa eut envie de fondre en larmes. Elle voulait aller à cette soirée. Désespérément. Elle voulait faire partie du clan Davis. Mais cet endroit serait toujours celui de Gabe. Leurs enfants aussi y seraient chez eux. Mais s'il la quittait...

Elle eut toutes les peines du monde à retenir ses pleurs. Elle souffrait à l'idée qu'elle ne serait peut-être plus la bienvenue ici, un jour. Son cœur lui cria de répondre « oui », de courir ce risque. Mais elle ne renouvellerait pas l'erreur commise avec les amis de Max. Si Gabe n'était pas sûr d'elle, elle ne pouvait pas devenir trop intime avec les Davis. Si grande soit son envie.

— Je travaille ce soir-là, répondit-elle.

— Le planning n'est pas encore établi, commenta Gabe.

— J'ai promis au Dr Lin que je l'épaulerai pendant ses derniers temps de service.

C'était en partie vrai. Il le lui avait demandé. Mais elle avait réservé sa réponse.

La mine de Gabe s'assombrit, et elle eut un coup au cœur. Comment allait-elle aborder cette question avec lui ? Tant qu'elle n'aurait pas trouvé les mots adéquats, elle ferait comme si tout allait bien.

Elle sourit en regardant Stacy.

— Merci pour l'invitation. Cela signifie beaucoup pour moi.

— Ne te laisse pas embobiner par les gosses. Ils sont mignons mais diaboliques ! N'oublie pas : un seul cookie !

— Je leur résisterai. Promis juré !

Tessa laissa errer son regard sur l'homme qu'elle aimait. Ils ne se disaient jamais qu'ils s'aimaient, mais elle avait donné son cœur à Gabe. Mais s'il ne ressentait pas la même chose...

Elle chassa ses pensées, malvenues en cet instant. Elle ne voulait pas s'effondrer devant Gabe et sa famille. Elle aurait tout le temps de comprendre ce que Gabe avait voulu dire - et ce que cela signifiait pour leur avenir.

Les draps étaient froids à côté de lui. Tessa n'était pas rentrée, une fois de plus. Cela faisait deux nuits d'affilée qu'elle dormait au Dallas Children's. Deux nuits qu'elle avait choisi un inconfortable lit d'hôpital au lieu de leur chambre.

Il fixa le plafond, le cœur battant, tandis qu'il essayait de refouler ses doutes. Quelque chose n'allait pas. Tessa mettait de la distance entre eux, et il ne savait pas comment la ramener à lui.

Il se pouvait qu'elle soit trop occupée par la succession du Dr Lin pour prêter attention au gouffre qui s'ouvrait entre eux. Il était possible que cette promotion compte plus que de dormir auprès de l'homme qui l'aimait. Sa mère n'avait-elle pas ressenti les choses ainsi ?

Gabe essaya de chasser cette horrible pensée. Mais son esprit y revenait toujours. Et si la promotion ne suffisait pas à Tessa ? Et s'il ne lui suffisait pas ?

Il aimait Tessa, il avait envie de vivre avec elle, mais il ne voulait pas se réveiller seul dans des draps froids. Être la cinquième roue du carrosse laissait des blessures qui ne cicatrisaient jamais tout à fait. Il ne voulait pas de cela pour ses enfants, ni pour lui-même.

Il balança les pieds hors du lit. Cette semaine, il n'avait vu Tessa que lorsqu'ils avaient eu des services aux mêmes heures. Il n'y avait pas moyen d'avoir une discussion dans ces moments-là, ni de tenter de savoir ce qui la tourmentait.

Et comment pourrait-il l'aider s'il ignorait pourquoi elle l'évitait ?

Il brancha la cafetière. En ouvrant le réfrigérateur, il vit le repas qu'il avait emballé pour Tessa. C'était un geste d'amour, ne le voyait-elle donc pas ? Ne voulait-elle pas de son amour ?

La porte d'entrée s'ouvrit, le faisant sursauter. Tessa était là, et ils avaient à parler. Mais il se sentait fébrile et inquiet. Tant de pensées et d'émotions se bousculaient en lui ! Prendre Tessa en embuscade dès son retour de l'hôpital n'était pas idéal. Mais quand, sinon, pourrait-il la voir ?

— Tu es réveillé…

Elle regarda la tasse de café qu'il tenait à la main. Elle avait des cernes encore plus marqués que l'avant-veille.

— Je suis content que tu sois rentrée.

Il s'avança vers elle, mais elle s'arrêta juste le temps d'un baiser sur la joue avant d'aller ouvrir un placard et d'en sortir une barre de céréales et un gobelet à café. Il essaya en vain de dompter sa souffrance. À quand remontait leur dernier vrai baiser ?

— Ce n'est pas du décaféiné, dit-il alors qu'elle se versait du café.

— Ça ne fait rien.

Elle en avala une grande gorgée puis s'attaqua à la barre de céréales.

Un peu de caféine par jour pendant la grossesse était tout à fait acceptable, tenta-t-il de se persuader. Il ravala toute question sur sa santé et se rabattit sur un sujet qu'il espérait moins risqué.

— La nuit a été dure à l'hôpital ?

Il sirota son café tout en s'installant près d'elle.

— Oui. Deux accidents de voiture, et une fracture ouverte des deux tibias.

Elle soupira et avala encore une gorgée de café avant de vider le reste dans l'évier.

— J'ai envie de le boire, mais j'ai surtout besoin de quelques heures de sommeil.

Gabe sourit et posa son gobelet.

— Tu veux que je te borde ?

Le regard de Tessa s'assombrit. Elle redressa le menton.

— Je travaille tous les jours sauf vendredi, la semaine prochaine.

Gabe enregistra le changement d'ambiance. Elle suivait un scénario - il en était sûr –, mais il ignorait quelle réplique elle attendait de lui.

— Je ne vois pas le rapport, mais d'accord. Après ça, tu pourrais prendre un ou deux jours de repos.

— Pourquoi ? demanda-t-elle, tendue, le regard flamboyant.

Il frissonna. Elle était épuisée, et il y avait sûrement un

meilleur moment pour discuter. Mais quand l'occasion se présenterait-elle ?

— Parce que tu auras passé la plupart de ton temps au Dallas Children's ces deux dernières semaines.

— Les autres médecins font pareil. Josh Killon a un nourrisson et deux jeunes enfants, et son emploi du temps est similaire au mien.

— Travailler pendant des heures et des heures prouve seulement que Josh Killon ne se soucie ni de sa femme ni de sa famille.

Gabe se serait volontiers giflé alors qu'il prononçait ces mots. Ce n'était pas ce qu'il avait voulu dire - même si c'était la vérité. Tessa le regarda comme s'il venait de la frapper. Il secoua la tête.

— Je sais que tu n'es pas comme Josh, reprit-il.

— Vraiment ?

Ce qu'il avait dit était injuste. Même si Tessa passait plus de temps à l'hôpital qu'à la maison, même s'il ne l'avait pas vue pendant deux jours, elle ne considérait pas les gens comme des marchepieds pour la réussite, à l'instar du Dr Killon. Il n'aurait pas dû la comparer à Josh. Il soupira, décidé à aborder la question qu'ils devaient régler.

— Oui. Killon ne se soucie que de lui. Mais tu devrais comprendre qu'en t'épuisant au travail tu cours au désastre.

— Ce qui signifie ?

— Tu as des cernes. Tu es épuisée. Et si tu t'étais endormie au volant en rentrant à la maison ? Ta mère travaillait si dur que c'est ce qui lui est arrivé.

Bon sang ! Il n'avait pas non plus voulu dire cela ! *Pourquoi ne trouves-tu pas les mots qu'il faut ?*

— Désolé, Tessa. Je gâche tout.

— Tu te trompes, fit-elle, glaciale. Ma mère n'est pas morte parce qu'elle travaillait trop dur. Elle est morte parce qu'elle a dû quitter la faculté de médecine pour m'avoir. Elle est morte parce que mon père s'est lassé de subvenir à nos besoins et nous a abandonnées.

— Mais aurait-elle voulu que tu te tues au travail ? Une promotion ne compte pas plus que la famille. Cela ne vaut pas le coup de te faire du mal pour ça, ou d'en faire aux bébés.

Tessa écarquilla les yeux et devint très pâle.

— Veux-tu que j'aie ce poste, Gabe ? Ou espères-tu qu'il reviendra à Josh Killon ou à Mark Jackson ?

— Personne ne veut que Josh ait le job.

Son ironie tomba à plat. Refoulant sa peur, il haussa les épaules.

— Il y a tant de choses que je voudrais, Tessa. Je veux vous protéger, toi et les bébés. Je veux veiller sur toi. Je te veux.

Il voulut dire qu'il souhaitait qu'elle ait sa promotion puisque c'était ce qu'elle désirait entendre. Mais les mots ne sortirent pas. Elle paraissait malade. Aucun job ne valait qu'on se mette dans un tel état !

— Je suis là pour toi. Laisse-moi au moins porter une part du fardeau.

— Nous pouvons partager, mais je ne *veux pas* que tu te charges de tout, dit-elle, les yeux brillants de larmes. Je n'ai pas besoin de toi.

Gabe cilla. Ces mots étaient comme autant de coups.

— Je vois...

Tessa ne voulait pas de ce qu'il avait à offrir. Elle n'avait pas *besoin* de lui.

Du moins, pas comme il avait besoin d'elle. Cette vérité était douloureuse, et il sentit son cœur se briser tandis qu'il était là, face à elle. Quel était son rôle alors s'il ne pouvait pas aider la femme qu'il aimait ?

— Il faut que je dorme. Mais Patrick m'a parlé, aujourd'hui. J'ai un entretien pour le poste du Dr Lin la semaine prochaine, annonça Tessa en le dépassant. Il me semble que tu dois le savoir. Et je t'ai entendu, au barbecue de Stacy, quand tu as dit que ça t'inquiétait que j'aie cette promotion, ajouta-t-elle d'une voix altérée. Je peux y arriver, Gabe.

Ses épaules s'affaissèrent alors qu'elle atteignait le seuil, vidée de toute velléité de combattre.

— Je serai une excellente responsable.

Gabe lui adressa un faible sourire.

— J'en suis sûr. Mais, Tessa, tu ne peux pas toujours tout assumer.

« Du moins, pas toute seule », aurait-il voulu ajouter. Mais sa langue refusait de donner la parole à son cœur.

Il tenta de trouver une voie pour aller de l'avant, quelque chose qui lui permette de faire partie de la vie de Tessa sans être seulement le père de leurs enfants.

Comment son rêve avait-il pu se briser si vite ? Des années durant, il avait vu sa mère s'éloigner de leur famille. Mettre de plus en plus de distance entre elle et leur père. Il n'attendrait pas que l'histoire se répète.

— Je ferais peut-être mieux d'aller quelque temps chez Stacy, lâcha-t-il.

La lèvre inférieure de Tessa trembla, et Gabe en eut la gorge serrée. Si elle lui demandait de rester, il le ferait. Il était prêt à tout pour cette femme.

— Si tu penses que c'est préférable.

Elle se détourna et sortit. Il se fit un grand vide en lui alors qu'il regardait le seuil désert. Comment allaient-ils pouvoir combler l'abîme qui les séparait ?

Ce fut d'un pas lourd qu'il monta l'escalier. Tessa s'était déjà endormie sans avoir rabattu les draps. Gabe prit un sac et y fourra le plus de vêtements qu'il pouvait puis il déplia une couverture pour couvrir Tessa.

Il lui effleura la tempe du bout des doigts sans chercher à ravaler les larmes qui roulaient sur ses joues.

— Je t'aime.

Il avait au moins pu prononcer ces mots une fois... Puis il se détourna et quitta la maison dont il avait espéré faire pour toujours son foyer.

12

Dans l'ombre du parking en sous-sol du Dallas Children's, Tessa regarda Gabe qui gagnait sa voiture. Son cœur lui ordonnait de courir vers lui. De lui crier de rentrer à la maison. De le supplier car, trois nuits solitaires, c'était plus qu'elle n'en pouvait supporter. De lui dire qu'elle l'aimait.

Elle ne s'était pas attendue au départ de Gabe. C'était ce qui la dévastait.

Épuisée, elle avait eu besoin d'un somme pour rassembler ses idées, trouver des mots plus justes. Quand elle s'était réveillée, elle avait souri de voir la couverture qu'il avait étendue sur elle. Elle avait voulu lui parler dans l'espoir de colmater la faille qui s'était ouverte entre eux. Pour s'excuser de ses paroles dures. Mais les affaires de Gabe avaient disparu. Il avait retiré de la porte du réfrigérateur ses photos de famille.

Lorsqu'il avait suggéré d'aller chez Stacy, elle avait cru que c'était pour une nuit, pour leur donner le temps de se calmer. Elle n'avait pas pensé que c'était pour de bon.

Elle ne lui avait pas parlé depuis trois longs jours. Elle avait rédigé puis effacé tant de messages pendant ce laps de temps ! Elle sortit son mobile et sélectionna le numéro de Gabe. Oh ! qu'il était difficile d'appuyer sur la touche Envoi !

Elle bâilla puis remit le mobile dans sa poche. Même si elle avait su quoi dire, elle n'en avait pas le temps. Elle avait travaillé presque tous les jours, ce mois-ci. Avant même le départ de

Gabe, elle avait préparé ses repas à emporter, fait sa part des tâches ménagères. Et cela n'avait pas retenu Gabe auprès d'elle.

L'avait peut-être même incité à sortir de sa vie ! Et si Gabe avait réellement pris plaisir à assumer tant de choses ? S'il avait été heureux de lui permettre de se reposer au lieu de lui en vouloir ? Et si elle avait été obnubilée par le passé au point de détruire son avenir ?

L'air anéanti de Gabe restait gravé dans sa mémoire. Quand elle lui avait déclaré qu'elle n'avait pas besoin de lui !

C'était la chose la plus mensongère qu'elle ait jamais dite. Elle avait besoin de Gabe. Pour qu'il lui donne de l'amour. Pour qu'il croie en elle. Et cela la terrifiait. Au lieu de se cramponner à ce merveilleux don du ciel, elle s'était laissé dominer par sa peur, et elle avait tout perdu.

Oppressée, elle gagna l'entrée de l'hôpital, portant une main à son cœur, cherchant son souffle. Des points dansaient devant ses yeux, et elle tenta de hâter le pas, mais il lui semblait patauger dans des sables mouvants.

La panique la gagna. Ce n'était pas un symptôme de désespoir sentimental, cela ! Elle posa une main sur son ventre lorsqu'elle franchit le seuil du Dallas Children's.

— Docteur Garcia ?

La voix de Denise semblait si loin !

— J'ai... besoin d... d'une ambulance.

Tessa essaya en vain d'inspirer. La périphérie de son champ de vision devint sombre, et elle tenta de chasser ces ombres noires. *Gabe...* Elle voulut dire son prénom. Elle y serait peut-être parvenue, mais, déjà, les ténèbres fondaient sur elle.

Le Dr Fillery entra dans la chambre du Presbyterian Hospital. Tessa ne se souvenait pas d'y avoir été transportée, mais quelle importance ? Elle n'avait qu'un souci.

— Les bébés ?

— Ils se portent bien. C'est pour vous que je m'inquiète, dit l'obstétricienne en s'approchant du lit. Votre taux de fer est particulièrement bas, Tessa.

Les jumeaux allaient bien ! Tessa se laissa envelopper par cette pensée réconfortante. Un sourire étira ses lèvres lorsqu'elle sentit un coup dans ses côtes.

— Vous allez rester ici au moins cette nuit, Tessa. Il va vous falloir une supplémentation en fer pendant le reste de votre grossesse et pendant les premiers mois après l'accouchement. Et je vous donne quinze jours d'arrêt. Je sais que vos patients sont importants, mais votre taux d'hémoglobine a chuté à 4,2 grammes par décilitre. Je suis stupéfaite que vous ayez pu tenir debout jusque-là.

— Je prendrai ce congé.

Tessa était sincère. Elle ne transigerait pas avec la santé de ses enfants, mais cet arrêt de travail forcé aurait des conséquences. Elle sentit son regard s'embuer. *Ça ira. Ça ira bien,* pensa-t-elle.

— Si nous ne parvenons pas à rétablir le taux normal, je préconiserai l'alitement, reprit le Dr Fillery. Pour le moment, je vous demande de rester chez vous, de vous reposer le plus possible, de manger beaucoup de légumes feuilles et de lentilles. Je vous reverrai à la fin de la semaine prochaine, et nous verrons si vous êtes assez solide pour reprendre le travail.

Tessa acquiesça, mais le sang lui battait les tempes. Elle devrait annuler son entretien d'embauche, retirer son nom de la compétition, elle qui avait travaillé si dur pour ce poste de responsable ! Sans compter qu'elle était la plus qualifiée pour l'occuper. Cela lui faisait mal de devoir renoncer, mais elle ne mettrait pas en danger la santé de ses bébés. Ni la sienne.

Il y aurait d'autres occasions, tenta-t-elle de se persuader.

La gorge serrée, elle sortit son mobile. Au Dallas Children's, la nouvelle ne tarderait pas à se répandre qu'elle s'était évanouie au moment de prendre son service. Elle ne voulait pas que Gabe s'inquiète.

D'ailleurs, il méritait d'être informé que leurs bébés se portaient bien. Elle lui envoya un bref message puis, cédant à l'épuisement, elle s'endormit.

— Brett n'a pas fini son repas. Tu crois qu'elle ne va pas bien ? demanda Gabe en rangeant dans le réfrigérateur les bâtonnets de fromage et le raisin laissés par sa nièce.

Stacy émit un « Pff ! » sonore, en lui tendant une assiette et un torchon.

— Elle a treize ans, Gabe. Le repas, pour elle, c'est l'occasion de bavarder, pas de se nourrir. D'ailleurs, elle ne voulait que du thon et des carottes. Je sais que tu t'ennuies, mais laisse donc les ados faire leur vie.

Ce commentaire le blessa. Et après trois jours sans parler à Tessa, c'était encore plus douloureux. Mais il n'allait pas s'effondrer - pas maintenant.

Feindre que tout était normal alors que tout lui semblait perdu était une lutte de chaque instant. Sans Tessa, le monde était terne, insipide. Appuyé au plan de travail, il tenta de chasser le désespoir qui lui était tombé dessus depuis qu'il était parti de chez elle. « Mets un pied devant l'autre » avait été son mantra après la mort d'Olive. Sa disparition avait failli le briser. Il ne voulait plus de ça !

D'ailleurs, Tessa était vivante. Toujours au Dallas Children's. Toujours enceinte. Mais loin de lui.

— J'essaie seulement de me rendre utile et de justifier ma présence. Entre le lycée, les arts martiaux et la danse, Brett n'est jamais là. Cette petite est un courant d'air !

— J'apprécie ton aide, mais Brett a besoin d'être autonome, ça forge le caractère, dit Stacy.

— M'man ! On va être en retard au cours de kata ! cria Brett d'une voix suraiguë en se précipitant vers le garage.

— Pas de cavalcade dans la maison ! marmonna Stacy.

Elle regarda son frère, et avec un sourire où, il le craignait fort, entrait de la pitié, elle ajouta :

— Gabe, tu n'as pas à t'occuper constamment des autres. Tu n'as pas à mériter ta place dans la famille !

Il demeura figé sur place tandis que Stacy s'emparait en hâte de son sac pour partir. Son regard se porta au-delà de la fenêtre. Des souvenirs de Tessa riant avec sa famille lui vinrent à l'esprit, et sa souffrance se raviva.

« Tu n'as pas à mériter ta place. »

Il ferma brièvement les paupières, la vérité se faisant jour en lui. Après que sa mère les avait abandonnés, Gabe avait aidé son père et veillé à ce que ses frère et sœurs ne soient pas délaissés. Afin de leur suffire... Pour qu'un job n'ait pas plus d'importance que lui.

Des larmes lui brouillèrent les yeux. Il avait tenté pendant des années de « suffire » à sa mère pour qu'elle rentre à la maison. Pour être plus important que la carrière à laquelle elle avait tout sacrifié. Or, jamais Gabe ne lui avait suffi - nul ne le pouvait. Mais ce n'était pas parce que quelque chose n'allait pas chez lui !

Ce fut soudain comme s'il était délesté d'un grand poids - qu'il n'avait pas eu conscience de porter. Il pouvait suffire à quelqu'un tel qu'il était. Mais il avait permis que sa peur intime détruise sa famille, et il devait maintenant affronter cela. Au lieu de dire à Tessa qu'il l'aimait, il avait voulu mériter sa place dans sa vie. Être plus important que sa promotion. Parce qu'il avait craint qu'elle ne la fasse passer avant lui.

Et c'était ce que Tessa avait fait.

En lui, la souffrance se faisait sentir avec force, mais la vérité aussi faisait entendre sa voix. Tessa avait dit qu'ils porteraient le fardeau *ensemble*. Elle voulait un partenaire authentique, alors qu'il avait essayé d'être le chevalier volant au secours de sa dame !

La femme qu'il aimait lui avait demandé s'il voulait qu'elle obtienne le job pour lequel elle avait travaillé dur, où elle excellerait et qui lui permettrait d'aider les autres. Un véritable partenaire aurait répondu : « Oui ! » Mais lui, il était parti. Parce que c'était moins risqué que de se faire quitter.

Il avait perdu un amour, par le passé. Mais, cette fois, il l'avait jeté aux orties par peur d'avoir à en souffrir.

Comment pouvait-il réparer ? On n'arrangeait pas ce genre

de choses avec des cupcakes ou toute autre offrande. Il fallait un beau geste, quelque chose de grandiose qui…

Non ! Il avait fini d'essayer de prouver qu'il en valait la peine. Mais il devait montrer à Tessa qu'il l'aimait profondément. Qu'il était perdu sans elle. Qu'il voulait être à ses côtés alors qu'elle concrétisait ses rêves. Tous ses rêves.

Son mobile bourdonna, et il le sortit de sa poche.

Les jumeaux vont bien. J'ignore si tu es au courant, mais je me suis évanouie en prenant mon service. Je passe la nuit au Presbyterian. Après ça, quinze jours de repos strict. Je vais retirer ma candidature. Tu avais raison. Je ne peux pas tout faire.

Ces mots le désolèrent. Il lui avait donné le sentiment qu'elle n'y arriverait pas. Il aurait dû être plus compréhensif, voir qu'elle affirmait son désir de l'avoir pour partenaire. Au lieu de considérer cela comme une bénédiction, il avait cédé à son angoisse. Et lui avait prouvé qu'elle pourrait en être réduite à ne compter que sur elle. Quel idiot il était !

Mais il pouvait réparer. Il avait une course à faire, puis il irait voir Tessa. Pour s'excuser, lui avouer son amour, jurer qu'il la soutiendrait quoi qu'il advienne.

Le Presbyterian Hospital n'avait pas des murs de couleurs vives ni de jolies fresques pour atténuer le côté hôpital, contrairement au Dallas Children's. Gabe avait la gorge serrée tandis qu'il se hâtait vers la chambre de Tessa, impatient de la rejoindre.

La porte de la chambre était close, et il l'ouvrit avec précaution. Si Tessa dormait, il ne voulait pas la réveiller. Seule une petite lampe brûlait dans la chambre, mais Tessa se retourna dès qu'il entra. Elle eut un sourire timide qui lui insuffla un élan d'espoir.

— Tu es venu.

Ces mots murmurés le bouleversèrent. Dire qu'elle en avait douté !

— Je viendrai toujours quoi qu'il arrive parce que je t'aime, dit-il, laissant couler les mots alors qu'il s'asseyait près du lit. Je sais que je devrais d'abord m'excuser, mais je tiens à ce que tu saches que je t'aime, Tessa. Telle que tu es.

Elle lui pressa les doigts, et ses yeux bruns s'humectèrent de larmes. Avant qu'elle ait pu dire un mot, il continua :

— J'essayais de mériter ton amour. Toutes ces tâches ménagères, ces dîners, les cupcakes... Il me fallait prouver que j'en valais la peine. Mais je n'ai jamais eu l'intention de te laisser croire que je n'avais pas foi en toi, que je te pensais incapable d'assumer tout ce que tu entreprenais, ou que je ne voulais pas rester à tes côtés pour toujours. Je suis navré.

— Oh ! Gabe ! Tu n'as nul besoin de mériter mon amour. Mon cœur tout entier t'appartient.

Il crut que le sien allait exploser de joie.

— Je t'aime, répéta-t-il, conscient qu'il ne se lasserait jamais de le dire.

Tessa lui pressa la main.

— J'avais si peur que tu te sentes exploité que je t'ai repoussé, mis à distance. Si Max détestait que je me repose sur lui, c'était en lui qu'était le défaut, pas en moi. Je t'aime, Gabe. Si on se promettait d'aller de l'avant ? Le passé appartient au passé.

— C'est la promesse la plus facile que j'aie jamais faite. J'ai hâte de passer mes jours avec toi, Tessa.

Elle essuya une larme et désigna la pièce.

— Ce n'est pas l'endroit idéal pour se jurer un bonheur éternel, n'est-ce pas ?

La chambre stérile n'était pas l'endroit qu'il aurait choisi pour un tel moment, certes. Exception faite de la naissance des jumeaux, il aurait été enchanté de ne plus jamais avoir à passer une nuit à l'hôpital au chevet de Tessa. Mais il pouvait faire un petit quelque chose pour égayer les lieux.

— Je sais qu'ils ne te garderont qu'un jour ou deux...

— Un seul jour, j'espère, coupa Tessa en se massant le ventre. Mais je resterai tant qu'il le faudra, bien sûr.

Comment avait-il pu croire que la femme qu'il aimait pourrait ne pas donner la priorité à sa famille ? Gabe aurait volontiers giflé l'ancien Gabe, s'il l'avait pu.

— J'ai pensé que ceci rendrait ton séjour plus facile, fit-il en sortant de son sac une succulente en pot. Comme tu as dit qu'elles sont robustes, j'ai pensé qu'un séjour à l'hôpital ne lui ferait pas peur.

Tessa eut un grand sourire.

— Une plante ! C'est super. Et ça éclaire la chambre.

— Ce n'est pas tout, dit-il en osant sortir le routeur.

Il vit qu'elle haussait les sourcils et expliqua :

— C'est pour une connexion Internet plus puissante. Fini de louper les vidéos en streaming.

— Oh ! ce sera utile pendant que je serai bloquée à la maison. Il y a plein d'émissions à rattraper.

— Vivement un marathon cinéma ! Avec plein de pop-corn !

Il lui serra la main en cherchant son regard.

— Tu veux un peu de compagnie ?

Elle se poussa sur le côté pour l'accueillir dans le petit lit du service maternité. Lorsqu'elle fut lovée contre lui, Gabe eut enfin le sentiment que son bonheur était presque parfait car celui-ci ne serait pas complet tant que Tessa n'aurait pas la possibilité de poursuivre son rêve.

— Le routeur, ce n'est pas seulement pour les marathons cinéma, reprit-il. C'est pour que la vidéo ne se fige pas lors de ton entretien de la semaine prochaine.

— Gabe, je ne passe plus d'entretien pour le poste, dit-elle d'une voix qui tremblait un peu mais résolue.

— Pourquoi ? Tu es la meilleure pour ce job, Tessa. J'aurais dû te dire que tu seras une remarquable responsable de service. Il fallait t'encourager à prendre du repos, mais je n'aurais jamais dû t'amener à douter de toi.

— J'apprécie tes paroles, vraiment... Et je ne renonce pas à mon rêve, mais j'aurai d'autres occasions. Vous avez la priorité, toi et les jumeaux. Vous l'aurez toujours.

Elle sourit, mais il y avait une pointe de tristesse dans son regard.

— Ne te mets pas en colère, mais j'ai téléphoné à Patrick avant d'acheter ce routeur. Rien ne s'oppose à ce que tu aies cet entretien en visioconférence. Ils en ont d'ailleurs programmé un avec un candidat extérieur.

— Un candidat extérieur ! ?

Gabe fut ravi de voir reparaître la fougue qu'il aimait tant.

— Eh oui. Si tu tiens à te retirer, je te soutiendrai. Mais tu dois être sûre de le vouloir, et non de le faire parce qu'une rude et folle semaine t'a amenée à croire que tu n'y arriverais pas. Car tu peux y arriver, Tessa !

— Si j'obtiens le job, tu devras assumer plus de choses à la maison pour les jumeaux. Ce ne sera pas équitable.

Il était enchanté d'entendre ces mots.

— Personne ne compte les points, Tessa. Je t'assure.

— Mais je m'occuperai toujours des plantes.

— Absolument.

Il pencha la tête vers sa bouche, et ce fut un baiser délicieux qui parlait de leurs espoirs pour l'avenir, des années d'amour et de bonheur qui les attendaient. *Ensemble.*

Épilogue

— Je suis là !

La voix grave de Gabe résonna dans le couloir, et Tessa sourit. Elle ne se lasserait jamais de l'entendre ! Mais, aujourd'hui, elle réservait une surprise à Gabe, et elle n'était pas tout à fait prête !

— Une minute !

Elle sortit le gâteau de la boîte. Il était décoré de fleurs - et Maggie avait juré que son glaçage vert ne déteindrait pas sur les dents, cette fois. Son odeur sucrée flottait dans la pièce alors qu'elle le plaçait au milieu de la petite table du dîner.

Un des bébés lui donna un coup de pied. À presque trente-deux semaines de grossesse, ils étaient à l'étroit dans son ventre, mais ils réussissaient à se manifester vigoureusement.

— Soyez sages ! dit-elle d'un ton faussement sévère. Sinon, papa mangera tout le gâteau.

Il y eut un autre coup de pied.

— Tessa ? Est-ce que ça va ? lança Gabe.

— Très bien ! répondit-elle, laissant errer son regard sur les décorations qu'elle n'avait pas eu le temps de disposer.

Bah, tant pis... Elle ouvrit la porte du living, et esquissant une révérence autant que le lui permettait son ventre arrondi, elle annonça :

— Le dîner est servi.

Gabe écarquilla les yeux avant de lui donner un baiser sur la joue.

— C'est joli. Et ce gâteau me met l'eau à la bouche. Qu'est-ce qu'on fête ?

— Retour d'ascenseur ! En général, c'est toi qui me dorlotes ! Beaucoup trop.

Tessa lui donna une petite bourrade pendant qu'ils s'attablaient. Après qu'elle avait repris le poste du Dr Lin, ils s'étaient installés dans une routine qui fonctionnait bien, mais Gabe méritait qu'on le gâte un peu.

— Et tu en es ravie, souligna-t-il avant de lui donner un doux baiser sur la bouche.

— C'est vrai, répondit-elle en souriant. Mais tu as droit aussi à une soirée de repos. J'aurais bien mis encore plus de décorations, mais je n'en ai pas eu le temps.

— Des décorations ?

Tessa désigna le gâteau.

— Isla me rend folle à force de répéter qu'on aura des jumelles, alors je me suis dit autant qu'on soit fixés : comme ça, on pourra choisir les prénoms ! Alors, quoi de mieux qu'un dîner et un gâteau « annonce-bébés » pour célébrer l'occasion ?

Gabe l'attira à lui et l'embrassa. Elle se serra contre lui, dans une atmosphère d'espoir, d'excitation et d'amour. Puis les bébés donnèrent des coups de pied.

— Ils prennent de la force ! commenta Gabe, amusé.

— À qui le dis-tu ! Bon, le repas ou le dessert d'abord ?

— Comme si tu avais besoin de poser la question ! répliqua Gabe avec un regard si plein d'adoration que Tessa se sentit sur un petit nuage. Coupe le gâteau, et annonce-moi ce que nous attendons.

Tessa coupa le gâteau, rose à l'intérieur, et sourit.

— Isla a encore gagné. Ce sont des filles !

Elle eut à peine le temps de poser sur une assiette la pâtisserie qu'elle venait de découper. Gabe, un genou à terre, souriait jusqu'aux oreilles en lui présentant une bague dans un écrin.

— Je t'aime tant, dit-il.

— Oui ! s'écria Tessa.

Il secoua la tête, laissant échapper un petit rire.

— Je n'ai même pas encore fait ma demande, murmura-t-il en lui glissant l'anneau à l'annulaire.

— Je t'aime, dit Tessa en contemplant la bague. Mais si je ne nourris pas tes petites jumelles, je crois bien qu'elles vont encore chercher à me démolir les côtes !

Gabe l'enveloppa de ses bras tandis que les bébés se manifestaient de nouveau.

— Décidément, le dessert avant le repas s'impose ce soir, déclara-t-il en s'inclinant pour lui embrasser le ventre. Mais n'en prenez pas l'habitude, les filles !